Ellen Hart

Dünnes Eis

Ellen Hart

Dünnes **Eis**

Offensive Krimi

Aus dem amerikanischen Englisch
von Hilke Schlaeger

Frauenoffensive

1. Auflage, 1992

Originaltitel: Hallowed Murder

(Knollerstr. 3, 8000 München 40)

ISBN 3-88104-229-6

Satz: Ursula Benz, München
Druck: Clausen & Bosse, Leck
Umschlaggestaltung: Frauke Bergemann, München

Dieses Buch ist gedruckt auf Papier aus chlorfrei gebleichtem Zellstoff.

Die Personen

Jane Lawless	Restaurantbesitzerin
Cordelia Thorn	Theaterleiterin
Orville Trevelyan	Kriminalinspektor
Allison Lord	Vorsitzende der Studentinnenverbindung KAS
Emily Anderson	Allisons Geliebte
Edwin Lord	Allisons Bruder
Adam und Muriel Lord	Vater und Stiefmutter Allisons
Clarence und Bertha Anderson	Emilys Eltern
Sigrid Munson	Präsidentin von KAS
Maggie Christopherson	Hausmanagerin von KAS
Kari Bergstrom	Zeremonienmeisterin von KAS
Susan Julian	Ehemaligensprecherin bei KAS
Brook Solomon	Anwärterin bei KAS
Edith Holms	Hausdame bei KAS
Gladys Bailey	Wirtschafterin bei KAS
Adolph Mauer	Koch bei KAS
Mitchel Page	Kellner bei KAS
Elliot Kratager	Kellner bei KAS
Jamie McGraw	Mitchels Freundin
Peter Lawless	Janes Bruder

Teil 1

Falscher Same

An wem wollt ihr nun eure Lust haben? Über wen wollt ihr nun das Maul aufsperren und die Zunge herausrecken? Seid ihr nicht die Kinder der Übertretung und ein falscher Same... und schlachtet die Kinder an den Bächen, unter den Felsklippen? Jesaja 57.4

1

Die dunkle Gestalt eilte über den Waldweg. Selbst für November war es ungewöhnlich kalt. Der heftige Regen, der vor einer Stunde eingesetzt hatte, hatte alle verjagt, die sich vielleicht noch draußen herumgetrieben hatten. Niemand hatte sie gesehen. Und wenn schon? Was hätte es ausgemacht? Daß die Wahrheit herauskam, war nur noch eine Frage der Zeit. Leute wie sie mußten entlarvt werden als das, was sie waren. Was war das für eine Welt, in der eine etwas Schmutziges tun durfte und nicht dafür bestraft wurde? Was hatte sie gesagt? Sie wolle nicht länger auf Knien vor irgend jemandes verzerrter Vorstellung von Gott herumrutschen? Was sollte das heißen? Sinnlos, sie verstehen zu wollen. Jetzt erhielt sie ihre verdiente Strafe.

2

„Das ist die blödeste Idee, die du je hattest. Meine Gesundheit scheint dir völlig gleichgültig zu sein." Cordelia Thorn wischte sich den Schweiß von der Stirn und mühte sich, mit ihrer beträchtlich schlankeren Freundin Jane Schritt zu halten. „Und wenn du noch einmal großes Baby zu mir sagst, bleibe ich hier mitten auf dem Weg stehen, setze mich hin und heule. Laut."

„Wann habe ich dich je großes Baby genannt?" fragte Jane etwas zu höflich. „Möglicherweise habe ich etwas gesagt über Windeln..."

„Sehr witzig." Cordelias Blick schien sie umpusten zu wollen. Sie war in keiner guten Stimmung.

„Weißt du, was ich glaube, Cordelia? Du solltest dich beruhigen. Ein Morgenspaziergang im Park gilt als erfrischend. Erholsam."

„Erholsam! Schwitzen gehört nicht zu meiner Vorstellung von Erholung." Cordelia verlangsamte ihren Schritt. Wenn Jane in dem Tempo weiterrasen wollte, bitte. Sollte sie sich doch mit den Bäumen unterhalten.

„Also gut. Ich will nur deinen Appetit anregen. Deine Verdauungssäfte."

Cordelia schnaubte. „Nur für den Fall, daß du mich in den letzten fünfzehn Jahren nicht angesehen hast: Ich habe keine Appetitprobleme."

Sie *ist* ein großes Baby, dachte Jane.

Cordelia hatte letzte Woche eingewilligt, ihre alte Freundin auf ihren frühmorgendlichen Spaziergängen rund um den Lake of the Isles im Süden von Minneapolis zu begleiten. Allmählich stellte das ihre eigentlich stabile Freundschaft auf eine harte Probe. Als simple Einladung hatte es angefangen. Vor einigen Wochen hatte Jane eines Abends nebenbei erwähnt, Cordelia sähe ein wenig blaß aus. Sie waren gerade dabei, im Garten einer gemeinsamen Freundin die Herbstblätter zusammenzufegen. Sie hatte vorgeschlagen, Cordelia solle sie doch demnächst auf einem flotten Morgenspaziergang begleiten. Das täte ihr sicher gut. Die frische Luft würde sie muntermachen. Und die Schönheit der Natur anregend wirken. Es war ein Fehler gewesen.

Cordelia Thorn war eine großgewachsene Frau Mitte Dreißig. Sie war größer und eigenwilliger als die meisten Frauen, die Jane je getroffen hatte. Ihre Größe wurde noch gesteigert durch dröhnendes Benehmen und eine ebenso dröhnende Stimme. Schon vor Jahren hatte Jane gedacht, daß Schauspielen der richtige Beruf für sie sei, denn das Theater war einer der wenigen Orte, die eine Persönlichkeit wie sie aushielten. Cordelia neigte zu Übertreibungen. Und heute war sie in Hochform.

Die beiden kannten sich seit der Highschool. Cordelia war damals aus Boston zugezogen. Und Jane hatte die zwei Jahre davor mit Tante und Onkel in England gelebt. Ihre Außenseiterinnenposition hatte die beiden, die in St. Paul kaum jemand kannten, zusammengebracht. Daß sie sich ziemlich schnell gegenseitig ihr Lesbischsein gestanden, festigte nur ihre Beziehung. Und außerdem teilten sie noch ein paar andere Vorlieben. Photographie. Theater. Und vor allem: Essen. Auch während der Collegezeit waren sie eng befreundet geblieben, obwohl Jane den – in Cordelias Augen – schrecklichen Fehler beging, einer Verbindung beizutreten. Cordelia hoffte, es wäre nur eine zeitweilige Verirrung, so wie Janes Flirt mit den Texten von Ayn Rand während der Highschool. Als offensichtlich wurde, daß die Mitgliedschaft in einer Verbindung so etwas wie lebenslänglich war, schniefte Cordelia angeekelt, doch ihre Freundschaft blieb unerschüttert.

Jetzt, viele Jahre danach, besaß Jane ein gutgehendes Restaurant im Süden von Minneapolis, und Cordelia hatte kürzlich die Position einer künstlerischen Leiterin der renommierten Allen Grimby Repertory Company in St. Paul übernommen. Für beide waren es harte Jahre gewesen, aber die ganze Zeit hatten sie engen Kontakt gehalten.

Vor ihnen tauchte aus dem Morgennebel eine alte Steinbrücke auf. Waren sie wirklich so weit gegangen? Ein neuer Rekord.

„Wenn ich mich nicht bald hinsetzen darf, werden wir die Erste Hilfe rufen müssen." Cordelia stützte sich auf Janes Schulter.

„Das würde dir gefallen", sagte Jane. Sie stieß Cordelia mit dem Ellbogen in die Rippen und lachte. „Ein Publikum, das deinen Todeskampf würdigt."

Sie verließen den Weg und gingen zu einer Bank nahe am Ufer. Die Brücke war noch ungefähr dreißig Meter entfernt. Obwohl sie extrem schmal war und ein gefährlich niedriges Geländer hatte, war sie ein beliebter Aussichtspunkt auf den See. Jane und Cordelia waren während ihrer Studienzeit oft hierhergekommen, um zu entspannen und die schlechtgelaunten Gänse zu füttern. Das Wasser unter der alten Brücke war tief und dunkel. Jane war die Brücke immer wie ein Bild aus einem Märchen vorgekommen. Sie hatte keine Mühe, sich einen Troll oder einen kleinen alten Mann mit weißem Bart vorzustellen, die Ein- und Ausgang bewachten.

Janes Hunde sprangen neben ihnen her, zerrten an der Leine und wolten unbedingt bis zum Ende der an diesem grauen Novembermorgen kalten und nebligen Sandbank rennen.

„Du kannst sie ruhig losmachen", sagte Cordelia. „Ich muß mich ausruhen." Sie öffnete ihre Jacke und setzte sich. Der Morgennebel hüllte die Pfeiler der Brücke ein, so daß sie auf dem Wasser zu schweben schien. Es sah aus wie ein Bühnenbild. Der richtige Schauplatz für einen Mord. Cordelia schauderte bei diesem Einfall. Reiß dich zusammen. Dies ist ein ganz normaler Herbsttag mit ganz normalem, vorhergesagtem Nebel.

„Ich habe eine hervorragende Idee", verkündete Cordelia. „Komm doch heute abend ins Theater. Das Stück, das wir gerade geben, ist anerkannt grauenvoll. Könnte ja sein, daß du dich gewaltig amüsierst. Ich besorge dir Plätze ganz vorn. Ich bin froh", fügte sie hinzu, „daß das Stück ein Flop war. Ich hab's vorher gewußt. Ich finde es keinen Pfifferling wert, von einer Aufführung ganz zu schweigen. Es kam vor meiner Zeit auf den Spielplan. Der Autor ist ein Langweiler. Und das Stück ist ein Langweiler. Wie der Vater, so der Sohn."

Jane klatschte in die Hände und pfiff. Die beiden Hunde waren unter der Brücke verschwunden. „Danke für die Einladung. Aber ich fürchte, ich muß ein andermal darauf zurückkommen. Montags abends gehe ich zum Dinner bei Kappa Alpha Sigma. Hast du vergessen? Ich habe dir doch erzählt, daß ich mich dieses Jahr als Vertreterin der Ehemaligen zur Verfügung gestellt habe."

Cordelia versteinerte sichtlich. „Ich habe nicht daran gedacht", sagte sie und entfernte angeekelt einen Fussel von ihrer Hose. „Entschuldige meine Ignoranz, aber ich hatte gehofft, daß deine gelegentlichen Ausflüge in diese semesterlichen Plattheiten mit dem Examen aufgehört hätten." Angewidert strich sie sich die Jacke glatt.

„Diese kleine Diskussion haben wir schon hundertmal geführt." Warum nur wurde Cordelia jedesmal, wenn Jane ihre alte Verbindung erwähnte, so beleidigend? Sie atmete tief ein. „Du hast deine Haltung bewundernswert deutlich gemacht. Sozusagen unverfälscht. Ich gebe zu, daß einige dieser jungen Frauen vielleicht ein bißchen reichlich verwöhnt sind..."

„Ein bißchen!" Cordelia stieg der Zorn ins Gesicht.

„Schau, als ich auf dem College war, habe ich die Gemeinsamkeit genossen, die das Leben in einer Verbindung bietet. Wenn es damals eine lesbische Verbindung gegeben hätte, so wie heute, wäre ich ihr beigetreten. Aber es gab keine. Und wenn du es unbedingt wissen willst, ich will meine alte Heimat nun in den Genuß der Weisheit kommen lassen, die ich erworben habe."

„Deine Weisheit?"

„Du kannst es so nennen, ja."

„Ich verstehe. Dann ist das eine edle Sache. So etwas wie ein Kreuzzug. Wahrscheinlich hältst du dich gar für die Speerspitze der Friedenstruppen, die die Zivilisation in diese ziemlich primitive Enklave rechter Ideologie bringt."

Jane schüttelte den Kopf.

„Ich will dir was sagen, Janey. Vielleicht hast du ja die besten Absichten, aber ich wette, wenn du deine Überzeugungen in dieser Bastion mittelalterlichen Gedankenguts allzu deutlich kundtust, bist du keinen Monat mehr dort. Vergiß nicht, du bist nicht mehr das achtzehnjährige Mädchen, die Spaß und Spiel genoß, aber nie wissen ließ, wer sie wirklich war. Denk daran, was ich gesagt habe. Und nun – ich will das Thema ja nicht zu abrupt wechseln, aber hattest du mir nicht am Ende dieser Plackerei ein großes Frühstück versprochen?"

„Aber sicher." Jane grinste, dankbar für den Themenwechsel. Sie sah auf ihre Uhr. „Ein kleines Problem gibt es allerdings. Das Restaurant öffnet erst in einer Stunde."

„Mein Gott, ist es wirklich noch so früh? Kein Wunder, daß niemand hier ist. Die meisten Leute benutzen eben den Verstand, mit dem sie geboren wurden." Cordelia lächelte ein bißchen. „Ich schlage vor, wir gehen zum Wagen zurück. Ich könnte mich sogar hinreißen lassen zu rennen. Nein, das nehme ich zurück. Wir machen uns bei dir frisch und sind Punkt acht bereit für ein überwältigendes Frühstück."

Beide standen auf und pfiffen nach den Hunden.

„Findest du das nicht merkwürdig?" Jane versuchte sie im Gebüsch ausfindig zu machen. „Sonst kommen sie immer, wenn ich sie rufe. Gulliver vielleicht nicht, aber Bean immer." Sie griff nach den beiden Leinen. „Bin gleich wieder da", rief sie und lief zur Brücke. Cordelia setzte sich wieder auf die harte Bank. Warum gab es keine Kissen auf diesen Dingern? Sie mußten ja nicht unbedingt beide laufen. Außerdem war sie in dieser Woche soviel gelaufen, daß es für den Rest ihres Lebens reichte. Geistesabwesend zupfte sie an ihren braunen Locken und war sicher, daß sie aussah, als hätte sie die Nacht in der Sauna verbracht. Zusammen mit der Königin der Dampfwalzen.

Sie streckte sich, reckte die Arme über den Kopf und sah in die Bäume hinauf. Es war einer dieser seltsamen Herbsttage, an denen die Feuchtigkeit die Luft gleichzeitig warm und kalt erscheinen ließ. Später, wenn die Sonne den Nebel aufgelöst hatte, würde es mild werden. Dennoch spürten ihre Knochen, daß das gute Wetter zu Ende ging.

Jane brauchte aber lange. Cordelia stand auf und spähte zur Brücke. Nichts rührte sich. Sie setzte sich wieder und dachte an warme Scones und heißen Tee mit Zitrone, die im Lyme House auf sie warteten. Janes Restaurant war gepflegt. Leinen und frische Blumen. Nichts Modisches. Normalerweise stand Cordelia so spät auf, daß sie gar nicht erst zum Frühstücken kam. Also konnte sie die Gelegenheit ruhig ausnutzen.

Endlich! Aus dem Augenwinkel sah sie, wie Jane langsam unter der Brücke hervorkam. Die beiden Hunde rasten voraus und sprangen ihr ohne Aufforderung auf den Schoß. Pfui! Sie waren pitschnaß. Sie scheuchte sie weg, nicht ohne eine spitze Bemerkung über ihre Intelligenz im allgemeinen. Jane setzte sich vorsichtig auf den Rand der Bank.

„Etwas ist nicht in Ordnung, stimmt's?" fragte Cordelia. „Seit wir uns hier hingesetzt haben, habe ich es gespürt." Sie legte ihren Arm um Jane und fühlte, wie sie zitterte. „Was ist los?"

Unsicher, wie ihre Stimme sich anhören würde, räusperte sich Jane. „Wir müssen die Polizei rufen. Unter der Brücke liegt eine junge Frau. Ich fürchte, sie ist tot."

Plötzlich merkte Cordelia, daß auch sie zitterte.

„Ich habe die Hunde sofort gefunden. Vermutlich sind sie gleich unter die Brücke gerannt, als sie es rochen. Sie lag im Wasser mit dem Gesicht nach unten. Ich habe sie herausgezogen und auf die Sandbank gelegt." Jane schwieg. Die Stille um sie her ließ ihre Stimme unnatürlich laut erscheinen. „Ich kenne sie. Sie gehört zur Verbindung. Sie heißt Allison Lord." Aus irgendeinem Grund fand sie es wichtig, den Namen laut auszusprechen. Vielleicht eine Art Segen. Abrupt stand sie auf und sah sich um. „Du bleibst hier mit den Hunden. Laß niemanden zur Brücke. Ich suche ein Telefon und rufe die Polizei. Ich bin so schnell wie möglich wieder da." Ohne ein weiteres Wort eilte Jane den Weg zurück, den sie gekommen waren.

3

Kriminalinspektor Orville Trevelyan saß an seinem Schreibtisch und studierte die Akte Allison Lord. Über die Todesursache war bisher noch nichts bekannt, als Todeszeit war vorläufig der 9. November zwischen acht und zehn Uhr abends genannt. Gestern abend. Die Autopsie sollte später am Tag stattfinden. Die Leiche zeigte keine sichtbaren Verletzungen. Oberflächlich sah es wie ein simpler Tod durch Ertrinken aus. Trevelyan war seit zwanzig Jahren bei der Polizei und wußte, daß die Dinge selten simpel waren. Gestern war kein Abend gewesen, den jemand am See verbrachte. Er erinnerte sich, wie er seinen Zwergschnauzer gegen neun auf die Straße geführt hatte. Kein Abend für einen angenehmen Spaziergang.

Sergeant Meeker steckte sein schütteres Haar durch die Tür und sagte, daß die Frau, die die Leiche entdeckt hätte, draußen wartete. Trevelyan bat, sie hereinzuführen.

Der Polizist, der am Tatort war, hatte berichtet, daß eine Jane Lawless die Leiche morgens gegen Viertel vor sieben gefunden hatte. Sie hätte mit einer Freundin, Cordelia Thorn, einen Spaziergang gemacht. Trevelyan glaubte, den zweiten Namen zu kennen. Keine angenehme Erinnerung. Seltsamerweise hatte Jane Lawless gesagt, sie kenne die Verstorbene.

Die Tür ging auf, und eine große Frau mit kastanienbraunem Haar und Augen von ungewöhnlich tiefem Veilchenblau kam herein. Trevelyan fand, daß sie gut aussah. Ein bißchen zerzaust vielleicht, aber auf ihre Weise elegant. Ein junger Mann kam hinter ihr herein und setzte sich an einen kleinen Tisch. Er öffnete seinen Schreibblock und nickte dem Inspektor zu. Jane setzte sich Trevelyan gegenüber.

„Danke, daß Sie gekommen sind, Miss Lawless. Ich bin Inspektor Orville Trevelyan und mit den Ermittlungen in diesem Fall betraut." Er sah sie an. Sie kam ihm bekannt vor, aber er konnte sie nirgendwo unterbringen. „Als erstes würde ich gern wissen, warum Sie schon so früh am Morgen am Lake of the Isles waren?"

Jane sah sich nach dem jungen Mann um, der sich Notizen machte. Sie war noch nie zuvor von der Polizei vernommen worden und fand es nicht lustig, daß ihre Antworten sozusagen auf einem Stenoblock in Stein gehauen wurden. Die erste Frage hatte sie erwartet, ihre Antwort kam spontan. „Ich gehe oft frühmorgens spazieren, und der See ist einer meiner Lieblingsplätze."

„Ich verstehe", sagte Trevelyan und blickte auf seine Notizen. „Hier steht, Sie hätten ein Restaurant in Minneapolis."

„Das stimmt", sagte Jane. „Das Lyme House. An der Südküste des Lake Harriet. Es gehört mir seit acht Jahren."

„Wie ich höre, kannten Sie die Verstorbene. Würde es Ihnen etwas ausmachen, mir zu sagen, was Sie von ihr wissen?" Trevelyan schrieb etwas in seine Unterlagen.

Während er schrieb, nahm Jane ihre Brille aus dem kleinen alten Rucksack, den sie bei sich trug. Sie wollte den Mann genauer sehen, der ihr diese Fragen stellte. Trevelyan wirkte nicht so, wie Cordelia ihn beschrieben hatte. Einen wilden Elch hatte sie ihn genannt. Ihre Bilder aus dem Mittleren Westen verrutschten manchmal ein bißchen. „Ja, ich kannte sie. Sie gehörte zu einer Studentinnenverbindung der Universität von Minnesota, Kappa Alpha Sigma, der ich als Alumna, als Ehemalige angehöre. Ich habe 1974 meinen Abschluß gemacht. In letzter Zeit habe ich den Vorstand öfter ehrenamtlich beraten. Allison war Mitglied des Vorstands. Ich bin nicht ganz sicher, aber ich glaube, zuständig für die sozialen Angelegenheiten. Ich habe nur an vier Sitzungen teilgenommen, und bei jeder war Allison dabei. Persönlich weiß ich wenig über sie."

Trevelyan empfand ihre dunkle Stimme angenehm. Sie klang intelligent. Orville Trevelyan verstand sich auf Gesichter und Stimmen. Sie sprach ohne Akzent, obwohl die Modulation nicht eigentlich nach Minnesota klang. „Ich verstehe. Und haben Sie irgendeinen Grund zu der Annahme, sie hätte Feinde gehabt?“

„Nein, eigentlich nicht.“

„Erschien sie Ihnen bedrückt?“

„Vermuten Sie etwa, es könnte sich um Selbstmord handeln?“

„Glauben Sie das?“

„Nein. Jedenfalls wüßte ich keinen Grund, das anzunehmen. Ich dachte, Sie hätten etwas gefunden, das ein Licht auf ihren Tod wirft.“

„Nein, das haben wir nicht.“ Trevelyan lehnte sich in seinem Sessel zurück. „Natürlich gibt es für ein solches Ende in diesem See nur wenige Möglichkeiten. Es könnte ein Unfall gewesen sein. Dann, natürlich, Selbstmord, obwohl wir keinen Abschiedsbrief gefunden haben. Und schließlich gibt es immer noch eine dritte Möglichkeit.“

Jane nickte langsam. Er mußte sie nicht aussprechen.

„Sie haben meine Frage nicht beantwortet, Miss Lawless. Wirkte sie auf Sie in irgendeiner Weise bedrückt?“

Den ganzen Morgen hatte Jane über die wenigen Gespräche nachgedacht, die sie mit Allison geführt hatte. „Im Gegenteil, sie wirkte sehr glücklich. Sie war gerade von einem Sommer in England zurückgekehrt. Ich erinnere mich, daß wir darüber sprachen, weil ich ebenfalls einige Jahre dort gelebt habe. Allison hatte offensichtlich eine wunderbare Zeit dort verbracht.“

Natürlich, dachte Trevelyan, England. Das ist es, was ich aus ihrer Sprachmodulation heraushöre. „Ja, ich habe gehört, daß sie dort war. Kennen Sie eine Emily Anderson?“

Jane überlegte einen Moment. „Nein, nicht daß ich wüßte. Wer ist sie?“

Trevelyan klappte die Akte zu. „Wir haben Miss Lords Handtasche gefunden, nur wenige Meter von der Brücke entfernt, gleich neben dem Weg. Darin war ein Brief von Emily an Allison. Offenbar hat sie Miss Lord im Sommer auf ihrer Englandreise begleitet. Der Brief wurde nach ihrer Rückkehr geschrieben. Ungefähr vor zwei Monaten. Miss Lord besuchte ihren Vater in Philadelphia."

„Und?" sagte Jane. „Weist der Brief auf irgendein Problem?"

„Ich denke, das hängt davon ab, wie Sie es sehen wollen." Trevelyan stand auf. „Danke, daß Sie gekommen sind. Wenn Ihnen noch irgend etwas einfällt, auch wenn es ganz unbedeutend scheint, bitte rufen Sie mich an. Ich werde im Lauf des Tages die Verbindung aufsuchen, um sie persönlich über das Geschehene zu informieren. Ihre Aussage wird abgeschrieben, und Sie werden sie dann später noch unterschreiben müssen."

Jane nahm an, sie sei entlassen. Trevelyans Antwort auf ihre letzte Frage irritierte sie. Vielleicht war das seine Art, aber halbe Antworten hatten sie schon immer geärgert. „Darf ich Sie anrufen, um das Ergebnis der Autopsie zu erfahren?" Sie nahm die Brille ab und legte sie sorgfältig ins Futteral, bevor sie aufstand und ihn direkt ansah. „Ich habe Allison nicht besonders gut gekannt, aber ich habe sie gemocht. Nachdem ich sie heute morgen gefunden habe, möchte ich wissen, was letzte Nacht wirklich passiert ist."

Endlich dämmerte es Trevelyan, an wen sie ihn erinnerte. Er ignorierte ihre Frage, kam um den Schreibtisch herum und setzte sich auf den Rand. „Würden Sie mir noch eine Frage beantworten? Eine persönliche. Nicht für das Protokoll." Er machte eine Pause und sah sie an. „Sind Sie irgendwie verwandt mit Raymond Lawless, dem Strafverteidiger?"

Jane runzelte mit wachsender Ungeduld die Stirn. „Ja", sagte sie schließlich. „Er ist mein Vater."

„Ich dachte es mir." Trevelyan lächelte kurz. „Sie sehen ihm sehr ähnlich. Ich kenne Ihren Vater beruflich seit vielen Jahren. Wir standen nicht immer auf der gleichen Seite, aber ich achte ihn. Er ist ein großartiger Mann."

„Danke", sagte Jane. „Das ist auch meine Meinung. Werden Sie *meine* Frage beantworten?"

„Natürlich", sagte Trevelyan ruhig. „Rufen Sie mich an, wann immer Sie wollen. Ich werde Ihnen alles sagen, was ich darf."

4

In ihrem Zimmer durchwühlte Maggie Christopherson das Chaos aus Kleidern, Büchern, schmutzigem Geschirr und allerlei Müll und suchte verzweifelt ihr Referat über Persönlichkeitsstörungen, das sie vergangene Woche für den Psychologiekurs geschrieben hatte. Sie war ziemlich sicher, daß sie es unter einer leeren Karamellbonbonschachtel neben dem Papierkorb gesehen hatte. Glücklicherweise konnte das Manuskript sich nicht von selbst fortbewegen und verstecken. Vielleicht hatte sie es auch am Samstagmorgen mit in die Bibliothek genommen, in diesem Fall mußte es sich zwischen ihren Geografiemitschriften befinden. Und wo waren die?

„Hey, Christopherson. Telefon für dich!" brüllte Sigrid Munson auf dem Flur.

Maggie öffnete die Tür und sah zögernd hinaus. Dieser Montag versprach so trübselig zu werden wie alle anderen. Ihr Haar sah gräßlich aus, ihre besten Jeans lagen zerknautscht unter der Schreibmaschine. Maggie war zwar Studentin im dritten Jahr mit dem Hauptfach Psychologie und seit jüngstem Heimmanagerin bei Kappa Alpha Sigma, aber mit dem Thema Organisation stand sie auf Kriegsfuß. „Einen Augenblick", rief sie und durchwühlte die Kissen und Laken auf ihrem Bett auf der Suche nach ihrer Collegeuniform. Schade, daß sie nicht einfach einen Schlafsack anziehen konnte. Wo der war, wußte sie. „Wer ist dran, Siggy?" Ein schlechter Zeitpunkt für ein Telefongespräch. Sie mußte es kurz halten. Ihr erster Kurs begann in weniger als einer Stunde, unglücklicherweise in West Bank, was zwanzig Minuten Fußweg bedeutete, wenn sie keine fand, die sie im Auto mitnahm.

„Ich glaube, eine Emily", schrie Sigrid, die frisch gewählte Präsidentin der Vollversammlung, die das Pech hatte, gleich neben dem Flurtelefon auf der zweiten Etage zu wohnen. Normalerweise gab es einen Telefondienst. Nach der Party gestern abend bei Sigma Nu aber lagen heute morgen alle noch im Bett. Sie hatten buchstäblich bis zum Erbrechen gefeiert. Sigrid sah nicht ein, warum sie leise sein sollte, damit die anderen weiterschlafen konnten. Wenn sie aufstehen konnte, konnten es die anderen auch. Mit hoher Stimme und leichtem Kicksen schmetterte sie einen Country-Song und ging zum Bad. „Hey, Maggs, wenn du rüber nach West Bank willst, triff mich in zwanzig Minuten unten. Ich fahre.“ Sie verschwand in der Tür.

Maggie raste den Flur entlang. Kenne ich eine Emily? Sie quetschte sich in die Telefonkabine und schloß nachlässig die Tür. „Hallo, was gibt's?“

„Maggie! Ich bin so froh, daß du da bist.“ Die Stimme kannte sie nicht. „Du erinnerst dich vielleicht nicht mehr an mich. Wir haben uns nur einmal getroffen. Ally Lord hat uns vor ein paar Wochen vorgestellt. Sie und ich waren beim Essen im Campus Grill, und du kamst an unseren Tisch, um etwas mit ihr zu besprechen. Bitte sag, daß du dich erinnerst. Es ist ungeheuer wichtig.“ Sie sprach, ohne Luft zu holen, als hätte sie Angst, Maggie könnte den Hörer auflegen.

Maggie erinnerte sich an den Abend und an eine blasse, schrecklich schüchterne junge Frau mit großen Augen. Sie hatte bei der Vorstellung kaum etwas gesagt. „Ja, ich erinnere mich. Ally sagte, glaube ich, du seist höheres Semester, Englische Literatur.“

„Das stimmt. Du hast ein gutes Gedächtnis.“ Emilys Reaktionen wirkten übertrieben. Offensichtlich stimmte etwas nicht. „Ich wußte nicht... Hast du Ally heute morgen gesehen? Sie hatte gestern abend eine Verabredung und wollte mich danach anrufen. Ich habe nichts von ihr gehört, und allmählich mache ich mir Sorgen.“ Ihre Stimme hatte eine fast hysterische Schärfe.

Maggie fand, daß Emily übertrieb. Sicher, es war merkwürdig, daß sie Allison gestern auf der Party nicht gesehen hatte. Allison hatte gesagt, sie käme nicht später als neun Uhr. „Bleib dran. Ich sehe in ihrem Zimmer nach.“ Sie legte den Hörer hin und rannte ans andere Ende des Hauses. Allisons Zimmer lag im alten Nordflügel. Sie klopfte an die Tür. Sie versuchte zu öffnen, die Tür war nicht verschlossen. Drinnen sah es aufgeräumt aus wie immer. Das Bett war gemacht, auf dem Schreibtisch stand in einer schlanken Vase eine einzelne rote Rose. Entweder hatte Allison die Nacht nicht hier geschlafen, oder sie war schon fort. Maggie schloß behutsam die Tür und eilte wieder ans Telefon. „In ihrem Zimmer ist sie nicht. Ich weiß, daß sie am Montag keine frühen Kurse hat. Wahrscheinlich war sie über Nacht woanders. Das hat sie in letzter Zeit öfter gemacht. Ich weiß leider auch nicht, wohin sie geht, wenn sie nicht hier ist, aber ich denke, das ist kein Grund, sich Sorgen zu machen. Soll ich ihr etwas ausrichten?"

Am anderen Ende war es still.

„Bist du noch da?" fragte Maggie.

„Ja", sagte Emily fast unhörbar. Wieder diese ungemütliche Stille. „Maggie, hast du gewußt, daß Allison gestern abend mit Mitchel Page reden wollte? Sie wollte ihn um sieben in Ernies Bar treffen."

„Ja, das wußte ich. Ich habe gestern nachmittag mit ihr gesprochen, gerade als sie das ausgemacht hatte. Woher weißt du das?"

„Ich war gestern mehrere Stunden mit ihr zusammen. Bevor sie ihn traf, war sie in meiner Wohnung. Ich wollte nicht, daß sie hinging. Ich traue ihm nicht. Wir haben uns deshalb fast gestritten."

Maggie merkte, daß Emily den Tränen nahe war.

„Ich weiß nicht, wo ich sie suchen soll. Ich weiß nicht, was ich tun soll. Warum hat sie nicht angerufen!"

„Wirklich, Emily, du solltest dir keine Sorgen machen. Ich kenne Mitch. Er ist seit mehreren Jahren hier Hilfskellner. Ich mag ihn zwar nicht besonders, aber er ist kein schlechter Kerl. Wahrscheinlich weißt du, daß er und Allison letztes Jahr miteinander gegangen sind. Vielleicht sind sie zu ihm gegangen, nach Selby Hall."

„Nein! Das würde sie nicht tun!"

Bevor Maggie antworten konnte, klickte es am anderen

Ende der Leitung. Wie reizend, dachte sie kalt. Warum sollte ausgerechnet *sie* wissen, wo Allison steckte? Ganz offensichtlich sagte Allison ihr schon lange nicht mehr alles. Und außerdem war jetzt keine Zeit, darüber nachzudenken. Sie mußte dieses Psychologiereferat finden. Emily brauchte nur zu warten, bis Ally sie anrief. Also wirklich, dachte Maggie, sie benimmt sich ja wie eine sitzengelassene Geliebte.

* * *

Zehn Minuten später, ihr ausgefranstes Bild im Spiegel hatte sie ignoriert, betrat Maggie den Speisesaal. Vielleicht war noch Zeit für ein Glas Orangensaft, bevor Sigrid aufbrach. Vitamin C wäre das Beste gegen ihre Kopfschmerzen.

Als sie zur die Saftmaschine ging, sah sie Edith Holms, die Hausdame, die an der Rückseite des Raums mit einem Polizisten sprach. Nicht schon wieder, dachte sie und schüttelte erstaunt den Kopf. Nicht noch ein Diebstahl.

Seit sie aus den Sommerferien zurückwaren, hatte es zwei Diebstähle im Haus gegeben. Der erste gleich in der zweiten Woche. Jemand hatte eine sehr teure Kamera und eine Tasche mit der Fotoausrüstung aus der Garderobe entwendet. Die junge Frau, die sie erst kürzlich von ihren Eltern geschenkt bekommen hatte, hatte gedroht, die Verbindung zu verlassen, wenn sie nicht alles unverzüglich zurückbekäme. Der Vorstand hatte dafür gestimmt, die Sache im Haus zu erledigen und nicht die Polizei einzuschalten. Zwei Wochen später hatte jemand, diesmal während des Abendessens, aus einem Zimmer im zweiten Stock einen Smaragdanhänger genommen. Mrs. Holms hatte darauf bestanden, die Polizei zu rufen. Aber wieder hatte der Vorstand sie überstimmt. Keine Polizei. Die Vorstandsmitglieder würden selbst dafür sorgen, daß der Dieb gefunden und bestraft würde.

Maggie nahm sich ein Glas Orangensaft und beobachtete, gegen die Theke gelehnt, wie Edith leise mit dem Polizisten redete. Wenn sie die Polizei gerufen hätte, ohne vorher mit Sigrid zu reden, wäre die Hölle los. Alle Entscheidungen, besonders solche, die das ganze Haus betrafen, mußten zuerst mit der Präsidentin abgesprochen werden. Dies paßte nicht zu Edith. Normalerweise blähte sie sich auf und meckerte offen herum, aber sie neigte nicht zu eigenmächtigem Handeln.

Maggie war überrascht, als Edith sie heranwinkte. Glücklicherweise war der Speisesaal leer. Niemand würde Zeugin dieses törichten Verhaltens. Maggie legte ihre Bücher hin und schlängelte sich zwischen den Tischen durch.

„Maggie", sagte Mrs. Holms und zog sie näher, „dies ist Sergeant Ramsey vom Polizeidepartment." Bildete sie sich das ein, oder hatte Mrs. Holms wirklich geweint? Schwer zu sagen, denn sie war häufig den Tränen nahe. Edith gehörte zu den Frauen, die ständig davon reden, wie sehr sie verletzt habe, was andere Menschen taten oder sagten. Eine merkwürdige Art, Wut zu äußern, dachte Maggie. „Sergeant Ramsey, dies ist Maggie Christopherson, unsere Hausmanagerin."

Sie gab ihm die Hand.

Der Sergeant war ein großer Mann mit krausem grauen Haar und tiefliegenden rotgeränderten Augen. Immer wieder war Maggie erstaunt, wie groß Männer werden konnten. Ungefähr wie ein saftiger Sommerkürbis, dem gestattet wurde, sich zu einem Zehn-Pfund-Monster auszuwachsen und der dann als Türstopper in der Garage endete. Ramseys Uniform saß eng am Körper, was ihn noch schwerfälliger aussehen ließ.

„Der Sergeant ist gerade erst eingetroffen", sagte Edith, ihre Stimme zitterte. Ihre Augen flatterten, verzweifelt hoffte sie, er möge die Unterhaltung übernehmen.

Er nickte Maggie zu und legte die Hand auf seinen Revolver. „Es tut mir leid, Miss Christopherson, aber ich bringe schlechte Nachrichten."

Er sieht gar nicht traurig aus, dachte Maggie.

„Heute am frühen Morgen haben wir eines Ihrer Mitglieder aus dem Lake of the Isles gezogen:"

„Was?" sagte Maggie. „Was soll das heißen?"

„Ihr Name ist", er sah auf seinen Schreibblock, „Allison Lord. Es scheint, daß sie irgendwann gestern abend gestorben ist."

„Gestorben?" Maggie strengte sich an, zu verstehen, was der Mann sagte. „Ally? Tot? Das glaube ich nicht."

„Sergeant, Maggie war mit Allison eng befreundet." Edith legte eine schwere Hand auf Maggies Schulter. „Mir scheint, wir alle waren es."

Maggie biß die Zähne zusammen. „Wie ist es passiert?"

„Das wissen wir noch nicht. Es sieht nach Ertrinken aus. Mehr können wir im Augenblick nicht sagen." Er machte eine Pause. „Können Sie sich vorstellen, daß sie zum Schwimmen war? Ich meine, so aus Jux? Ich weiß, diese Studentinnen- und Studentenverbindungen machen manchmal die verrücktesten Sachen." Er sah Mrs. Holms hilfesuchend an.

„Nein", sagte Maggie. „Ganz ausgeschlossen."

„Warum, Miss?"

„Weil sie nicht schwimmen konnte. Sie hatte Angst vorm Wasser."

„Ich verstehe." Der Sergeant sah finster auf seine Uhr. „Wahrscheinlich können wir Ihnen später Genaueres sagen. Inzwischen müssen wir ihre Eltern benachrichtigen. Könnte eine von Ihnen mir ihre Adresse und Telefonnummer heraussuchen? Es würde uns Zeit ersparen."

„Ja, natürlich", sagte Mrs. Holms, froh, etwas zu tun zu haben. Sie ging und betupfte ihre Augen mit einem Leinentaschentuch.

Maggie und der Sergeant standen da und betrachteten sich gegenseitig. Er sprach als erster. „Also Sie und Miss Lord waren befreundet."

„Ja", sagte Maggie und verschränkte die Arme vor der Brust. „Wir haben beide vor drei Jahren an der hiesigen Universität angefangen." Es war lächerlich. Ihre beste Freundin war tot, und sie mußte hier Smalltalk machen. „Letztes Jahr haben wir zusammen gewohnt."

„Aha", sagte er und betrachtete sie von oben bis unten.

War das besonders aufschlußreich? dachte Maggie. Eine Art Fingerzeig?

Sergeant Ramsey sah sich abschätzend um. „Muß ein lebenslustiger Ort sein."

„Was zum Teufel meinen Sie damit?" Sie spürte die Verunglimpfung, war sich nur nicht sicher, was er damit meinte. Bevor er antworten konnte, kam Mrs. Holms mit der Adresse zurück.

„Danke", sagte der Sergeant. „Nachher kommt jemand vom Department, um Ihnen allen ein paar Fragen zu stellen." Er nickte Mrs. Holms zu und grinste Maggie kaum merklich an. Bevor er ging, blickte er sich noch einmal um.

„Ein unangenehmer Mann", sagte Maggie, als sich die Tür hinter ihm geschlossen hatte.

„Ach, finden Sie? Angesichts der Umstände fand ich ihn ganz nett."

Was die präzise Beschreibung von Menschen anging, war auf Edith Holms Verlaß.

5

Emily saß steif auf ihrem Stuhl, ihre Angst war mit Händen zu greifen.

„Sie sagen also, Miss Anderson, daß Sie Allison Lord seit etwa einem Jahr kannten?" Inspektor Trevelyan klopfte mit einem Bleistift auf die Schreibtischplatte.

Emily fragte sich, ob er sie damit verunsichern wollte. Jedenfalls funktionierte es. „Ja, wir haben uns beim letzten Thanksgivingfest bei einer gemeinsamen Freundin kennengelernt." Warum die überhöfliche Tour? Bildete sie sich das ein, oder machte es ihm wirklich Spaß? Erzähl ihm nichts, wonach er nicht gefragt hat. Gib ihm keinen Anlaß für Verdächtigungen.

„Würden Sie sagen, daß Sie enge Freundinnen waren?"

„Zu Anfang nicht. Später könnten Sie es so nennen." Ihr Mund zuckte.

Trevelyan notierte sich etwas. „Sie sagen, sie habe Ihre

Wohnung gestern abend gegen halb sieben verlassen. Wissen Sie, wohin sie gehen wollte?" Trevelyan erkannte Angst auf den ersten Blick. Und er wußte sie zu nutzen.

„Ja. Sie traf sich mit Mitchel Page. Er ist Student an der Universität und jobbt bei Kappa Alpha Sigma. Allison war Mitglied dieser Verbindung. Wenn Sie wünschen, kann ich Ihnen seine Adresse besorgen."

Trevelyan schüttelte den Kopf. „Fahren Sie fort."

„Sie waren um sieben in Ernies Bar verabredet. Letztes Jahr war sie mit ihm gegangen, aber im Frühjahr hatten sie sich getrennt." Emily zögerte. „Was danach passiert ist, weiß ich nicht."

Trevelyan blätterte in seinen Unterlagen. „Stimmt. Kennen Sie Mitchel Page?"

„Ich habe ihn ein paarmal getroffen." Emily sah auf ihre Hände. Im Neonlicht wirkte ihre Haut blaß und krank. Wieviel sollte sie von dem, was sie wußte, sagen? „Ich glaube, da ist etwas, das Sie über ihn wissen sollten. Ich weiß, es klingt ein bißchen übertrieben, aber ich halte ihn für gefährlich. Ich meine, ich will nicht behaupten, daß er etwas mit ihrem Tod zu tun hat, aber früher neigte er zu Gewalttätigkeit."

„Und haben Sie ihn diese Neigung je äußern gesehen?"

„Nicht direkt. Das heißt, nicht persönlich. Aber Allison hat mir von einigen Vorfällen erzählt."

„Haben Sie irgendeinen Grund anzunehmen, daß Mr. Page etwas mit dem Tod von Miss Lord zu tun hat?"

„Ich sagte bereits, ich weiß es nicht."

„Aber Sie nehmen es an?"

„Ich bin mir nicht sicher. Ich habe keinen konkreten Beweis. Kann sein, daß Allison gesagt hat, er sei böse auf sie, aber vielleicht auch nicht. Ich erinnere mich nicht genau." Sie log. Sie hörte sich an, als wüßte sie zuviel.

„Sie sollten wissen", sagte Trevelyan und blätterte wieder in den Unterlagen vor ihm, „daß ich mit Mr. Page bereits ausführlich gesprochen habe."

Emily spürte, wie ihre Nackenmuskeln sich zusammenzogen.

„Nur damit Sie wissen, daß wir unsere Pflicht tun: Wir haben seine Geschichte auch überprüft. Er gab an, er und Miss Lord hätten sich etwa eine halbe Stunde unterhalten. Er verließ sie in der Bar und ging zu einer Party der Sigma Nu-Verbindung. Eine Art Begrüßungsparty. Wir haben mehrere Zeugen, die ihn dort gesehen haben. Er verließ die Party zwischen halb neun und neun zusammen mit einer jungen Frau namens Jamie McGraw. Wenn ich es richtig sehe, gehört sie zur selben Verbindung wie Miss Lord. Sie ist anscheinend seine gegenwärtige Freundin. Sie fuhren zu ihrer Wohnung, wo er den Rest der Nacht, vergangene Nacht, zubrachte. Sie hat seine Aussage bestätigt."

Emily fühlte sich elend. Bei diesem Alibi würde niemand glauben, daß er mit Allisons Tod irgend etwas zu tun hatte. Wenn Allison zwischen acht und zehn gestorben war, wie es hieß, warum sahen sie nicht, wie einfach es für ihn gewesen wäre, sie zu töten? Offensichtlich hatte er irgendein Flittchen überredet, für ihn zu lügen.

„Miss Anderson?" Trevelyan blickte sie an. „Können wir fortfahren?"

„Selbstverständlich. Tut mir leid. Ich habe nur nachgedacht. Mitchel hat nur die Aussage seiner Freundin, daß sie den ganzen Abend zusammen waren."

„Ja, das stimmt. Man könnte fast annehmen, Miss Anderson, Sie wollten Mitchel Page den Tod Ihrer Freundin anhängen. Ich frage mich, warum."

Er spielte tatsächlich Katz und Maus mit ihr. Sie spürte es. „Es tut mir leid, wenn es sich so angehört hat. So habe ich es nicht gemeint."

„Wirklich nicht?" Trevelyan zog ein Blatt aus der Akte. „Sie haben ausgesagt, Sie hätten den ganzen Abend zu Hause verbracht. Sie sind nicht fortgegangen und haben auch keine Anrufe erhalten. Ist das korrekt?"

„Ja."

„Und von Miss Lords Tod haben Sie erst heute nachmittag erfahren, als der Beamte, den wir zu Ihnen geschickt haben, Sie informierte?"

Emily nickte.

„Ich verstehe." Trevelyan nahm die Brille ab, griff in die Schreibtischschublade und zog einen kleinen Briefumschlag aus dünnem Papier hervor.

Emily erkannte ihn sofort. Es war das zarte hellblaue Luftpostpapier, das sie bei Marks und Spencer in London gekauft hatte. „Was ist das?" Sie gab sich Mühe, beiläufig zu klingen. Ihre Stimme war eine Spur zu hoch. Sie streckte die Hand aus, um danach zu greifen, überlegte es sich aber. „Ich weiß, was es ist. Woher haben Sie das?"

Trevelyan ließ den Umschlag auf den Tisch fallen. Das zarte, fast gewichtlose Papier landete geräuschlos. Sie wußte: Was darin stand, war zu deutlich formuliert, als daß es abgestritten werden konnte. Sie wollte es auch gar nicht abstreiten. „Was wollen Sie wissen?" Ihre Stimme klang teilnahmslos. Sie merkte erst jetzt, wie müde sie war. Er wußte alles. Nein. Sie lächelte innerlich. Das stimmte nicht ganz. Alles wußte er nicht.

Trevelyan legte den Brief in die Schublade zurück. Er klappte die Akte zu und faltete die Hände auf dem Deckel. „Wir wissen, daß Sie und Miss Lord spätestens seit letztem Sommer ein Paar waren. Für sich allein heißt das noch nichts. Aber nach dem Gespräch mit Mitchel Page ist für mich ziemlich klar, daß Miss Lord – sagen wir – eine sehr verstörte junge Frau war."

Entgeistert sah Emily auf. „Aufgrund der Aussage dieses miesen Trottels glauben Sie, Allison zu *verstehen*? Ja? Das ist eine fabelhafte Ermittlung. Wenn ich Ihrem Kronzeugen widersprechen darf: Allison war noch nie so wenig verstört. Sie hatte es endlich geschafft, aus der Verwirrung herauszukommen, in der sie ihr ganzes Leben gesteckt hatte."

„Ich bezweifle nicht, daß Sie das glauben. Aber es ändert nichts an den Fakten. Für mich ist klar, daß sie ihren Gefühlen ambivalent gegenüberstand. Mr. Page zufolge wollte sie ihre alte Beziehung erneuern. Da wir Allisons Meinung hierzu nicht kennen, möchte ich sagen, daß ich dazu neige, Mr. Page zu glauben. Er sagte aus, dies sei der Grund gewesen, warum sie sich mit ihm gestern abend treffen wollte. Er sollte ihr seine Entscheidung mitteilen."

„Das ist eine Lüge!" Emily erhob sich und hieb mit der Faust auf den Schreibtisch des Inspektors. „Hat er Ihnen das gesagt? So ein Unsinn! Er lügt!"

„Setzen Sie sich, Miss Anderson." Trevelyan sah sie ruhig an. Seine kühl verständige Art brachte sie nur noch mehr auf. Stillschweigend gab er ihr zu verstehen, sie habe keinen Grund, sich aufzuregen. Sie war ein Kind, eine *Frau*, die ihre Emotionen nicht unter Kontrolle hatte. Sie rührte sich nicht.

„Setzen Sie sich, Miss Anderson. Es wird nicht mehr lange dauern."

Emily hörte den Sarkasmus. Er hatte die Macht, und sie wußte es. Sie merkte, daß sie sich beim Aufspringen auf die Lippen gebissen hatte. Der salzige Geschmack des Bluts füllte ihren Mund. Trevelyan hatte es offensichtlich ebenfalls bemerkt. Er zog eine Schachtel mit Papiertüchern aus der Schublade und reichte sie ihr. Die einfache Geste schien sie zu ernüchtern. Sie nahm ein Tuch und setzte sich. Was hatte es noch für einen Sinn.

„Wußten Sie, daß Miss Lord in der Highschool versucht hat, Selbstmord zu begehen?"

Emily sah auf das blutige Papiertuch in ihrer Hand. „Ja. Ich wußte es."

„Vor einigen Stunden erhielt ich den Autopsiebericht. Der Tod Ihrer Freundin trat durch Ertrinken ein. Ihr Körper enthielt keine fremden Substanzen, und die einzigen ungewöhnlichen sichtbaren Merkmale waren einige alte Narben an ihren Handgelenken. Wir haben nachgeforscht und herausgefunden, daß sie mit sechzehn einen Selbstmordversuch unternommen hat. Es scheint, daß ein Mädchen, in das sie sich verliebt zu haben glaubte, von ihren Eltern auf eine Privatschule geschickt wurde. Ich vermute, es handelte sich um den Versuch, die beiden zu trennen. Kurz nachdem das Mädchen die Stadt verlassen hatte, fand Allisons Vater sie mit aufgeschnittenen Pulsadern im Badezimmer. Ich nehme an, Sie kennen die Geschichte." Er wartete auf ihre Reaktion.

„Und was wollen Sie damit sagen?“ fragte sie wütend. „Daß alle Schwulen und Lesben von Natur aus suizidal sind? Depressiv? Ambivalent gegenüber ihrer Sexualität? Ist es das? Allison war nichts von all dem. Als sie sechzehn war, verliebte sie sich. Das passiert zu allen Zeiten. Über die Freuden der jungen Liebe schreiben die Dichter. Das Problem war nur, daß sie sich in eine junge Frau verliebte. Ihre Familie sagte ihr, das sei krankhaft und eine Sünde. Sie wußte, daß es das nicht war. Aber anders zu sein, macht Angst. Besonders einem sechzehnjährigen Mädchen. Sie haben vermutlich keine Ahnung davon, ich bezweifle, daß Sie überhaupt je ein wirkliches Gefühl empfunden haben.“

Trevelyan lächelte. Es kam ihm vor, als greife eine Ameise eine Eiche an. „Ich will Ihnen sagen, Miss Anderson, was meiner Meinung nach geschehen ist.“ Er lehnte sich in seinem Stuhl zurück und verschränkte die Arme über dem Bauch. „Miss Lord war verstört. Vergangenen Winter hatte sie eine gute Beziehung mit Mitchel Page. Es befriedigte sie.“ In seinem Mund wirkte das Wort obszön. „Dann traf sie Sie, und die alte Ambivalenz kehrte zurück. Sie beide verbrachten einen glücklichen Sommer in England, gaben Ihren, wir wollen mal sagen: Grillen nach. Aber als Allison zurückkam und eines Nachmittags zufällig Mitchel traf, kehrten die alten Gefühle für ihn zurück.“

Er beschreibt ein Jojo, dachte Emily.

„Nun hat sie ein Problem. Was soll sie tun? Sie beschließt, sich mit Mitchel zu verabreden, um herauszufinden, wie die Chancen für eine Versöhnung stehen. Er weist sie zurück und läßt sie in der Bar sitzen. Sie trinkt und wird dadurch nur noch verzweifelter. Schließlich bricht sie auf. Sie fährt umher und grübelt über das Chaos, das sie aus ihrem Leben gemacht hat. Einem plötzlichen Einfall folgend, beschließt sie, zum Lake of the Isles zu fahren. Vielleicht war es sogar ein Plan. Wer weiß? Sie parkt den Wagen und geht zu der alten Brücke. Es regnet. Weit und breit ist niemand zu sehen. Ich denke, den Rest kennen wir.“

Emily schlang die Arme um ihren Körper und wiegte sich

langsam vor und zurück. „Nichts davon ist wahr. Sie hat Mitch nicht geliebt, und sie hat ihn auch nicht zurückgewollt. Wenn er Ihnen gegenüber das behauptet, lügt er. Nie hätte sie sich umgebracht. Ich weiß, Sie werden nie begreifen, wieso eine Frau eine Frau allen Männern vorzieht. Aber Allison hat es getan."

„Richtig. Ich begreife es nicht." Er stand auf. „Würden wir anfangen zu überlegen, wer das einleuchtendste Motiv hatte, stünden Sie ganz oben auf der Liste. Aber solange es keinen Beweis für das Gegenteil gibt, werden wir dies als Selbstmord behandeln. Ich wünschte, ich hätte genügend Leute, um mehr Zeit für jeden Fall zu haben, der auf meinen Schreibtisch kommt. Aber die Stadtväter scheinen der Ansicht, wir gäben schon viel zuviel Steuergelder aus. Ich glaube, Sie sollten darüber froh sein. Und noch eins. Verlassen Sie die Stadt nicht – es könnte sein, daß wir noch einmal mit Ihnen sprechen müssen. Danke, daß Sie gekommen sind." Er lächelte sein seltsames Lächeln und zeigte auf die Tür.

6

Den restlichen Tag verbrachte Maggie vorwiegend in ihrem Zimmer oben im Ostflügel. Sie wollte allein sein, um die Dinge zu ordnen. Aber die Dinge ließen sich nicht ordnen. Sie war hinuntergegangen und saß nun da und starrte abwesend in einen Becher mit lauwarmem Kaffee. Er hatte so bitter geschmeckt, daß sie ihn nicht trinken mochte. Genaugenommen war sie krank vom Nachdenken. Krank von Empfindungen, mit denen sie nicht umgehen konnte. Noch nie war jemand gestorben, der ihr nahestand. Wie sollte sie den Tod begreifen? Noch nie hatte sie darüber nachgedacht. Wenn sie ganz ehrlich war, empfand sie in diesem Moment nicht Trauer, sondern Wut.

Kurz nachdem der Sergeant gegangen war, hatte Mrs. Holms an ihre Tür geklopft und mitgeteilt, ein Inspektor Trevelyan habe angerufen, um zu sagen, daß er im Laufe des Tages vorbeikommen würde. Er wolle mit allen engeren Freundinnen von Allison sprechen, die da seien.

Ihre engen Freundinnen. Ein einfaches Ansinnen. Sigrid, Maggie, Kari und Ally. Irgend jemand hatte sie die vier Musketiere getauft. Sie waren im selben Jahr an die Universität gekommen und gemeinsam bei Kappa Alpha Sigma eingetreten. Sie hatten zusammen gewohnt, gemeinsame Ausflüge gemacht, sich gemeinsam mit ihren Problemen herumgeschlagen und von der Zukunft geträumt.

Ally war immer die Philosophin gewesen. Sie hatte versucht, alle Seiten einer Sache zu bedenken. Sigrid war die Pragmatikerin, die dafür sorgte, daß etwas geschah – und deshalb auch die logischste Wahl für die Hauspräsidentin. Und dann war da Kari. Sie hatte von allen die strengste moralische Überzeugung, neigte zu einer gewissen Engstirnigkeit, dachte vorwiegend in den Kategorien „richtig" und „falsch". Und wie sollte Maggie sich selbst beschreiben? Sie grübelte gern über Motivationen und Absichten. Die meisten Verhaltensweisen hielt sie nicht für gut oder schlecht, sondern für etwas, das verstanden werden mußte.

Zwischen den vieren hatte es erregte Auseinandersetzungen gegeben. Sie waren nicht immer einer Meinung gewesen, aber jede hatte auf ihre Weise den anderen geholfen. In der Verbindung waren sie als Block aufgetreten. Ihre Loyalität war ihre Stärke gewesen. Zu Beginn dieses Studienjahres waren sie für die vier höchsten Ämter der Verbindung gewählt worden. Sigrid als Präsidentin, Maggie als Hausmanagerin, Allison für die sozialen Belange und Kari als Zeremonienmeisterin. Was immer sie im Studentinnenheim als Fehlentwicklung ansahen, wollten sie in Angriff nehmen und, wenn irgend möglich, ändern. Sie waren als Gruppe an die Macht gekommen, so wie sie es immer vorhatten. Sie wußten es. Dies sollte ihr Jahr werden.

Und nun war Ally tot. Irgendwie war die Bedeutung, die

sie als Gruppe gefunden hatten, mit Allison verschwunden. Maggie war sicher, daß Sigrid und Kari das gleiche empfanden.

Als sie jemand durch die Küchentür kommen hörte, drehte Maggie sich um. „Oh, Mrs. Holms. Ich dachte, Sie seien schon fort." Maggie lächelte bedrückt.

„Es tut mir leid, daß ich Sie stören muß, meine Liebe." Edith bekam kaum Luft und mußte sich setzen.

„Ist etwas nicht in Ordnung?" Sie wußte sofort, daß die Frage albern war. „Ich meine, ist noch etwas nicht in Ordnung?" Maggie schob die Kaffeetasse von sich. Wollte dieser Tag denn überhaupt nicht enden?

„Ich fürchte, ja. Würden Sie mit mir kommen? Im Zeremonienraum gibt es etwas, das Sie sehen sollten."

* * *

Der Zeremonienraum von Kappa Alpha Sigma lag im umgebauten Teil des alten Kellers. Es war eigentlich kein Raum, eher ein großer begehbarer Schrank. Gleich daneben lag die Speisekammer. Und auf der anderen Seite des Flurs die kleine, aber gemütliche Wohnung von Gladys Bailey, der Wirtschafterin des Wohnheims der Verbindung.

Im Zeremonienraum wurden all die Gegenstände aufbewahrt, die für die Initiationsriten der Studentinnenverbindung gebraucht wurden. Nur drei Personen hatten einen Schlüssel. Als Hausmanagerin hatte Maggie Zugang zu allen Räumen. Dasselbe galt für Sigrid. Den dritten Schlüssel hatte Kari, die für die Sicherheit des Raums verantwortlich war. Die Tür war ständig verschlossen.

Maggie war schockiert, als sie sah, daß die Tür offenstand und das Licht innen brannte.

„Wann haben Sie das entdeckt?" fragte Maggie. Sie öffnete die Tür noch weiter. Der Fußboden war über und über mit rituellen Gegenständen übersät. Zwei alte Schiffstruhen mit geöffnetem Deckel waren leer.

„Gerade eben."

„Sehen Sie sich das an!" Maggie zeigte auf die Geldkassette, in der die Mitgliedsbeiträge aufbewahrt wurden. Sie nahm sie hoch – jemand hatte das Vorhängeschloß aufgebrochen. „Verdammt! Oh, Entschuldigung, Mrs. Holms. Es ist mir so herausgerutscht." Edith hielt nichts von Mädchen, die fluchten.

Maggie öffnete die Kassette.

„Ist das Geld weg?" fragte Edith in einem Tonfall, der unterstellte, es müsse so sein.

Maggie hielt ihr stumm die Kassette unter die Nase.

„Das begreife ich nicht. Das Geld ist da. Warum sollte jemand den ganzen Aufstand machen, alles durcheinanderwerfen, die Kassette aufbrechen und dann nichts mitnehmen? Ich muß mich hinsetzen." Sie fegte einige Talare von einer alten Bank.

„Ich versteh's auch nicht." Maggie vergrub die Fäuste in den Taschen ihrer zerknitterten Jeans. „Sieht aus, als sei überhaupt kein Geld weggekommen. Es ist noch so gebündelt, wie Kari und ich das vor zwei Wochen getan haben." Düster blickte sie auf das Chaos ringsum.

„Nun", sagte Mrs. Holms verschwörerisch, „jemand muß einen Schlüssel gehabt haben, um in den Raum zu gelangen. Das Türschloß ist unversehrt. Ich denke, als erstes werden wir herausfinden müssen, wo sich die Schlüssel befinden. Vielleicht waren Sigrid und Kari gestern abend hier. Ihr macht ja manchmal schon seltsame Sachen."

„Nie hätten sie ein solches Durcheinander angestellt." Mit einem Fußtritt schloß sie die kleinere der beiden Truhen. „Außerdem waren gestern abend alle auf der Party von Sigma Nu. Niemand war hier!" Sie hob einen Talar vom Boden auf und legte ihn auf die Truhe. „Es kann nicht schwer sein herauszufinden, ob einer der Schlüssel gestohlen wurde." Sie warf einen schnellen Blick auf Mrs. Holms und war froh, daß die ihre Nervosität nicht bemerkte.

Edith schlug sich mit der Hand aufs Knie und stand auf. „Im Augenblick können wir wahrscheinlich nichts weiter tun. Sie sollten wissen, daß ich gestern abend gegen halb sieben hier unten war. Mein Sohn sollte mich gegen sieben abholen, und ich wollte mich nur eben von Mrs. Bailey verabschieden, die auf dem Sprung zu ihrem *Doctor Who*-Treffen in Des Moines war. Ihre Tochter sollte sie später abholen und zum Zug bringen. Ich weiß überhaupt nicht, wie wir ohne sie zurechtkommen sollen. Ich habe dem Vorstand gesagt, daß ihre Abwesenheit ein großes Problem aufwirft, aber sie haben meine Bedenken zurückgewiesen. Am Ende werde ich wohl die ganze Arbeit selbst tun müssen."

Maggie wußte, das war der Einstieg in eine der langen pathetischen Märtyrerinnenreden von Mrs. Holms. „Was haben Sie eben über gestern abend gesagt?"

„Was? Ach ja. Also, immer wenn ich herunterkomme, um mit Mrs. Bailey zu reden, überprüfe ich die Tür zur Speisekammer und zum Zeremonienraum. Adolph vergißt manchmal, die Speisekammer abzuschließen. Wir können uns das nicht leisten. Er jammert, weil ihr Mädchen die Schokoladenkekse wegnascht. Auch das ist Diebstahl, nicht wahr? Egal, in den ganzen zwölf Jahren, die ich jetzt hier bin, habe ich noch nie den Zeremonienraum unverschlossen gefunden."

„Sie haben also gestern abend um halb sieben die Tür überprüft, und sie war verschlossen, und vor wenigen Minuten haben Sie sie geöffnet gefunden?"

„So ist es." Mrs. Holms rückte näher an Maggie. Der unangenehme Geruch ihres Parfums war überwältigend. „Ich scheue mich nicht zu sagen, daß ich die Vorgänge hier ein bißchen unheimlich finde. Vor zwei Tagen kam Kari in mein Zimmer und sagte, sie glaube, sie habe jemand vor ihrem Fenster gesehen. Sie wissen selbst, wie viele Studentinnen schon gesagt haben, sie fühlten sich beobachtet. Und immer nachts. Ist das nicht gruselig? Zuerst dachte ich ja, es handle sich um einen Studentenulk. Diese jungen Männer haben nicht immer den allerbesten Geschmack, wenn sie ihre Spielchen treiben. Aber dafür dauert es nun schon zu lange. Ich will nicht verhehlen, daß ich mich fürchte. Jeden Abend schließe ich meine Tür ab. Das habe ich noch nie getan, seit ich hier bin. Und wenn Sie bedenken, daß wir zwei Diebstähle hatten und nun dies", sie wies auf die Kassette, „dann sage ich: Es muß etwas geschehen. Die Polizei sollte benachrichtigt werden."

„Sie haben recht. Es wird etwas geschehen müssen. Aber ich denke, es herrscht allgemeine Übereinstimmung, daß wir es unter uns klären. Wir wünschen keine negative Publicity. Etwas Seltsames geht hier vor sich, da bin ich sicher. Ich werde es bei der Vorstandssitzung heute abend zur Sprache bringen." Maggie hatte das dringende Bedürfnis, in ihr Zimmer zu kommen. Es gab etwas, um das sie sich auf der Stelle kümmern mußte.

„In Ordnung", sagte Mrs. Holms übertrieben beflissen. „Lassen Sie mich wissen, wie Sie vorankommen." Sie drehte sich um und marschierte die Treppe hoch. Sogar von hinten machten ihre dauergewellten blaugrauen Haare einen energischen Eindruck.

Eine seltsame Frau, dachte Maggie. Wie von einem anderen Stern.

7

Gegen halb sieben ging Jane den dunklen, baumbestandenen Weg zum Kappa-Alpha-Sigma-Haus entlang. Den ganzen Nachmittag hatte sich alles im Restaurant gegen sie verschworen. Sie wußte, daß sie auf jeden Fall zum festlichen Dinner zu spät kam. Von draußen sah sie, daß Sigrid der Versammlung die allgemeinen Bekanntmachungen verkündete. Danach kam der Nachtisch. Und dann erst der wichtigste Teil des Abends, die Vorstandssitzung. Sie war froh, es wenigstens hierzu noch geschafft zu haben.

Als sie die bröckelnden Betonstufen emporging – sie mußte jemand von der Hausverwaltung darauf hinweisen, daß sie repariert werden mußten –, bemerkte Jane, daß die Vordertür leicht angelehnt war. Die schön geschnitzte Holztür flankierten zwei steinerne Wasserspeier. Dankbar, auf ihr Zuspätkommen nicht auch noch durch Klingeln hinweisen zu müssen, stieß sie sie auf. Im Speisesaal hörte sie Sigrid über die Beerdigungsabsprachen reden, die Allisons Vater getroffen hatte. Allisons Vater und Stiefmutter wollten am Mittwoch eintreffen. Der Gedenkgottesdienst sollte Donnerstag nachmittag in der Presbyterianerkirche Zum Guten Hirten in Minneapolis stattfinden. Die Beerdigung später in Philadelphia.

Jane staunte, wie viele heute am Dinner teilnahmen. Fast schien es, als fehlte keine. Die kurzen Ankündigungen würden gleich vorbei sein. Sie wollte die Sache nicht unterbrechen. Statt dessen ging sie zurück in die Halle und betrat durch die Nebentür die Küche. Hier konnte sie bleiben, bis die Ansprache vorüber war. Vielleicht bekam sie sogar noch einen Happen zum Essen. Die Tür quietschte, als sie sie öffnete. Einer der Hilfskellner saß auf einem Hocker und sah bei ihrem Eintreten von seiner Zeitung hoch. Sie erinnerte sich, ihn vor einigen Wochen kennengelernt zu haben. Sein Vorname war Mitch. Den Nachnamen hatte sie vergessen. Sie erinnerte sich auch, daß sie sich nach zwei Minuten Konversation mit ihm gefragt hatte, ob die Kunst der Unterhaltung tatsächlich ausgestorben sei. Er sah nicht schlecht aus. Ebenmäßige weiße Zähne. Dichtes lockiges schwarzes Haar. Hochgewachsen und gut gebaut. Aber sein Benehmen hatte sie abgestoßen. Der Mund war verdrießlich herabgezogen, die tiefliegenden Augen blickten verschlagen. Er triefte förmlich vor Sarkasmus. Und die Stimme! Der lächerliche Versuch, Arbeiterklasse zu spielen. Es wäre erheiternd gewesen, hätte er nicht gleichzeitig so bedrohlich gewirkt. Sie mochte ihn nicht und hatte auch kein Hehl daraus gemacht. Sie fragte sich, was sich hinter der Schale verbarg. Heute abend trug er ein T-Shirt, auf dem stand: BETROGEN.

Jane näherte sich dem Küchentisch, wo der Koch, Adolph Mauer, Schokoladentorte in Stücke schnitt. Der zweite Hilfskellner, Elliot Kratager, trug die gefüllten Platten fort und ersetzte sie durch leere. Adolph hatte ihr den Rücken zugewendet und drehte sich nun linkisch zu ihr um. Seine großen runden Augen blinzelten durch eine dicke altmodische Brille. Er schien sich in seiner Haut nicht wohlzufühlen. Vielleicht mochte er keine ungebetenen Gäste in seiner Küche.

Adolph erinnerte Jane an ein Eichhörnchen. Seine Wangen sahen aus wie Beutelchen. Er war ein kleiner Mann, allerdings hatte sie ihn kürzlich einen Fünfzig-Kilo-Sack Mehl hochheben sehen, als wäre er mit Baumwolle gefüllt. Sein Kopf war kahl mit Ausnahme einiger dünner pfeffer- und salzfarbener Haarbüschel, die wie ein Heiligenschein wirkten.

„Entschuldigen Sie, daß ich einfach so durch Ihre Küche laufe, Adolph. Sie erinnern sich vielleicht nicht mehr an mich. Ich bin eine der beiden Sprecherinnen der Ehemaligen. Ich heiße Jane Lawless."

Adolph wandte sich wieder seiner Torte zu. „Ich erinnere mich an Sie", sagte er mit tiefer angenehmer Stimme. Er winkte Elliot, eine neue Kuchenplatte zu bringen.

Die Torte roch himmlisch. Sie mußte wirklich hungrig sein, denn in der Regel fand sie ungenießbar, was er fabrizierte.

„Die Torte sieht gut aus", sagte Jane. Jenseits der Tür hörte sie immer noch Sigrid sprechen.

„Danke", sagte Adolph und nickte förmlich. „Eine Fertigmischung."

Als ob jemand daran gezweifelt hätte.

„Ich habe gehört, Sie hätten Ally heute morgen gefunden", sagte Adolph leise. „Das muß schrecklich gewesen sein." Er wischte sein Messer an einem Küchentuch ab. Während er fortsah, griff Elliot sich ein Stück Torte und fletschte sein blendendes Gebiß.

„Ja. Es war schrecklich. Ich kann noch immer nicht glauben, was geschah." Sie schauderte bei der Erinnerung an Allisons reglos im Wasser liegenden Körper. Den ganzen Tag war ihr das Bild nicht aus dem Kopf gegangen.

„Was, wenn ich fragen darf, war die Todesursache?" Adolph sah nicht auf, sondern fuhr fort, Tortenstücke auf die Platten zu verteilen.

„Heute nachmittag habe ich mit der Polizei gesprochen, sie tippen auf Selbstmord. Sie konnte nicht schwimmen. Ich bin davon nicht so ganz überzeugt. Die Untersuchung schien mir ein bißchen hastig, aber der Inspektor, der den Fall bearbeitet, sagte, daß sie in Ermanglung konkreter Hinweise nichts weiter tun könnten. Der offizielle richterliche Bescheid soll in einer Woche vorliegen. Ich würde gern selbst Ermittlungen anstellen. Vielleicht finde ich etwas, das in eine andere Richtung weist."

„Verstehe", sagte Adolph und sah Elliot an, der einen Schritt zurückgetreten war und dabei fast eine Schüssel mit schmutzigem Geschirr umgestoßen hatte. Elliot wirkte ziemlich nervös.

Die Platten waren gefüllt. Adolph reichte Elliot die leere Kuchenform und wischte sich sorgfältig die Hände an der Schürze ab, bevor er sich Mitch zuwandte. „Mitchel, setz den Kaffee auf."

Langsam erhob sich Mitch, ächzte und streckte sich. Als er an Jane vorbeiging, streifte seine Hand leicht über ihren Oberschenkel. Jane wartete, bis er fast an der Tür war, und sagte: „Mitch, sollten Sie das noch einmal tun, werden Sie und Ihre kleine Hand woanders arbeiten." Mitchel grinste nur und verschwand.

„Ich kann ihn auch nicht leiden", sagte Adolph leise.

Jane hörte den Beifall im Speisesaal. Er fiel mit Mitchels Eintritt zusammen, und sie war sicher, daß er es bemerkt hatte. Sigrid war mit ihrer Rede fertig. Die Kaffee- und Kuchenpause würde etwa zwanzig Minuten dauern. Zeit genug, um herauszufinden, ob irgend jemand irgend etwas über Allison gehört hatte.

* * *

Der Vorstandstisch war den Offiziellen, der Hausdame und den Ehemaligen und Gästen vorbehalten. Heute abend waren nur die Aktiven anwesend. Als Jane durch die Küchentür kam, stand Maggie auf, um sie zu begrüßen.

„Wie schön, daß du gekommen bist!" Maggies Fröhlichkeit erschien Jane unter den gegebenen Umständen übertrieben. Sie blickte zu den Glastüren und sah gerade noch, wie Sigrid und Mrs. Holms ins Foyer verschwanden. Am Tisch saßen nur noch Maggie, Kari und Susan Julian, die zweite Sprecherin der Ehemaligen.

„Jane, wir haben nicht geglaubt, daß du kommst", zirpte Susan mit ihrer hohen, fast kindlichen Stimme. „Alle hätten verstanden, wenn die Ereignisse heute ein bißchen zuviel für dich gewesen wären."

„Mir geht's einigermaßen", sagte Jane und setzte sich. „Aber es war ziemlich schrecklich. Ich habe gehört, ein Inspektor Trevelyan wollte heute nachmittag hier vorbeikommen. Wußte er etwas Neues zu berichten?"

Keine schien reden zu wollen. Jane sah fragend von einer zur anderen. „Trevelyan hat mir gesagt, sie würden die Selbstmordthese überprüfen, wenn neue Beweise auftauchten. Hat er euch das auch gesagt?" Sie wartete. Die Stille war beunruhigend.

„Das hat er uns auch erzählt", sagte Maggie schließlich. Sie blickte verstohlen zu Kari, die den ganzen Abend sehr schweigsam gewesen war.

„Du weißt also die Neuigkeit noch nicht", sagte Susan und trank einen Schluck Kaffee.

„Welche Neuigkeit?" fragte Jane vorsichtig.

Maggie sah zu Kari, der gerade ihr Kuchen gereicht wurde. Bevor Elliot den Teller vor ihr auf den Tisch stellen konnte, sprang Kari auf, stieß gegen seinen Arm, und der Teller fiel krachend zu Boden. Ohne jemanden anzusehen, stürmte sie aus dem Saal.

„Was ist denn los hier?" fragte Jane. „Will mich eine aufklären, oder handelt es sich um ein Geheimnis?"

Maggie räusperte sich und suchte nach den richtigen Worten.

Bevor sie etwas sagen konnte, antwortete Susan. „Es ist kein Geheimnis mehr, Jane. Es scheint, als ob unser kleines Frauenwunder in Wahrheit schwul gewesen sei."

„Was?" sagte Jane und hielt unwillkürlich den Atem an. Auf ihrem Gesicht gefror das Erstaunen.

„Du hast sie nicht gekannt, Susan", sagte Maggie, die ihre

Wut kaum beherrschen konnte. „Ich jedenfalls mag weder deinen Tonfall noch das Wort, das du benutzt hast.“

„Ich habe das Kind nur beim Namen genannt.“ Susan nippte an ihrem Kaffee.

Maggie gab nicht klein bei. „So? Tust du das? Weißt du, ich habe diese höhnische kleine Stimme den ganzen Nachmittag gehört, und allmählich macht sie mich krank. Ihr scheint alle zu glauben, ihr seid vollkommen. Seit dieser Inspektor hier war mit seinen fabelhaften Neuigkeiten, benehmen sich alle, als seien sie im Kloster erzogen. Schlagen sich an die Brust. Es ist ekelhaft.“ Sie blickte zu Jane und schlug die Augen nieder. „Ich denke, es stimmt. Obwohl ich nichts davon gewußt habe. Kari und Sigrid und ich standen ihr sehr nahe, und sie hat keiner von uns etwas gesagt.“

„An eurer Stelle“, sagte Susan trocken, „würde ich aufhören, überall herumzuerzählen, wie nahe ihr ihr standet. Ihr wollt doch nicht, daß die Leute auf falsche Gedanken kommen.“ Susan beobachtete, wie Maggie ungemütlich auf ihrem Stuhl herumrutschte. Sie wußte, daß sie einen Nerv getroffen hatte.

„Ich dachte, ältere Leute seien klüger“, sagte Maggie und schob den Kuchen fort. Den ganzen Tag hatte nichts wirklich geschmeckt.

Jane erholte sich langsam von ihrem Schock. „Ich denke, ihr beide könnt euch vorstellen, daß du eine solche Information nicht unbedingt all deinen *normalen* Freundinnen zukommen lassen möchtest.“ Sie wählte sorgfältig ihre Worte. „Die Leute benutzen solche Informationen gern, um andere zu verletzen.“

Susan schnaubte. „Du hast recht. Wenn so etwas bei den anderen Verbindungen bekannt wird, sind wir ruiniert! Eine – ich mag das Wort gar nicht aussprechen – Lesbe in unseren Reihen zugelassen zu haben, zerstört unsere Reputation. Wir können bloß hoffen, daß es nicht in die Zeitung kommt. Niemand würde mehr bei uns eintreten. Daran hat wahrscheinlich noch keine von euch gedacht. Wir müssen dies Haus schützen. Wir hätten sie längst rausschmeißen sollen.“

„Wie hätten wir das tun können, wenn wir nichts davon wußten“, sagte Maggie wütend. „Und selbst wenn – ich glaube nicht, daß das ein Grund zum Rausschmiß gewesen wäre.“ Maggie bemühte sich, aber sie fühlte sich sichtlich nicht wohl bei der Sache.

„Sei da nicht zu sicher, Maggie. Immerhin ist Homosexualität eine Sünde gegen Gott und Natur. Und vielerorts ist es gegen das Gesetz.“ Susan nahm den letzten Schluck und betupfte sich die Mundwinkel mit der Serviette. „Ich denke, über dieses Thema sollten wir bei unserer nächsten Bibelsitzung sprechen. Ich würde mich freuen, *dich* dabeizuhaben, Maggie.“ Susan hatte die seltsame Angewohnheit, bei Worten, die sie betonen wollte, die Augen aufzureißen.

„Unserer was?“ sagte Jane und setzte sich aufrecht. Hatte sie richtig gehört?

„Eine kleine Bibelgesprächsrunde, mit der ich vor zwei Wochen hier angefangen habe. Es war meine Idee“, fügte sie vorsichtig hinzu, wohl wissend, Jane würde es nicht wie Edith Holms für einen genialen Einfall halten. „Die Mädchen haben so viele spirituelle Fragen, daß es eine Schande wäre, nicht wenigstens zu versuchen, einige zu beantworten. Wenn ich ihnen helfen kann, ihren Weg zu Jesus zu finden, ist mir das eine Ehre.“ Sie griff nach ihrer Tasse und entdeckte, daß sie leer war. „Jeden Dienstag von drei bis fünf, falls du teilnehmen möchtest.“

Susan Julian sprach über Jesus? Jane kannte Susan seit dem College. Sie hatten beide im gleichen Jahr hier im Haus gelebt. Jane war im zweiten und Susan im letzten Studienjahr gewesen. Wenn sie sich richtig erinnerte, war Susans Ruf, was Trinken und einen draufmachen anging, sagenhaft gewesen. Damals hieß sie Susan Bergemeyer. Ihr Vater besaß eine Brauerei in Milwaukee und hatte seine einzige Tochter auf die Universität von Minnesota geschickt, weil er nicht wußte, was er sonst mit ihr anfangen sollte, und weil er sie keinen Zentimeter näher an Zuhause haben wollte, als unbedingt nötig war.

Jane sah zwischen Susan und Maggie hin und her. „Das ist doch ein Scherz, oder?“ Langsam begann sie zu lächeln.

Susan war sichtlich beleidigt. „Selbstverständlich ist es das nicht. Über so wichtige Dinge würde ich nie scherzen. Vor drei Jahren habe ich mein Leben Jesus geweiht und bin wiedergeboren. Gleich nach dem Tod meines Mannes, Bob. Ich erinnere mich, daß du und diese ziemlich große Freundin von dir, wie heißt sie doch noch...“

„Cordelia.“ Jane wußte, daß Susan Cordelias Namen erinnerte. Die beiden waren ständig aneinander geraten. Alte Gefühle sterben nicht.

„Richtig, Cordelia. Du und Cordelia, ihr wart auf der Beerdigung. Ich war damals ein Nervenbündel, ich bin sicher, das weißt du noch. Ich kann so etwas nicht verbergen. Ich nahm Pillen, trank zuviel, die ganze Zeit. Aber dann bat ich den Herrn, in mein Leben zu treten und mich die Wahrheit zu lehren. Und er tat es! Er hat mich so manche Wahrheit gelehrt, und eine davon ist *Homosexualität.*“ Sie riß die Augen besonders weit auf. Jane fürchtete schon, eines könnte ihr auf den Kuchenteller fallen. „In den Augen des Allmächtigen ist das besonders schmutzig und scheußlich. Und auf die Gefahr hin, grausam zu klingen: Allisons Strafe war das, was sie verdiente.“

„Ihre Strafe?“ Jane konnte das unmöglich so stehen lassen. „Du meinst, Gott hat sie bestraft?“

„Aber sicher doch“, sagte Susan.

Jane zögerte. Vielleicht wußte Susan etwas, das sie nicht sagte. „Hältst du es für möglich, daß Gott eine *Person* benutzt haben könnte, um sie zu bestrafen?“

Susan war verwirrt. „Was? Oh, ich verstehe. So warst du schon immer, Jane. Nimmst auseinander, was jemand sagt, damit sie noch mehr sagen. Du hättest in die Medien gehen sollen. Manchmal geht Gott seltsame Wege, ja. Wie auch immer sie gestorben ist, es war die gerechte Strafe für ihre Taten. Gott hat sie gerichtet, nicht ich.“

Jane konnte nicht glauben, was sie hörte. „Du denkst also, alle Schwulen sollten bestraft werden?“

„Sie *werden* bestraft werden. Das ist sicher.“ Susan faltete die Hände um ihre Tasse. „Sieh mal. Ich weiß nicht, ob du es verstehst, aber ich will versuchen, es zu erklären. Die Sünde der Homosexualität ist wie Lepra. Zuerst merkst du gar nichts. Der kleine Fleck auf deiner Haut wird dir nicht wehtun. Wenn es im Gesicht angekommen ist, ist es zu spät. Nach der Bibel ist der Lohn der Sünde *der Tod*. Das habe ich nicht geschrieben, aber ich glaube es. Homosexualität ist eine Sünde und deshalb mit dem Tod zu bestrafen, wenn keine Reue da ist. Ein homosexueller Akt ist wie eine Ohrfeige ins Angesicht Gottes. Und außerdem hat er Folgen. Sodomie. Gewalt. Prostitution. Vergewaltigung. Drogen. Alles gleich nebenan. Dies Land wird für seine Sünden bezahlen müssen, genau wie Allison. Sie sagte mir, daß nichts..." Die Glocke verkündete das Ende der Pause. In den nächsten fünf Minuten mußten alle sich ein Stockwerk tiefer im Sitzungsraum versammeln.

„Tut mir leid", sagte Susan und sah auf die Uhr. Sie stieß ihren Stuhl zurück und stand auf. „Manchmal geht es mit mir durch. Mehr, als gut für mich ist." Sie griff sich ans Herz. „Nur gehen mir diese Wahrheiten über alles. Ich weiß, daß es nicht klug ist, Leuten zu predigen, aber eines Tages werdet ihr wissen, daß ich recht habe." Sie nickte Maggie und Jane zu und schloß sich einer Gruppe an, die sich durch die Glastüren drängelte.

Nachdem sie gegangen war, sagte Jane: „Ich glaube, wir müssen miteinander reden."

Maggie sah auf. „Ja. Es ist bitter, sich das alles auszumalen. Susan ist so selbstsicher. Und trotzdem kann ich nicht glauben, daß Gott Menschen, die anders sind, nicht haben will. Abgesehen davon, daß ich auf Ally wütend bin. Warum hat sie mir nicht vertraut? Ich hätte nie etwas tun können, das sie verletzt hätte." Sie machte eine Pause, um ihre Gedanken zu ordnen. „Dies war einer der schlimmsten Tage meines Lebens. Ich weiß überhaupt nicht, was ich denken soll. Und hier im Haus gehen merkwürdige Dinge vor sich, die mich beunruhigen." Sie sah sich um, noch immer hatten nicht alle den Speisesaal verlassen. „Über einige dieser Probleme haben wir auf den Vorstandssitzungen gesprochen, aber immer erst, wenn Susan und du gegangen waren. In einer geschlossenen Sitzung haben wir dafür gestimmt, nichts zu sagen, bevor wir nicht wissen, was zu tun ist. Ich glaube, wir haben einen Fehler gemacht." Bevor sie weitersprach, vergewisserte sie sich, daß alle anderen gegangen waren. „Ich habe etwas erfahren, von dem niemand sonst weiß, etwas, das in der letzten Nacht passiert ist. Ich muß darüber mit jemandem sprechen, aber ich weiß nicht, wem ich trauen kann."

„Ich hoffte, du würdest mir vertrauen", sagte Jane. „Ich kann mir vorstellen, daß du dich von Allison betrogen fühlst. Aber ich möchte auch, daß du weißt, welch schwere Entscheidung es ist, anderen zu sagen, daß du lesbisch bist. Du solltest auch wissen, daß Susans Ansichten nicht von allen geteilt werden. Wenn ich herausfinden will, was Ally wirklich geschehen ist, muß ich wissen, was in diesem Haus vor sich geht. Glaubst du, daß wir uns zusammentun und darüber sprechen können?" Sie sah auf die Uhr. „Ich weiß, daß du gleich die Sitzung unten eröffnen mußt, aber vielleicht hast du einen Abend in dieser Woche frei?"

Maggie überlegte einen Moment. „Wahrscheinlich habe ich überhaupt keine freie Minute bis nach dem Gedenkgottesdienst am Donnerstag. Was ist mit Freitag abend? Ich muß außerdem den Stoff von allen Kursen nachholen, die ich heute versäumt habe. Und morgen werde ich auch einen Haufen ausfallen lassen müssen, weil ich das Essen nach dem Gottesdienst in der Kirche organisieren soll. Das wird mich den größten Teil des morgigen Tages kosten."

„Schon erledigt", sagte Jane. „Das Lyme House wird das übernehmen. Du mußt mir nur sagen, wo und wann. Ich müßte das bis spätestens Mittwoch wissen."

„Ich weiß nicht, wie ich dir danken soll. Ich habe sowas noch nie gemacht und hätte nicht einmal gewußt, wo ich beginnen soll."

„Was hältst du davon, wenn Kari und Sigrid am Freitag abend auch dabei sind?"

„Ich kann sie ja fragen, obwohl ihre Reaktionen auf die jüngsten Neuigkeiten über Allison mich irritiert haben. Sigrid schien überhaupt nicht überrascht, und Kari hat kein Wort gesagt."

„Ich verstehe“, sagte Jane. „Bring sie mit, wenn du willst – wenn nicht, bleibt es bei uns beiden.“ Sie zog eine Visitenkarte aus ihrer Tasche. „Die Adresse. Wie wäre es um neun, im Pub? Geh einfach die Treppe runter und bestell, was du magst. Geht auf unsere Rechnung. Ich bin so pünktlich, wie es nur geht.“

„Ich komme“, sagte Maggie und hatte zum erstenmal an diesem Tag das Gefühl, daß sich in all dem Chaos doch ein Sinn finden würde. „Jane, vielleicht sollte ich das nicht sagen, aber den ganzen Tag habe ich mich gefragt, ob Allys Tod wirklich Selbstmord war. Niemals hätte sie auf solche Weise sterben wollen. Das weiß ich. Und selbst wenn sie die größte Schauspielerin der Welt gewesen wäre, eine so tiefe Depression hätte sie vor mir nicht verbergen können. In Wirklichkeit schien sie noch nie so glücklich. Seit sie aus England zurück ist, war sie so.“ Sie sah auf die Uhr. „Ich muß los. Wir reden später weiter.“ Sie griff nach ihrem Notizbuch und rannte davon.

Mitchel Page hatte still im Dunkel der rückwärtigen Saalwand gestanden. Jetzt schaltete er die Deckenbeleuchtung aus. Jane wirbelte herum und sah, wie er sie unverhohlen anstarrte. Sie fragte sich, wie lange er schon zugehört und was er gehört hatte. Ohne die Augen von ihr abzuwenden, machte er ein Licht nach dem anderen aus, bis der Raum völlig dunkel war. Dann quietschte die Hintertür und schloß sich leise wieder.

Teil 2

Stimmen aus dem Sturm

Denn sie säen Wind und werden Sturm ernten.

Hosea 8.7.

8

Jane stand reglos am Fenster. Der Morgen war grau und frostig. In der Nacht war ein kalter Wind aufgekommen, der an den Fenstern rüttelte und sie aus einem unruhigen Schlaf geweckt hatte. Im Knacken des alten Hauses glaubte sie ein leises Flüstern zu hören, Warnung vor dem Nordwind. Die Winter in Minnesota konnten gefährlich sein.

Dieser Wind kam aus Westen. Tiefe, schwere, stahlgraue Wolken schoben sich über den Himmel und brachten den Geruch von Schnee mit. Jane empfand diesen Geruch immer belebend. Nach dem Frühstück war sie nach draußen gegangen und hatte einen Armvoll Holz und Zweige zum Feueranzünden geholt.

Sie drehte sich um und sah auf die beiden kleinen Hunde, die das Haus mit ihr teilten. Sie hatten sich dicht nebeneinander wie zwei kleine Würste vor dem Kamin zusammengerollt. Das Knacken des Feuers ließ den Raum fast noch stiller wirken. Die Kälte eines einst mit Leben und Wärme gefüllten Raums war Jane in den letzten Jahren nur zu vertraut. Sie schrubbte und wischte Staub, aber den Geruch des Verlusts hatte sie nicht vertreiben können.

Ein cremefarbener BMW bog in die Einfahrt. Sie sah, wie

die Person hinter dem Steuer regungslos eine Zigarette rauchte. Dann öffnete sich die Wagentür und eine zierliche Frau in grauem Pelzmantel und Hut stieg aus. Susan Julian. Unsicher stöckelte sie über den Rasen und die Vordertreppe empor. Sie hatte noch nicht geklingelt, als Jane öffnete. Susan ging bereits wieder die Treppe hinab. Sie sah aus, als sei sie bei etwas Verbotenem erwischt worden.

„Jane. Hallo. Es kam mir noch zu früh vor. Ich wollte dich nicht wecken."

Obwohl der Pelzhut ihr Gesicht teilweise verdeckte, sah Jane, wie müde und blaß sie aussah. „Wie du siehst, hast du mich nicht geweckt. Du siehst verfroren aus. Komm herein und setz dich ans Feuer. Ich mache uns einen Kaffee."

Susan nahm Janes Angebot mit einem schwachen Lächeln an. „Danke. Ich habe eine schlechte Nacht hinter mir. Ein Kaffee wäre nicht schlecht." Verkrampft, als täte ihr alles weh, trat sie ein. Rasch sah sie sich um. Bean und Gulliver hatten schon mit ihrer üblichen Überprüfung begonnen. Fast wäre sie über die beiden gestolpert.

„Wenn die Hunde dich stören, kann ich sie aussperren. Sie sind manchmal etwas lästig." Sie zerrte Bean von Susans Handtasche weg.

„Nein nein", sagte Susan und streichelte vorsichtig Gullivers Ohr. „Ich liebe Tiere." Die beiden Hunde hatten längst entschieden, daß dieses kalte menschliche Wesen sich keinen Deut für sie interessierte. Mit einem letzten verächtlichen Schnaufer folgte Bean Gulliver ins Wohnzimmer, und beide legten sich wieder ans Feuer.

„Ein wunderschönes Zuhause, Jane. So weit und offen. Die meisten Häuser heutzutage sind ja eher Schuhschachteln, findest du nicht auch? Obwohl ich meine Vorliebe fürs Moderne zugeben muß. Wer hat dies eingerichtet?" Nervös ging sie durch den Raum und nahm hier und da einen Gegenstand in die Hand. Jane hatte Susan noch nie so ungepflegt gesehen. Ihre normalerweise rosa Haut war aschgrau.

„Ich habe das Haus schon lange", sagte Jane. „Das meiste habe ich selbst gemacht. Cordelia hat mir beim Tapezieren und Streichen geholfen, und eine Frau, die du nicht kennst, beim Rest."

Susan trat an den Kamin und streckte die Hände aus. „Ich wußte gar nicht mehr, wie wundervoll brennendes Holz riecht. In meiner Eigentumswohnung habe ich auch einen Kamin, aber mit Gas. Es sieht nett aus, aber irgendwie ist es Betrug."

Jane sah auf die Uhr auf dem Kaminsims. Gleich würde Cordelia kommen. Sie hatten vor, nach Stillwater zu fahren und nach Emily Anderson zu suchen. Jane hatte ihren Namen von Maggie und ihre Adresse von der Anglistikabteilung erhalten. Der Hausverwalter hatte gesagt, sie habe vor einem Monat gekündigt und sei gestern ausgezogen. Als vorläufige Adresse habe sie ihre Eltern in Stillwater angegeben.

„Die Kälte kommt dieses Jahr sehr früh", sagte Susan und setzte sich in einen der Ohrensessel am Kamin. Jane fragte sich, warum sie gekommen war. Ein Höflichkeitsbesuch konnte es ja wohl nicht sein.

„Ich hole uns den Kaffee." Die Hunde merkten, daß Jane sich in die Küche aufmachte, und trotteten schwanzwedelnd hinter ihr her. Sie ließen keine Gelegenheit aus, an Futter zu kommen.

„Nimmst du Milch oder Zucker?" rief Jane.

„Nur Zucker, bitte", sagte Susan von der Tür her.

„Oh", sagte Jane und drehte sich um. „Ich habe dich gar nicht hereinkommen hören." Sie reichte ihr eine Tasse.

Susan begann sich Zucker in den Kaffee zu schaufeln. Nach dem vierten Löffel hielt sie ein. Jane dachte, sie kalkulierte die tödliche Dosis. Zu ihrer Überraschung nahm Susan noch zwei Löffel, bevor sie den Brei umrührte. Mit zitternder Hand führte sie die Tasse zum Mund.

„Setzen wir uns wieder ans Feuer", schlug Jane vor und nahm ihre Tasse. „Hat dein Besuch einen bestimmten Grund?" Sie beobachtete, wie ihre Frage in Susans Gedankenversunkenheit drang.

„Ja, natürlich." Ihre Stimme klang angespannt. „Maggie bat mich, dir die Informationen über das Essen nach dem Gottesdienst zu geben."

Jane war verwirrt. „Maggie und ich haben doch schon alles besprochen. Sollen wir die Speisefolge durchgehen?“

Susan sah Jane ihren Kaffee trinken und erinnerte sich an die Tasse in ihrer Hand. „Nein. Ich denke, das ist alles in Ordnung. Ich muß was verwechselt haben.“ Sie nahm noch einen Schluck.

Diese Unterhaltung führt zu gar nichts, dachte Jane und sah auf die Uhr. Cordelia mußte jeden Moment da sein.

„Allein leben ist schwer, nicht wahr?“ sagte Susan. „Wenn Bob noch da wäre, er wüßte, was zu tun ist. Als er starb, wußte ich nicht, wohin ich gehen sollte. Aber dann fand ich diese wunderbare Gemeinde in Crystal. Ich war so beschäftigt mit Gottesdiensten, Bibelstunden und anderem, daß ich keine Zeit zum Nachdenken hatte.“ Ihre Kinderstimme wirkte heute wie ihre eigene Parodie. Wieder wechselte sie abrupt das Thema. „Der Gedenkgottesdienst morgen muß dezent sein. Ich habe darauf bestanden. Adam Lord ist in Philadelphia ein reicher und mächtiger Mann. Er hat noch eine jüngere Tochter. Wenn wir sie dazu bringen könnten, bei Kappa Alpha Sigma einzutreten, würden wir zweifellos eine weitere großzügige Spende erhalten. Wir müssen auf die Finanzen achten, verstehst du? Sie werden leicht übersehen. Denkst du nicht auch?“

Jane wußte nicht, was sie denken sollte.

Susan blickte sich unruhig um. „Ich glaube, ich muß jetzt gehen. Ich will dich nicht länger stören.“ Sie blieb sitzen. „Nur noch eine Frage, zu der ich gern deine Meinung wüßte.“

Endlich, dachte Jane. Wir kommen der Sache näher.

Susan trank ihren Kaffee aus und stellte die Tasse auf den Mahagonytisch neben ihrem Sessel. „Ich weiß wirklich nicht, wo ich anfangen soll. Gestern abend habe ich etwas Schreckliches entdeckt. Etwas wirklich Schreckliches.“ Sie stand auf und ging zum Kamin. Jane den Rücken zudrehend fuhr sie fort: „Ich weiß nicht, warum ich gekommen bin. Du kannst auch nichts ändern. Wahrscheinlich war es ein Fehler.“ Sie drehte sich um. „Ich kenne dich ja kaum. In den letzten fünfzehn Jahren haben wir höchstens zehn Minuten miteinander geredet.“

Nun sag es endlich, dachte Jane.

„Also gut. Eine Frage. Bitte, hab' Geduld mit mir. Vermutlich denkst du, wir hätten Montag abend genug dazu gesagt, aber laß es mich noch einmal fragen. Du hältst Homosexualität doch auch für eine Sünde?"

Jane war überrascht. Seit Susans Predigt an dem Abend schien es doch klar, daß sie zu diesem Thema eine feste Meinung hatte. Und Jane hatte auf eine weitere Hetzrede über Allisons abweichende Sexualität keine Lust. „Susan, ich denke nicht in Begriffen wie *Sünde*. Wenn du mich fragst, ob ich es falsch oder böse oder auch nur unnatürlich finde, müßte ich ebenfalls verneinen. Ich bin sicher, daß du diesen Standpunkt nicht teilst. Deshalb sehe ich keinen Sinn darin, länger über Allison zu streiten."

Bei der Erwähnung des Namens sah Susan auf. „Ich will mich nicht streiten. Ich möchte begreifen, wie du mit dieser Meinung leben kannst. Die Bibel nennt es unnatürlich und eine Sünde. Stört dich das nicht?"

„Ich denke, über das zu streiten, was die Bibel sagt oder nicht sagt, führt ins Uferlose. Ein Sumpf, in den ich nicht steigen will."

Susan sah noch jammervoller aus als vorher – als sei ein Band, das ihren Körper zusammengehalten hatte, gerissen.

„Jane, ich habe etwas Schreckliches getan." Angst stand in ihrem Gesicht. In diesem Augenblick klingelte es, und die Hunde jagten zur Tür. Susan sprang zurück, als sie an ihr vorbeistoben. Cordelia hätte sich keinen schlechteren Zeitpunkt aussuchen können. Jane entschuldigte sich und ging, ihr Pech verfluchend, zum Eingang. Susan hatte etwas Wichtiges sagen wollen.

„Tut mir leid, daß ich mich verspätet habe", sagte Cordelia und stürmte herein, ihre ganze Erscheinung ein einziges Großfeuer. „Schuld hat mein blöder Nachbar. Aus irgendeinem Grund glaubt er, er könnte in meiner Einfahrt parken. Der Kretin! Erst mußte ich ihn aus dem Bett holen, und dann sprang sein Auto nicht an." Sie bückte sich, um die Hunde zu streicheln. Dann entdeckte sie Susan im Wohnzimmer. „Susan", sagte sie spitz. „Welch eine Überraschung." In einem Tonfall, als hätte sie auf ihrer besten Bluse einen Fettfleck entdeckt.

„Cordelia Thorn", sagte Susan, und ihre Stimme klang fast so scharf wie früher. „Welch ein seltenes Vergnügen. Jane hat mir erzählt, daß ihr zwei nach all den Jahren immer noch befreundet seid."

„Ja", sagte Cordelia höhnisch. „Nach all den Jahren. Nächstes Weihnachten werden wir uns gegenseitig einen Rollstuhl schenken. Du hast schon einen, vermute ich." Sie rauschte ins Wohnzimmer und warf ihren Mantel ab. „Das letztemal haben wir uns, glaube ich, auf Bobs Beerdigung gesehen."

„Richtig. Ich hatte ganz vergessen, daß du Bob *kanntest.*"

„Sei vorsichtig mit deinen Betonungen, Susan. Wir sind eine christliche Nation."

Susan schien nicht zu verstehen.

Jane wußte, sie würde ein Ende setzen müssen, bevor die eine der anderen eine knallte. „Susan hat mir die letzten Anweisungen für morgen gebracht." Sie blinzelte Cordelia zu, sie solle aufhören.

„In Ordnung", sagte Cordelia, marschierte zum bequemsten Sessel und ließ sich schwer hineinfallen. Beide Hunde sprangen auf ihren Schoß.

„Ich hoffe, daß wir uns bald wiedersehen", sagte Jane in Richtung Susan. „Vielleicht können wir dann unser Gespräch fortsetzen."

Susan lächelte und wandte sich wieder Cordelia zu. „Ich denke, die Arbeit am Theater gefällt dir." Sie riß die Augen weit auf. „Lauter merkwürdige Leute."

„Ich liebe sie", sagte Cordelia. Jane hörte ein Geräusch wie Zähneknirschen.

„Das habe ich mir gedacht." Sie zog ihren Mantel an und schlang ihn eng um ihren dünnen Körper. „Ganz vielen Dank, Jane. Wir sehen uns morgen beim Gottesdienst." Mit einem letzten Seitenblick auf Cordelia ging sie hinaus in den kalten Wind. Jane machte die Tür hinter ihr zu.

„Womit habe ich so ein Glück verdient?" sagte Cordelia und zog Bean am Schwanz. „Sie ist die letzte, die ich bei dir erwartet hätte. Ich hätte mein Horoskop befragen und im Bett bleiben sollen."

„Versuch damit fertigzuwerden", sagte Jane, nahm die leeren Tassen und trug sie in die Küche. Sie war immer noch wütend, weil Cordelia ihr Gespräch unterbrochen hatte.

Unter jedem Arm einen Hund, kam Cordelia hinterher. „Deine Welpen erzählen mir, sie hätten Hunger. Du fütterst sie nicht genug."

Jane kratzte Bean an der Nasenspitze. „Sie übertreiben."

„Gib jedem einen Hundekuchen. Sei kein Unmensch. Dann haben sie was zu tun, während wir fort sind. Und führen keine Ferngespräche."

* * *

Janes alter grüner Saab steuerte eine Raststätte auf dem Highway 95 etwa zehn Meilen außerhalb von Stillwater an. Cordelia hatte noch nicht gefrühstückt und darauf bestanden, daß sie unterwegs irgendwo Schokoladenmilch kauften. Jetzt kam sie mit der Milch und einer großen Tüte Kartoffelchips zum Auto zurück.

„Bei deiner fabelhaften Ernährung wird mir richtig warm ums Herz", sagte Jane, als sie wieder auf den Highway einbogen. „Seit ich weiß, wie hervorragend du für dich sorgst, mache ich mir keine Sorgen mehr."

„Danke", sagte Cordelia mit vollem Mund. „Willst du auch was?"

Jane lehnte dankend ab.

„Du weiß, wie wir fahren müssen?"

„Ich denke schon. Habe mir gestern die Karte angesehen."

„Was hoffst du von Emily zu erfahren? Falls wir sie auftreiben und sie mit uns reden will."

„Eigenartig", sagte Jane. „Ich habe einfach das Gefühl, ich müßte mehr über Allison wissen. Schwierig, wenn eine bereits tot ist, aber nicht unmöglich. Wenn ich über ihr Leben etwas weiß, vielleicht ist dann auch die Chance größer, zu begreifen, was Sonntag nacht an der Brücke geschehen ist."

„Aha! Du glaubst nicht an Selbstmord. Ich wußte es."

„Nein, das tue ich nicht. Bisher habe ich keinen Beweis, aber im Gegensatz zu Trevelyan glaube ich nicht, daß alle Lesben von Geburt an selbstmordgefährdet sind. So hat er sich ausgedrückt, wörtlich, als ich gestern mit ihm sprach."

„Glaubst du, jemand hat sie umgebracht?"

„Möglich ist es. Vielleicht war es ein Unfall. Ich weiß nicht genug. Ich bezweifele, daß sie allein an der Brücke war. Und wo wir mit dem Nachforschen anfangen, ist ziemlich egal."

Cordelia hatte die Milch aufgetrunken und unterdrückte mühsam ein Rülpsen. „Wenn du Emily auftreibst, wirst du ihr von dir erzählen?"

Jane fuhr langsamer, um die Straßenschilder zu erkennen. „Diese Abkürzung wird uns schneller hinbringen. Nein, ich denke nicht. Wozu? Sie würde es nicht einmal glauben. Es für einen Trick halten, um etwas aus ihr herauszuholen. Du kannst mir vertrauen, du kannst mir alles sagen, denn ich bin auch eine. Hört sich so gönnerhaft an. Außerdem war ich mit solchen Informationen schon immer sehr zurückhaltend. Schließlich kenne ich sie überhaupt nicht."

„Klug gedacht", sagte Cordelia. „Eine Art gesunder Paranoia. Sie könnte die Mörderin sein. Und wenn die Information je zu Kappa Alpha Sigma kommt, bist du eine gebrannte Frau. Was habe ich damit gemeint? Es ist mir so herausgerutscht."

„Ich denke, es gibt Gründe, anzunehmen, daß Allisons Beziehung zu Emily etwas mit ihrem Tod zu tun hat. Deshalb will ich mit der Nachforschung bei ihr beginnen. Susan Julian zufolge hätte Allison schon vor langer Zeit ins Tal der Aussätzigen verbannt werden müssen. Oh, ich vergaß ganz dir zu erzählen: Susan gehört jetzt zu den Wiedergeborenen."

„Warum bloß überrascht mich das nicht?" sagte Cordelia. „Ich traue ihr nicht. Wenn du nur einen Funken Verstand hättest, würdest du's auch nicht tun. Schon diese grauenhafte Kleinmädchenstimme. Sie macht mich krank. Als wenn alle ihr helfen müßten. Mag sein, daß sie jetzt religiös ist, aber mit dem Kungeln hat sie bestimmt nicht aufgehört. Es hört sich alles zu normal an. Du weißt, ich habe ihren Mann, Bob, vom College her gekannt. Er war ein netter Kerl. Wie sie an ihm herumgezerrt hat, das war schon ziemlich grausam." Cordelia sah sich um, ob auch niemand sie hören konnte. „Ich habe es noch keiner Menschenseele anvertraut, aber ich glaube nicht, daß er eines natürlichen Todes gestorben ist. Wahrscheinlich bin ich die einzige, die das nicht glaubt. Er hat bestimmt eine Menge Geld verdient, aber ihren Lebensstil von heute könnte sie sich ohne die kleine Lebensversicherung nie leisten."

„Und wie ist er deiner Meinung nach gestorben?" fragte Jane.

„Keine Frage, sie hat ihn vergiftet. Wahrscheinlich über eine lange Zeit."

„Cordelia, nimm dich in Acht. Wegen solcher Sprüche kannst du gerichtlich belangt werden."

„Die Frau ist eine Schlange, Jane. Laß sie nicht aus den Augen. Und bring dich nie in eine Situation, in der du auf sie bauen müßtest."

„Was sie über Allison gesagt hat, war in der Tat ganz schön gemein. Ich vermute, die meisten waren schockiert über die Neuigkeit."

„Ach", sagte Cordelia schadenfroh. „Ich sehe es richtig vor mir. All die kleinen Prinzessinnen fühlen sich schuldig, weil sie einer Perversen Unterschlupf gewährt haben. Auch wenn es nicht das erstemal war, was?" Geräuschvoll biß sie in einen besonders großen Kartoffelchip.

„Ich glaube, wir haben uns verfahren", sagte Jane. „Hol mal die Karte aus dem Handschuhfach." Sie hielt unter einer kahlen Ulme. „In den Siebzigern waren die Leute aufgeschlossener." Jane fand die Abzweigung, die sie hätten nehmen sollen.

„Stimmt", sagte Cordelia. „Deshalb hast du damals auch keinem Menschen etwas von dir erzählt."

Jane biß die Zähne zusammen. Sie ärgerte sich – weil sie sich verfahren hatte und weil Cordelias Bemerkung den Nagel auf den Kopf traf. Sie konnte es nicht leiden, wenn Cordelia recht behielt. „Ich weiß, was ich falsch gemacht habe." Sie faltete die Karte zusammen und gab sie zurück. „Wir müssen eine halbe Meile zurückfahren." Sie lenkte den Wagen wieder auf die Straße.

„Du wolltest mir gerade etwas von der Sitzung letzten Montag erzählen", sagte Cordelia. „Wer was zu wem gesagt hat. All diese bösartigen Details. Wurde jemand verletzt?"

„So war es nicht. Die meisten waren einfach durcheinander. Susan will jemand aus ihrer Gemeinde schicken, der mit den Studentinnen sprechen soll. Ich habe Marian Svenberg vorgeschlagen, vom Institut für Sexualforschung. Die Präsidentin, sie heißt Sigrid, hielt es für einen guten Vorschlag. Ich kenne sie nicht besonders, aber wie sie die Versammlung leitete, hat mich beeindruckt."

Jane fand die richtige Abzweigung und bog in die Pickett Avenue. „Hier ist es. Nummer 912. Das Haus ist kleiner, als ich es mir vorgestellt habe." Sie hielt in der Einfahrt.

„Vergiß nicht", sagte Cordelia bestimmt, „ich begleite dich nur. Reden mußt du schon selber. Und wenn es unangenehm werden sollte – ich hoffe, du kannst schnell genug laufen. Das werde ich nämlich tun."

* * *

Clarence und Bertha Anderson lebten seit fast vierzig Jahren in einem kleinen zweigeschossigen Ziegelbau auf einem Hügel mit Blick auf den St. Croix-River. Clarence arbeitete in einer Fabrik in Bayport, die Windfangtüren herstellte, und Bertha, wenn sie berufstätig war, als Näherin. Beide galten in Stillwater als ruhige, angesehene Alteingesessene. Die neu Zugezogenen waren auf der Flucht vor dem Großstadtrummel und suchten die Ruhe einer Kleinstadt. Clarence kam es vor, als sei in Stillwater seitdem eine Menge gebaut worden. Lange konnte es nicht mehr dauern, und die Stadt sah aus wie die, aus der sie geflohen waren. Bertha und Clarence lebten zurückgezogen. Sie gingen regelmäßig in die evangelische St. Johns-Kirche, wo Clarence Sonntags Platzanweiser war. Und Bertha war seit Jahren in einem kleinen Gemeindetheater aktiv.

Jane öffnete die hölzerne Gartenpforte.

„Ob überhaupt jemand da ist", flüsterte Cordelia, als sie die Vordertür erreicht hatten. Jane klingelte. Die Tür öffnete sich, und eine kleine, ältere Frau mit großem Busen und kräftig dauergewelltem braunem Haar erschien. Sie trug ein hellgrünes Kleid und darüber eine bis zum Hals zugeknöpfte schwarze Strickjacke.

„Kann ich Ihnen helfen?" fragte sie vorsichtig und klapperte mit den Augenlidern, während sie von einer zu anderen sah. Bei Cordelia kamen ihre Augen zur Ruhe. „Kenne ich Sie?" fragte sie und blickte angestrengt durch ihre Brille.

Höflich antwortete Cordelia: „Ich glaube nicht, daß wir uns schon mal getroffen haben."

„Doch. Über Sie habe ich letzten Sonntag in der Zeitung gelesen. Einen langen Artikel im Wochenendmagazin. Sie sind diese neue Theaterleiterin. Was mit Theater zusammenhängt, vergesse ich nicht. Es ist mein Hobby." Ihre Begeisterung nahm von Minute zu Minute zu. „Sie sind an dem großen Theater in der Nähe der Kathedrale in St. Paul. Da war ich schon mal."

Im Umgang mit begeisterten Fans versuchte Cordelia vergebens, bescheiden zu wirken. Ihren Mangel an Bescheidenheit erklärte sie damit, daß sie schließlich nicht angeboren sei. Manche Menschen besaßen sie eben nicht. „Ja. Ich bin Cordelia Thorn. Nett, daß Sie sich an mich erinnern." Wahrscheinlich will sie ein Autogramm, dachte Cordelia.

„Ich liebe das Theater. Ich habe bei mehreren Inszenierungen hier in Stillwater mitgemacht. Vielleicht haben Sie eine gesehen."

Blitzartig hatte Cordelia die Vorstellung, diese Frau spiele die Blanche in *Endstation Sehnsucht.* Sie schloß die Augen, um das lächerliche Bild loszuwerden. Sofort kam ein zweites: Bertha stürmte als Lady Macbeth durch die Säle von Dunsinane Castle. Vielleicht hatte jemand etwas in die Schokoladenmilch getan. „Wie aufregend für Sie." Ihre Stimme klang ein bißchen zu begeistert. „Ob meine Freundin und ich kurz mit Ihnen reden können?"

„Natürlich", sagte Bertha entzückt. „Wo habe ich nur meine Gedanken, Sie auf der Veranda stehen zu lassen. Bei diesem Wetter." Sie trat zurück und bat sie herein. Der kleine Flur führte in ein schreiend möbliertes Wohnzimmer. Cordelia fragte sich, wie jemand eine derart scheußliche Polstermöbelkollektion erwerben konnte, ohne verhaftet zu werden. Sie mußte unermüdlich sämtliche Billigmöbelgeschäfte Minnesotas durchstöbert haben, um diesen Alptraum in Gold, Orange und Avokadogrün zusammenzubringen. Sie nahmen auf der Couch Platz, und Bertha setzte sich ihnen gegenüber in einen Schaukelstuhl mit verstellbarer Rückenlehne. Erwartungsvoll sah sie Cordelia an, als müsse die etwas Bemerkenswertes sagen. Cordelia blickte Jane an.

„Mrs. Anderson?" Bertha wandte sich Jane zu, mit unverändert entzücktem Gesichtsausdruck. „Wahrscheinlich fragen Sie sich, warum meine Freundin und ich Sie heute morgen aufsuchen."

„Ja, ich glaube schon", sagte Bertha freundlich.

Jane räusperte sich. „Könnten Sie mir sagen, wo ich Ihre Tochter Emily finde. Ich würde gern mit ihr sprechen."

Berthas seliger Gesichtsausdruck verwandelte sich in Vorsicht. Ihr wurde klar, daß sie zwei Fremde in ihr Haus gelassen hatte. Und nun stellte die eine ihr Fragen, die sie nervös machten. „Warum wollen Sie das wissen? Sind Sie mit ihr befreundet?" Ihre Lippen bildeten einen dünnen Strich.

„Nicht eigentlich", sagte Jane und versuchte freundlich zu klingen. „Wir möchten ihr nur ein paar Fragen stellen."

„Es geht um diese Lord, nicht wahr? Sind Sie von der Polizei?" Sie warf Cordelia einen Blick zu, der sagte: *Du hast mich betrogen.*

„Nein, Mrs. Anderson. Ich habe mich noch nicht vorgestellt. Ich heiße Jane Lawless. Ich habe ein Restaurant in Minneapolis und war mit Allison Lord befreundet. Wohnt Ihre Tochter jetzt hier? Aus ihrer Wohnung ist sie ja ausgezogen."

Bertha sah zwischen Cordelia und Jane hin und her und versuchte, einen Gedanken zu fassen. Schließlich sagte sie: „Nein, sie wohnt nicht hier. Ich weiß nicht, wo sie ist, aber sie will mich anrufen. Ich könnte ihr etwas ausrichten, wenn ich es will."

Jane fragte sich, wie sie sie dazu bewegen könnte, das zu wollen. Sie zog eine Visitenkarte hervor und gab sie ihr. „Das ist meine Geschäftsnummer. Wenn sie sich meldet, könnten Sie ihr vielleicht sagen, daß sie mich anruft. Ich wäre Ihnen sehr dankbar. Und wenn Sie das nächstemal in der Stadt sind, besuchen Sie mich doch im Restaurant. Ich lade Sie ein."

Bertha sah auf die Karte. „In diesem Haus wohnen zwei."

„Bringen Sie Ihren Mann mit", sagte Jane. „Es wird Ihnen beiden gefallen."

Bertha steckte die Karte in die Tasche. In dem Moment öffnete sich die Haustür, ein großer magerer Mann mit wässrigen roten Augen kam herein. Er knallte seinen Hut auf den Stuhl neben der Tür. Bertha sprang auf. „Sie gehen jetzt besser", sagte sie leise.

Clarence Anderson fuhr sich mit der Hand durch das nach hinten gekämmte graue Haar. „Was geht hier vor, Bertha?" Er klang kalt.

„Clarence, dies ist Cordelia Thorn. Ich habe dir den Artikel über sie letztes Wochenende gezeigt. Sie ist die, die das Theater in St. Paul leitet. Wo wir letztes Weihnachten waren."

Jane erhob sich. „Wir hätten gern mit Ihrer Tochter Emily gesprochen, Mr. Anderson. Aber Ihre Frau sagte uns, daß sie nicht da ist."

Bertha sah Jane an, als habe sie noch nie eine derart beschränkte Person getroffen.

„Ich habe den Namen nicht verstanden", sagte Clarence.

„Oh, Entschuldigung. Ich heiße Jane Lawless."

„Und Sie wollen mit unserer Emily sprechen? Warum?" Er ballte die Fäuste. „Sie wollen sie wegen dieser Lord sprechen. Geben Sie sich keine Mühe. Ich sehe es an Ihrem Gesicht. Von uns bekommen Sie keine Hilfe. Wir sind anständige Leute. Gottesfürchtig! Wir glauben an das, was die Kirche uns gelehrt hat. Emily hat uns nichts als Schande gebracht. Ich kenne meine Tochter. Sie war ein gutes Kind, bevor sie diese Frau traf. Wenn ich nur an sie denke. Sie hat den Tod verdient! Ich hoffe zu Gott, daß Emily jetzt begreift, was sie ihrer Familie angetan hat. Wir haben ihr alles gegeben, und so hat sie es uns gelohnt." Sein Zorn war übermächtig. Bertha rückte näher an Cordelia und sagte leise noch einmal: „Es ist besser, wenn Sie jetzt gehen."

„Ihr Schmerz tut mir leid, Mr. Anderson." Jane trat einen Schritt zurück. „Aber ich weiß, daß Emily ebenfalls leidet."

Clarence sah aus, als hätte sie ihn geschlagen. „Emily?" sagte er, von ihrer Ignoranz verblüfft. „Emily interessiert sich nicht für uns. Das hat sie mir jedenfalls letztes Wochenende gesagt."

Bertha sah ihn rasch an. „Letztes Wochenende? Wann hast du mit ihr letztes Wochende gesprochen?"

Clarence zupfte an seinem Hemd. „Ich habe gesagt, ich habe sie gesehen. Frag nicht soviel."

Bertha ließ sich nicht abspeisen. „Wann, Clarence?"

„Sonntag abend. Als du in deinem Bridgeklub warst. Du und deine Hobbys. Du weißt, ich kann es nicht leiden, wenn du nicht zu Hause bist. Eine Frau gehört ins Haus und macht ihrem Mann das Abendbrot, rennt nicht in irgendeinen Klub und stellt ihm ein belegtes Brot hin." Er wischte sich mit einem Taschentuch über den Nacken. „Ich bin nach Minneapolis gefahren. Wenn's dir recht ist. Ich dachte, vielleicht hat Emily Zeit für ihren Vater. Ich sprach mit ihr. Versuchte ihr Vernunft beizubringen. Zeitverschwendung. Sie hat mich fast rausgeworfen. Sagte, sie wollte kein Wort mehr hören. Sie hätte sich ihre Meinung vor Monaten gebildet, und nichts, was ich sagen würde, könnte daran was ändern.Ich sagte ihr, sie würde keine müde Mark von mir bekommen, wenn das so weiterginge. Sie sagte, das sei ihr egal. Die Lord hätte genügend Geld. Mein Gott, dabei war sie so nervös. Die ganze Zeit sah sie zum Telefon. Ich fragte, ob die vielen Jahre im Kindergottesdienst ihr denn gar nichts mehr bedeuteten. Sie sagte, ich sollte gehen. Allmächtiger Gott, die Frau hat es verdient. Für das, was sie unserer Tochter angetan hat."

„Clarence! Sei still! Wir haben Gäste. Nimm dich zusammen."

„Gäste?" Er spuckte ihr das Wort vor die Füße. „Sag unseren Gästen, sie sollen verschwinden. Ich geh' in die Küche, und wenn ich zurückkomme, will ich sie hier nicht mehr sehen." Schwerfällig verließ er den Raum.

„Charmant", flüsterte Cordelia.

„Was?" sagte Bertha.

„Ich sagte, es tut mir leid, daß wir Sie belästigt haben, Mrs. Anderson. Wir werden jetzt gehen." Cordelia griff Janes Arm und zog sie zur Eingangstür.

„Es tut mir leid", sagte Bertha. „So ist er, seit er über Emily Bescheid weiß. Er ist ein guter Mann. Vielleicht ein Chauvi, wie ihr jungen Frauen sagt, aber ich liebe ihn. Er hat ein gütiges Herz, und er ist gut zu mir gewesen. Im Augenblick ist er verwirrt und wütend. Wir sind es beide. Ich weiß nicht, was mit dieser Familie ist." Sie zog ein Taschentuch heraus und fuhr sich über die Augen.

„Mrs. Anderson, wir wollten Ihnen wirklich keinen Kummer bereiten. Aber ich muß mit Ihrer Tochter sprechen. Wenn Sie es über sich brächten, ihr meinen Namen und meine Telefonnummer zu geben – es wäre eine große Hilfe."

Bertha nahm die Karte aus der Tasche und sah auf die Küchentür. Sie steckte sie wieder zurück. „Sie gehen jetzt besser", sagte sie. „Bevor er zurückkommt. Er ist zwar ein guter Mann, aber jähzornig."

Jane und Cordelia bedankten sich und eilten durch den Vorgarten. Am Gartentor hielt Jane an und prüfte, ob es ins Schloß gefallen war. Als sie weitergehen wollte, traf ihr Blick Clarence Anderson, der sie am Küchenfenster beobachtete.

9

Adam Lord stand vor dem großen Spiegel im Schlafzimmer seiner Hotelsuite und inspizierte sein Äußeres. „Muriel, kannst du einen Augenblick herüberkommen. Mir scheint, dieser Knopf sitzt zu tief für das Knopfloch."

Muriel Lord stopfte sich den letzten Bissen eines Croissants in den Mund und trat ins Zimmer. Sie war eine attraktive Frau, ein wenig größer als ihr Mann und beträchtlich jünger. Sie achtete darauf, in seiner Gegenwart keine hochhackigen Schuhe zu tragen. An ihrem Hochzeitsmorgen, ziemlich genau zehn Jahre nach dem Tod seiner ersten Frau, war ihr der Handel bewußt geworden, den sie eingegangen war. Adam brauchte eine Gastgeberin und eine Bettgefährtin, in dieser Reihenfolge, und er war bereit, gut dafür zu zahlen. Seine beiden Kinder, Edward war damals sechzehn und Allison eben dreizehn geworden, hatten längst gelernt, für sich selbst zu sorgen. Ihre Stiefmutter zu werden, gehörte nicht zum Vertrag. Adam Lord war so selten zu Hause, daß er mit seinen Kindern kaum ein Gespräch beginnen, geschweige denn beenden konnte. Er hatte ein Auge auf ihre Schulleistungen. Es war ihm wichtig, daß sie bestimmten Anforderungen genügten, sowohl in der Schule wie im Benehmen. Ihr Verhalten beaufsichtigten seine Hausangestellten. Für Adam ging das Geschäft allem anderen vor, seine Umgebung hatte sich dem anzupassen. Auch diese Lektion hatten Edwin und Allison längst begriffen.

Als Muriel auf der Bildfläche erschien, hatte es Adam gedämmert, daß seine Kinder allmählich groß wurden und für ihn immer eine Enttäuschung bleiben würden. Keines der beiden akzeptierte, was er für sie geplant hatte. Bei jeder Gelegenheit widersprachen sie ihm. Nachdem Edwin ausgezogen war, hatte Allison ihn mit, wie er es sah, ärgerlichem sexuellen Unfug hintergangen. Etwas, das leicht zu heilen war. Aber irgendwie war das nur der Tropfen gewesen, der das Faß zum Überlaufen brachte. Es war an der Zeit, sich nicht mehr in ihr Leben einzumischen. Natürlich waren sie sein Fleisch und Blut, und sicher ließe er sie nicht verhungern, aber wenn sie ihn auf den Arm nehmen wollten, bitte. Er wollte mit ihnen nichts mehr zu tun haben. Muriel erinnerte sich an den Abend, als er diese Entscheidung getroffen hatte. Er war ins Schlafzimmer gekommen und hatte ihr erklärt, er wolle noch ein Kind. Junge oder Mädchen, das sei ihm egal – er wolle ein letztesmal versuchen, seine Vorstellung von einem menschlichen Wesen zu verwirklichen. Muriel hatte die Drohung verstanden: Mach mit oder verschwinde! Eine andere, kooperativere Frau findet sich jederzeit. Unglücklicherweise hatte Muriel genau zu diesem Zeitpunkt begonnen, ihn zu lieben. Und so schenkte sie ihm zehn Monate später eine kleine Tochter. Sie nannten sie Ann, nach seiner Mutter. Adam platzte vor Stolz. Vom Dach seines Hauses in Philadelphia hatte er es verkündet: Eine Königin ist geboren!

Im Lauf der Jahre hatte Muriel immer mehr Mitleid mit Allison und Edwin entwickelt. Nach der Geburt der kleinen Annie schien Adam fast zu vergessen, daß er noch andere Kinder hatte. Bis eines Heiligabends Allison nach Hause kam, an ihrer Seite ein gutaussehender junger Mann. Adam und Mitchel hatten sich auf Anhieb verstanden. Zum erstenmal hörte Muriel, daß er ein freundliches Wort an seine Tochter richtete. Während des Abendessens hatte Adam vor väterlicher Zuneigung förmlich geglüht. Er hatte Mitchel sogar einen Posten in einer seiner Firmen versprochen, nach der Hochzeit. Muriel erinnerte sich, wie sichtlich unbehaglich Allison sich bei dem Wort Hochzeit gefühlt hatte. Sie war ziemlich sicher, daß Mitchel mit Adam über die Hochzeit gesprochen hatte, aber wohl nicht mit Allison. Für Adam schien Mitchel der Sohn, den er sich immer gewünscht hatte, die Gelegenheit, seine Familienherrschaft auszubauen. Er brauchte nicht mehr zu warten, bis Ann groß war.

Muriel sah, wie sehr Adams Geld Mitchel beeindruckte. Gegen Ende ihres Besuchs hatte sie ihn ertappt, wie er allein im Wohnzimmer in Adams Ledersessel saß. Inzwischen stand er schon nicht mehr auf, wenn sie eintrat, sondern zeigte bloß auf einen Stuhl und bot ihr Adams teuersten Kognak an. Sie wußte nicht, ob er intelligent genug war zu merken, wie wenig sie ihn mochte.

Adam lud die beiden für die Osterferien auf seinen Besitz auf Long Island ein. Mitchel sagte sofort zu. Allison war immer stiller geworden. Muriel vermutete, daß Mitchel sie unter Druck setzte, ihn zu heiraten. Nach ihrer Abreise hatte Adam unaufhörlich von der Zukunft gesprochen, die er für die beiden plante. Er sagte, er wisse, daß Mitchel ungehobelt sei, aber irgendwie schien für ihn Mitchels äußere Erscheinung alles aufzuwiegen, was ihm an Persönlichkeit fehlte. Er erklärte, die Leute müßten ihm nur mehr zutrauen, es stecke mehr in ihm, als man annehmen könnte. Muriel war davon nicht überzeugt.

Kurz vor Ostern schrieb Allison, daß sie und Mitch sich getrennt hätten und nicht kommen würden. Adam, der den ganzen Winter über so fröhlich und zufrieden gewesen war, wie sie ihn gar nicht kannte, änderte sich vollkommen. Seit dem Tag, an dem er Allisons Brief erhalten hatte, nannte er nie wieder ihren Namen. Ausgenommen den einen Abend, als Allison unangemeldet die Treppe zur Bibliothek im Keller herunterkam. Sie war gerade aus England zurückgekehrt und hatte geschrieben, sie würde in Philadelphia vorbeikommen. Adam hatte Muriel Allisons Briefe nicht gezeigt. Sie wunderte sich darüber, denn bis dahin hatte er sich nicht darum gekümmert, ob sie seine Post las. Als Allison so selbstverständlich hereinspaziert kam, sagte Adam zu Muriel, sie solle in ihr Zimmer gehen und die Tür hinter sich schließen. Dies sei eine private Unterhaltung. Muriel tat, was er ihr sagte, aber es dauerte nicht lang, bis das Geschrei so laut wurde, daß sie ihren Morgenmantel anzog, die Treppe hinunterging und vor der Tür zur Bibliothek stehenblieb. Adams Wut war nicht zu überhören. Er drohte, Allison die finanzielle Unterstützung zu streichen.

„Warum bist du nicht mit Mitchel zusammengeblieben? Es war das einzig Normale, das du je getan hast. War er denn so schlecht? Du kennst nicht die Pläne, die ich für euch geschmiedet habe."

„Daddy, du bist ein Narr. Du magst ja Pläne gemacht haben, aber die sind nichts verglichen mit seinen. Seine Pläne hätten dir garantiert nicht gefallen."

„Er hat Ehrgeiz. Bei einem Mann schätze ich das."

„Glaub mir, was er vorhatte, hätte dir nicht gefallen."

„Ich kann mir nicht vorstellen, daß er dich einfach hat gehen lassen."

Allison lachte kalt. „Eine gebrochene Rippe nennst du einfach? Wir haben offenbar verschiedene Maßstäbe."

Für einen Augenblick schwiegen beide.

„Ich glaube dir nicht. Das behauptest du nur. Der Mann, den ich kennengelernt habe, würde so etwas nicht tun. Du wolltest ja schon immer selber entscheiden – also entscheide dich. Geh zu ihm zurück, und du wirst für den Rest deines Lebens keine Geldsorgen haben. Glaubst du, ich weiß nicht, was du denkst? Du kannst auf das Geld auch verzichten? Noch hast du meine Kreditkarten und das Konto, das ich jeden Monat auffülle. Ein paar Monate auf eigenen Füßen könnten deine Meinung drastisch ändern. Du hast noch nie ohne Geld gelebt. Das ist nicht leicht, Allison. Es kann die Hölle sein. Was fängst du schon an mit einem abgebrochenen Studium der Kommunikationswissenschaft, was immer das sein mag. Willst du putzen gehen? Oder als Garderobenfrau arbeiten? Toll. Leb nur mit deiner Freundin – ich garantiere dir, du wirst die Welt in ganz neuem Licht sehen. Ich hoffe, du magst billigen Wein und Spaghetti – davon wirst du leben müssen. Denk drüber nach, Ally. Keine Luxusrestaurants, keine Europareisen, keine teuren Klamotten mehr. Und was, glaubst du, werden deine Freundinnen in dieser Verbindung denken, wenn sie dahinterkommen? Kein Geld, keine Freunde, nichts mehr. Und wofür?"

Allison kam aus der Tür geschossen, ohne sich umzublikken. Adam schrie ihr nach: „Geh nach Hause und denk drüber nach, Ally! Es ist deine letzte Chance. Ich bleibe dabei. Denk gründlich nach!"

Das war das letzte Mal, daß Muriel Allison gesehen hatte.

„Muriel", sagte Adam noch einmal, „steh nicht so rum! Komm her und schau dir den Knopf an. Er sitzt zu tief. Der Anzug schlägt Falten."

„Du hast zugenommen, Liebling", sagte Muriel in Gedanken verloren. „Das ist alles. Am Anzug liegt es nicht."

Adam zerrte an den Taschen. „Kann sein, daß du recht hast. Aber ein guter Schneider kaschiert sowas."

„Arnold ist New Yorks bester Schneider. Warum nimmst du nicht den blauen Anzug?“

„Nein“, sagte Adam und zog den Bauch ein. „Keine Zeit. Wir müssen uns beeilen.“

„Natürlich, Liebling“, sagte Muriel sanft. Er ist aufgeregter, als er es sich anmerken läßt, dachte sie. Sie fragte sich, was passieren würde, wenn Edwin in der Kirche auftauchte. Adam hatte seinen Sohn seit Jahren nicht gesehen, aber er mußte irgendwo in Nord-Minnesota leben. Wenn doch nur einen Tag Frieden sein könnte.

* * *

Sigrid und Maggie, zu beiden Seiten der großen Doppeltür, die in den Gottesdienstraum der Kirche zum Guten Hirten führte, verteilten Programme. Bisher waren noch nicht viele Menschen da. Der Gedenkgottesdienst sollte in einer Viertelstunde anfangen. Sigrid lehnte sich gegen den Türrahmen und blätterte in einem Programm. Es enthielt eine kurze Biografie Allisons und die Liste derjenigen, die während der Feier sprechen würden.

Auf der letzten Seite ganz unten stand ein Bibelvers, den die Verstorbene besonders gemocht hatte, unter einer rohen Zeichnung von Jesus, der ein Lamm auf dem Arm trug. Sigrid fragte sich kopfschüttelnd, wessen Idee das nun wieder gewesen war.

Ein Schwall kalter Luft wehte eine kleine Gruppe ins Foyer. Nachdem sie vorbei waren, kam Sigrid zu Maggie herüber und zog hinter einem Farn einen Stapel Programme hervor. „Ich wette, es kommen weniger Leute, als wir angenommen haben.“ Sie überblickte den großen, vom farbigen Licht der buntverglasten Fenster durchfluteten Kirchenraum. „Ne Menge Leute sind sauer auf Ally, weil sie der Verbindung ein blaues Auge verpaßt hat.“

Maggie nickte zustimmend. „Weißt du, ob Kari kommt? Ich habe sie seit Montag abend nicht gesehen.“ Sie schlüpfte aus ihrem rechten Schuh und bückte sich, um sich den Fuß zu reiben. „Habe ich dir erzählt, wie sie sich beim Abendessen aufgeführt hat? Gerade als der Nachtisch kam, raste sie einfach raus. Ich wußte nicht, was ich sagen sollte."

Sigrid gab Maggie ihren Stapel Programme und versuchte, ein paar Haarsträhnen zu bändigen, die sich aus ihrem dicken blonden Knoten gelöst hatten. Sie stammte aus Norwegen und sah auch so aus. „Bevor wir losgingen, wollte ich Kari sagen, sie könnte mit uns fahren, wenn sie wollte. Sie war nicht in ihrem Zimmer." Sigrid nahm die Programme wieder an sich und kehrte auf ihre Seite des Ganges zurück.

„Ich wünschte, sie würde mit uns reden", flüsterte Maggie. „Seit Ally weg ist, habe ich das Gefühl, wir drei müßten zusammenrücken. Vielleicht bin ich naiv."

„Kann sein", sagte Sigrid.

Mehrere größere Gruppen strömten herein. Auch Edith Holms und eine zweite langjährige Hausdame. Unter ihren praktischen Hüten wirkten sie gefaßt, aber grimmig. Edith hatte eine harte Woche hinter sich. Sie hatte Allisons Tod sehr persönlich genommen. Die letzten zwölf Jahre hatte sie sich für die verantwortliche Erwachsene unter lauter leichtsinniger Jugend gehalten. Bis jetzt war ihr die Unmöglichkeit einer solchen Aufgabe nicht bewußt gewesen. Die Anwesenden grüßten höflich, als Edith und Freundin durch den Mittelgang nach vorne gingen und sich in eine der ersten Reihen setzten. Sigrid entdeckte Adolph Mauer, der allein weiter hinten saß.

„Seltsam", sagte sie zu Maggie und nickte in seine Richtung. „Hast du ihn hereinkommen sehen?"

„Nein. Vielleicht ist er durch einen Seiteneingang gekommen. Ich fand ihn schon immer sonderbar."

Sigrid beobachtete ihn. Er *war* sonderbar. Sie fragte sich, wo er Kochen gelernt hatte. Sogar seine Lasagna schmeckte wie Sauerbraten. Sie hatte ihn deshalb mal aufgezogen, aber er schien absolut keinen Humor zu haben.

„Wer ist das neben Elliot Kratager?" flüsterte Maggie.

„Setz deine Brille auf, du Träne. Brook Solomon. Die Neue, die seit diesem Quartal im Haus wohnt. Vielleicht hat sie eine Schwäche für Aushilfskellner. So was soll's ja geben." Sigrid zwinkerte Maggie zu, die im letzten Jahr kurze Zeit mit einem Hilfskellner gegangen war.

„Stimmt“, sagte Maggie. „Ist Brook nicht die mit den ständigen Heulanfällen? Ich werde aus ihr nicht schlau.“

„Ich habe es noch nicht versucht.“ Sigrid zuckte die Achseln. „Vielleicht sollte ich versuchsweise mal freundlicher zu ihr sein. Die ersten Tage des Herbstquartals war sie ein Temperamentbolzen. Ich hielt sie für die perfekte Präsidentin der Neuen-Klasse. Bin mir nicht mehr so sicher. Sie wirkt so bedrückt. Irgend etwas stimmt da nicht, ich weiß bloß nicht was. Vielleicht muntert Elliot sie auf. Ich hörte, sie seien von früher befreundet.“

Maggie sah, wie ein unscharfer Elliot seinen Arm beschützend um Brooks unscharfe Schultern legte. Sein neuer blonder Bart gefiel ihr, auch wenn sie ihn ohne Brille nicht gut sehen konnte. Er wirkte älter dadurch. „Brook scheint Allys Tod irgendwie nahezugehen“, sagte Sigrid. Sie lächelte zwei ältere Frauen, die sie noch nie gesehen hatte, höflich an und überreichte ihnen ein Programm. „Ich glaube, sie haben sich sehr nahegestanden. Du weißt doch: Ally hat ihre Mitgliedschaft gesponsort.“

Maggie sah, wie eine größere Gruppe Verbindungsstudentinnen, an ihrer Spitze Susan Julian, gebieterisch das Foyer betrat. Eine nach der anderen gingen sie in den Kirchenraum, ohne Maggie oder Sigrid eines Blickes zu würdigen.

„Was hältst du von Elliot?“ flüsterte Maggie und beobachtete, wie all die Pelzmäntel sich entschlossen den Gang hinunter bewegten.

„Wenn du junge Republikaner magst, ist er bestimmt eine gute Partie. Ausgezogen, die Welt durch Moral und rechte Politik zu retten. Wenn wir ihm glauben dürfen, brauchen wir bloß mehr Geschäftsleute, Bibeln und Interkontinentalraketen.“ Sie holte sich einen neuen Stapel Programme und blieb bei Maggie stehen. „Wußtest du, daß er in die Studentenvertretung gewählt worden ist? Wahrscheinlich wird er auf dem Campus die Neo-Nazis vertreten. Und wenn er erst sein Juraexamen hat, wird ihn nichts mehr aufhalten. Ich hab' das

Gerücht gehört, er habe sich bereits das Wort *Senator* auf die Brust tätowieren lassen. Oder hab' ich das Gerücht verbreitet? Ich weiß es nicht mehr. Wie auch immer, ich halte ihn für ausreichend skrupellos, es weit zu bringen."

„Und du würdest vermutlich für ihn stimmen", sagte Maggie etwas zu laut.

„Psch! Kann sein. Mich stören skrupellose Leute nicht. Was ist eigentlich mit deinem Fuß, Maggie?"

„Ich mußte mir schwarze Pumps leihen, weil ich meine nicht finden konnte. Diese sind ein bißchen zu klein. Ich dachte, meine wären unter einem Stapel Bettlaken im Schrank. Als sie dort nicht waren, dachte ich, ich hätte sie zuletzt im Korb für die schmutzige Wäsche gesehen. Aber das war vor einer guten Woche. Jedenfalls habe ich sie nicht gefunden. Du hast sie nicht zufällig gesehen?" Sigrid verdrehte die Augen und ging zurück an ihren Platz.

Eben hatten Mr. und Mrs. Adam Lord die Kirche betreten und wurden zu ihren Plätzen geführt. Maggie bedauerte, daß sie ihre neue Brille nicht mitgebracht hatte. „Wer ist der Mann, der sich gerade neben Mr. Lord setzt?"

„Kannst du dir das nicht denken?" Sigrids Flüstern war eher ein Zischen. „Mitchel Page. Der Wunderknabe höchstpersönlich. Weißt du nicht mehr? Ally hat ihn ihrer Familie letztes Weihnachten vorgestellt. Es war von ihr bloß eine Laune, aber ich schätze, Daddy hat ihn gleich in den Aufsichtsrat berufen. Sie haben sich glänzend verstanden. Ich begreife noch immer nicht, wie sie sich mit diesem Schwachkopf abgeben konnte."

Maggie hatte gegen Mitch nie wirkliche Abneigung empfunden. Sie fand, daß er fabelhaft aussah, und konnte sich seine Anziehungskraft auf Frauen gut vorstellen. Sein einziger Fehler war, daß er irgendwie langweilig wirkte. Aber vielleicht war das bei genauerem Kennenlernen anders.

Leise erklang eine Orgelfuge von Bach, und ein Mann in schwarzem Talar kam vorn durch die Seitentür und setzte sich. Das war das Zeichen für Maggie und Sigrid, die Haupttür zu schließen und Platz zu nehmen. Sigrid dachte, ob alle im Raum Allison gut genug kannten, um wahrzunehmen, wie absurd das Ganze war. Außerdem dachte sie, solange sie zornig war, würde sie nicht weinen.

Der Geistliche stand auf und stieg auf die Kanzel. Mit sonorer Stimme forderte er die Anwesenden auf, sich zu erheben, ihre Gesangbücher aufzuschlagen, Seite dreiundzwanzig, und mit ihm gemeinsam *Onward Christian Soldiers* zu singen. Sigrid klappte ihr Gesangbuch zu und blieb sitzen.

* * *

„Sie sind gerade beim letzten Lied", sagte Jane zu ihren Angestellten, die letzte Hand an das Buffet legten. Sie stand am Treppenaufgang, der zum Kirchenraum führte. Hoffentlich war von allem genug vorhanden, um die vielen Menschen zu versorgen, die gleich aus dem Gottesdienst herunterkämen. Die Kirche war nicht so voll, wie sie erwartet hatte. Über hundert Leute mochten es aber doch wohl sein.

Jane ging in die Küche, wo gerade die silbernen Tee- und Kaffeekannen gefüllt wurden. Die Tabletts mit warmen Scones mit Marmelade und geschlagener Sahne und schmalen Sandwiches aller Art standen schon auf dem Buffet. An jedem Ende des Tisches stand eine große Kristallschale mit frischen Erdbeeren und Kiwis. Der angenehme Duft von frisch gebrühtem Kaffee erinnerte Jane lebhaft an ihre Kindheit. Wahrscheinlich roch es in den Untergeschossen aller Kirchen gleich.

Die ersten Gäste kamen die Treppe herunter. Jane lehnte sich gegen eine Säule und sah zu, wie sie sich im Raum verteilten. Ein paar Gesichter kannte sie aus der Verbindung, sonst niemand. Ob Mr. und Mrs. Lord wohl erschienen?

Nachdem die Orgel zu spielen aufgehört hatte, füllte sich der Raum. Jane sah Maggie und Sigrid, die sich von der gegenüberliegenden Seite durch die Menge zu ihr kämpften. Mit einiger Mühe durchbrach Sigrid die Schlange, die sich am Buffet gebildet hatte. Maggie kam hinter ihr her.

„Der Kaffee riecht wundervoll", sagte Sigrid, schloß die Augen und schnupperte. „Was hast du damit angestellt?"

Jane bedauerte, daß Kari nicht bei ihnen war. „Diesen Kaffee haben wir auch im Restaurant. Eine Spezialmischung. Wenn wir uns morgen abend sehen, gebe ich euch ein Päckchen davon mit."

„Morgen abend sehen?" Sigrid zog eine Augenbraue hoch.

Maggie lächelte schwach. „Tut mir leid, Sigrid. In dem ganzen Trubel habe ich glatt vergessen, dir zu sagen, daß Jane sich mit uns treffen will, um ein paar Probleme zu besprechen, die wir im Heim haben. Die Diebstähle und so. Wir scheinen da allein nicht weiterzukommen, und ich dachte, es sei ganz gut, mit jemand darüber zu reden." Sie wußte, daß Sigrid sauer sein würde, weil sie das nicht zuvor mit ihr besprochen hatte. Aber sie war entschlossen und fand es eine richtige Entscheidung, egal was Sigrid dachte. Allmählich gerieten die Dinge nämlich außer Kontrolle.

Sigrid warf Jane einen abschätzenden Blick zu. „Ist das alles, worüber du mit uns sprechen willst?"

Jane wunderte sich über Sigrids Reaktion. Sie wollte nicht, daß sich zwischen ihnen ein Graben auftat. „Schau", sagte sie, „ich muß einfach Bescheid wissen. Ihr habt mich gebeten, in diesem Jahr als Ehemalige den Vorstand zu beraten, aber den Job kann ich nicht ausfüllen, wenn ihr mir nicht sagt, was wirklich die Probleme im Haus sind. Mir sind die Hände gebunden. Was Maggie erwähnt hat, ist ernst, und ich bin mir nicht sicher, ob ihr nicht doch die Polizei hättet verständigen sollen. Abgesehen davon frage ich mich, ob das alles nicht irgendwie zusammenhängt." Sie sah sich um und sprach leiser weiter. „Je mehr ich darüber nachdenke, um so überzeugter bin ich, daß Allison sich nicht umgebracht hat. Es ergibt einfach keinen Sinn. Bis jetzt habe ich keinen Beweis, aber wir müssen zumindest die Möglichkeit in Betracht ziehen, daß zwischen den Problemen im Heim und ihrem Tod eine Verbindung besteht. Ich will der ganzen Sache auf den Grund gehen. Ihr könnt dabei helfen, wenn ihr wollt, oder euch raushalten, was die Sache für mich schwieriger macht. Wie auch immer, ich werde nicht aufgeben, bevor ich nicht die Wahrheit weiß." Sie hielt inne und versuchte in Sigrids ausdruckslosem Gesicht zu lesen. „Maggie und ich haben uns für morgen abend neun Uhr in meinem Restaurant verabredet. Ich würde mich freuen, wenn ihr beide kämt."

Maggie sah Sigrid an. Sie würde auch ohne sie gehen, aber so wäre es ihr lieber.

Sigrid betrachtete Jane prüfend, als wolle sie sich über etwas klar werden. Die gespannte Stille ließ Maggie wieder ihre unbequemen Schuhe spüren. Schließlich sagte Sigrid: „Du überraschst mich, Jane. Du bist gar nicht so blöd, wie ich dachte."

„Siggy!" sagte Maggie.

Sigrid schwieg erneut. „Ich habe bis halbzehn zu tun. Ich komme also etwas später."

Jane war erfreut, auch wenn sie sich nicht anmerken ließ, wie erfreut sie war. „Was ist mit deinen Füßen, Maggie?" Maggie hatte die Schuhe ausgezogen.

„Frag nicht", sagte Sigrid. „Wir wollen mal sagen, ihr Zimmer wurde von einer Lawine begraben, und sie mußte sich diese leihen. Sie passen nicht."

Maggie war beleidigt. „Du bist auch nicht die ordentlichste Person, die ich kenne, Siggy."

„Nein, aber ich finde wenigstens mein Bett."

Edith Holms tauchte hinter Sigrid auf und legte leicht ihre Hand auf Maggies Schulter. „War der Gottesdienst nicht wundervoll", sagte sie versonnen. „Der Geistliche hat so schön gesprochen. Ihr solltet euch bei ihm bedanken."

Sigrid drehte sich nach ihr um. Was sollte sie einer Frau zuhören, deren Haare mit jedem Tag blauer wurden? „Es war eine Farce, Edith." Sigrids Stimme klang gelassen.

„Was?" Edith hörte nicht gut, besonders nicht in einem überfüllten Raum. Sigrid konnte nicht gesagt haben, was sie gehört hatte.

„Ich sagte, *es war eine Farce*!" Sigrid schrie fast, einige Leute hörten auf zu kauen.

Edith war sichtlich peinlich berührt, sowohl Sigrids als auch ihretwegen. „Ja, Natürlich. Ach, da ist ja auch Paula Stevens. Sie gehört dies Jahr zum Heimvorstand. Ich muß mich bedanken, daß sie gekommen ist. Entschuldigen Sie mich bitte." So würdevoll, wie sie unter den Umständen konnte, marschierte sie davon.

„Guck mal da“, sagte Sigrid. Am Buffet stand Mitchel Page und sah in einem maßgeschneiderten dunkelblauen Anzug ungewöhnlich gediegen aus. Ein älterer Mann hatte den Arm um seine Schulter gelegt. Beide unterhielten sich mit einer Gruppe älterer Herren.

„Wer ist der bei Mitch?“ fragte Jane.

„Der berühmte Adam Lord“, sagte Sigrid wütend. „Er präsentiert diesen Hornochsen, als handle es sich um den hinterbliebenen Schwiegersohn. Hast du gesehen, daß Mitch während des Gottesdienstes neben den Lords gesessen hat? Und wenn dir dabei nicht der Kaffee hochkommt, hältst du mehr aus als ich.“

Jane beobachtete, wie Adam Mitch der nächsten Gruppe vorstellte, und fragte sich, wovon der Junge sich diesen Anzug hatte leisten können.

Maggie sah auf die Uhr. „Wir müssen los“, sagte sie. „Sigrid und ich haben versprochen, beim Abtransport der Blumen zu helfen.“ Hungrig sah sie auf die vollen Platten. „Ich nehm was mit für unterwegs.“ Sie häufte Früchte und Sandwiches auf einen Pappteller. „Wir sehen uns morgen abend.“ Sie stopfte sich eine Erdbeere in den Mund. „Komm, Siggy. Wir sind spät dran.“ Sigrid lächelte Jane rätselhaft zu und folgte Maggie.

Die Menge am Buffet begann sich zu lichten. Jane sah, daß sich die blaugrauhaarige Edith lebhaft mit Adam Lord unterhielt. Unglaublich, er hatte immer noch seine Hand auf Mitchs Schulter. Die Vorräte reichten, aber beim Kaffee mußte sie für Nachschub sorgen. Sie ging zur Küche und blieb plötzlich stehen. Der junge Mann, der sich gerade eine Tasse Kaffee einschenkte, sah Allison so ähnlich, daß sie einen Augenblick dachte, sie sei es. Er war groß und schlank und hatte Allisons markante Gesichtszüge und ihre tiefbraune Haarfarbe. Am verblüffendsten aber waren die Augen. Sie hatten genau den gleichen ironischen Ausdruck.

Der junge Mann sah auf und lächelte fragend. „Wollen Sie auch einen Kaffee?“ Er griff nach einer sauberen Tasse.

„Gern“, sagte sie, „warum nicht. Ich heiße Jane Lawless.“

„Das trifft sich gut. Gerade Sie wollte ich nämlich sprechen.“ Er schenkte Kaffee in ihre Tasse. „Wollen wir uns nicht setzen? Wenn Sie einen Augenblick Zeit haben.“

„Natürlich“, sagte Jane, viel zu neugierig, was er von ihr wollte, um abzulehnen. Sie nahmen auf zwei unbequemen Klappstühlen Platz.

„Ich wollte Ihnen danken.“ Er lächelte traurig. „Ich habe gehört, Sie sind für das Essen hier zuständig. Meine Schwester hat viele Sommer in England verbracht, und ich weiß zwar nicht, wie Sie das wissen konnten, aber Tee mit Sahne mochte sie sehr. Genaugenommen ist das Essen das einzige, was ihr an der heutigen Veranstaltung wahrscheinlich gefallen hätte.“

„Sie sind ihr Bruder!“ sagte Jane. „Das hätte ich gleich merken müssen.“

„Meine Schuld“, antwortete Edwin. „Ich hätte mich vorstellen sollen. Ich sah, wie Sie mich anschauten. Die meisten Menschen finden uns überhaupt nicht ähnlich. Ich bin Edwin Lord.“

Jane sah Adam Lord am anderen Ende des Raums. „Sie sehen überhaupt nicht aus wie Ihr Vater.“ Sie wäre nicht drauf gekommen, daß die beiden verwandt waren.

„Nein, da haben Sie recht. Und die Frau an seiner Seite ist nicht meine Mutter. Sie ist seine zweite Frau. Unsere Mutter starb, als wir noch klein waren. Als Muriel meinen Vater heiratete, waren meine Schwester und ich Teenager. Wir schlagen beide nach unserer Mutter, mehr als wir früher gedacht haben.“

Seine Stimme gefiel Jane. Sie war tief, und er benutzte sie nicht, wie gewöhnlich Männer ihre tiefe Stimme benutzen, gebieterisch oder als seien sie schwer beschäftigt. Er wirkte wohlerzogen, aber ohne die Arroganz des Reichtums. „Leben Sie hier?“ fragte sie.

„In Minneapolis? Nein, ich lebe im Norden Minnesotas, an der kanadischen Grenze, in einer Gemeinschaft von Brüdern. Die nächste halbwegs größere Stadt ist Thunder Bay.“

„Sie sind Geistlicher?“

„Nein", lachte Edwin. „Das nicht. Wir sind eine spirituelle Gemeinschaft."

„Ich verstehe", sagte Jane und versuchte zu verstehen, was das heißen sollte.

„Ich sehe Ihnen an, daß Sie sich fragen, wie der Sohn von Adam Lord dazu kommt, wie ein Mönch in Nord-Minnesota zu leben. Wenn Sie einen Augenblick Zeit haben, will ich Ihnen das gern erklären."

Jane nickte und versuchte sich etwas bequemer zu setzen. „Sie haben meine Schwester gekannt, nicht wahr?"

„Nicht sehr gut. Wir haben ein paarmal miteinander gesprochen."

„Woher wußten Sie das mit dem Tee? Ich meine, war das Zufall?"

„Nein", sagte Jane. „Ich war früher bei Kappa Alpha Sigma aktiv, und in diesem Jahr habe ich an einigen Vorstandssitzungen teilgenommen, dort habe ich Ally kennengelernt. Wir fanden heraus, daß wir beide eine Zeitlang in England waren. Ich glaube, sie hat mir gleich beim erstenmal erzählt, wie sehr sie Tee mit Sahne mag. Ist das nicht merkwürdig?" Jane sah in ihre Tasse. „Als sie mir das sagte, hätte ich mir nicht träumen lassen..."

„Nein", sagte Edwin freundlich. „Das konnte wohl niemand ahnen. Aber als ich hierher kam und in dieser ganzen hohlen Farce plötzlich ein Stück von meiner Schwester wiederfand, kam ich mir nicht mehr so einsam vor. Danke, Jane."

Seine einfachen Worte rührten sie. „Sie sind der zweite Mensch heute, der dies eine Farce nennt."

„Wenige waren mit Ally so eng befreundet, daß sie es verstanden hätten. Sie hat ihr ganzes Leben lang nicht viele in sich hineinblicken lassen." Er trank seinen Kaffee. Seine Hände waren rauh, als hätte er in letzter Zeit körperlich schwer gearbeitet. „Ally und ich hatten nach dem Tod unserer Mutter wenig elterliche Zuwendung. Vater war kaum zu Hause. Das Geschäft ging vor. Aber wir beide wußten genau, was von uns erwartet wurde. Adam Lord ist ein sehr beherrschender Mann. Unser beider Zukunft war durchgeplant. Eine gute

Ausbildung. Heirat mit einer anderen reichen Familie, damit Geld ins Geschäft kommt. Immer das Geschäft. Ich weiß, Vater dachte, wir bemühten uns nicht, ihm zu gefallen. Das ist nicht wahr. Ich ging mit siebzehn aus dem Haus, aber nach Allys Selbstmordversuch drei Jahre später kam ich zurück. Vater hatte ihre Beziehung zu einer jungen Frau entdeckt und den Vater der anderen dazu gebracht, seine Tochter fortzuschikken. Das war zuviel für Ally. Sie glaubte, Vater würde über ihr Leben bis zu ihrem Tod bestimmen. Sie war damals fast siebzehn. Ich reiste in der Weltgeschichte umher, um einen Lebenssinn zu finden. Zwei Wochen vor der Nachricht von ihrem Selbstmordversuch entdeckte ich St. Victor. Ich fuhr sofort zu ihr und blieb, bis sie sich gefaßt hatte. Vater war wütend. Für ihn war es nur ein Beweis mehr, daß sie ihn nicht liebte. Und Sie können sich nicht vorstellen, wie schuldig ich mich fühlte, sie die letzten drei Jahre allein gelassen zu haben.

Wir wußten beide, daß ihre einzige Überlebenschance das Weggehen war, buchstäblich. Weil ich in Minnesota lebte, brachte ich sie dazu, sich im folgenden Frühjahr an der Universität Minneapolis einzuschreiben. Mir wäre lieber gewesen, sie hätte in Duluth gelebt, aber sie entschied sich für den Campus in Minneapolis. Trotzdem konnten wir uns ohne Schwierigkeiten treffen. Einmal im Monat kam sie für ein Wochenende zu mir oder ich zu ihr. Meine Schwester und ich sind...“, er stockte und verzog das Gesicht, „*waren* einander sehr nah. Wir waren sehr verschieden, aber wir waren uns so nah, wie zwei Menschen nur sein können.

Das Leben in St. Victor hat mir geholfen, zu mir selbst zu finden. Ich weiß nicht, ob Sie je darüber nachgedacht haben, aber es ist sehr schwierig, sich gründlich mit sich selbst auseinanderzusetzen. Die meisten Leute geben es auf, weil sie ständig unterbrochen werden. Es ist einfach zu laut. In St. Victor habe ich es endlich geschafft. Ich entdeckte, wie leicht es ist, die eigenen Gefühle und Gedanken sogar vor sich selbst zu verschweigen. Ich hatte das auch getan. Seit einiger Zeit sehe ich mich genauer. Ich fand in mir endlich die Liebe und die Energie, von der ich glaubte, ich hätte sie nicht. Bis dahin hielt ich mich für einen hoffnungslosen Zyniker." Er lockerte seinen Schlips. „Ally und ich haben uns endlos unterhalten. Das war schon früher so. In den letzten Jahren verlief unser beider Leben merkwürdig parallel. Sie mußte mit sich ins Reine kommen, bevor sie an ihre Zukunft denken konnte. Und mein Leben war vollständig zum Stillstand gekommen, weil ich nichts wirklich Wesentliches, Spirituelles gefunden hatte. Verstehen Sie diese Ruhelosigkeit, die ich meine? Die sich in Stillstand äußert? Wir hatten beide das Gefühl, als hielten wir den Atem an. Diese letzten Jahre waren für uns beide sehr schwer, kann ich Ihnen sagen. Wir wußten, daß wir beide nicht wollten, was Vater uns bot, aber was *wollten* wir?

Ally war kein religiöser Mensch. Und ich entdeckte, daß ich im Grunde meines Herzens ein Mystiker bin. Trotzdem konnten wir miteinander reden. Es gab keine Barrieren. Wahrscheinlich weil wir beide für uns die Wahrheit suchten. Ich würde das eine spirituelle Suche nennen, auch wenn ich weiß, daß Ally es anders genannt hätte. Es war das gleiche. Niemand erträgt ein Leben ohne Inhalt, und das war es, was Vater uns bot. Ich weiß, daß sie ihr Leben pervers gefunden hätte, wenn sie nicht mit ihrem Körper in Frieden leben konnte." Edwin sah Jane an. „Ja, ich wußte, daß sie lesbisch war. Und letzten Sommer hat sie eine innere Schwelle überschritten. Etwas hatte sich geändert. Wir haben darüber gesprochen, als sie aus England zurückkam – sie war vorher zu Hause gewesen, was ein Fehler war. Vater kann enormen Druck ausüben, wenn er etwas will. Er trifft immer den richtigen Nerv. Sie stellte mir Emily vor, als sie nach Minnesota zurückkam. Ich mochte sie sofort."

Jane war fasziniert. „Es macht Ihnen nichts aus, daß Ihre Schwester lesbisch war?"

Edwin lächelte. „Wie soll ich das erklären? Es gibt zwei Ansichten über die Natur. Die eine sagt, sie ist korrupt und muß korrigiert werden, darf sich nicht selbst überlassen bleiben. Manche sagen sogar, die Natur sei gefallen, sei sündig wie die

Menschen. Sie müsse beherrscht werden. Und was am wichtigsten ist: Wenn du Gott suchst, mußt du woanders suchen. Gott und Natur sind getrennt. Einige Religionen glauben das. Die andere Sicht ist: Natur ist eine Manifestation des Göttlichen. Gott kann von seiner Schöpfung nicht getrennt werden. Er ist in ihr. Deshalb müssen wir die Natur verstehen wollen, mit ihr zusammengehen, sie lieben. Einige Religionen glauben dies. Ich auch. Je nach Glauben entsteht ein sehr unterschiedliches Gesellschaftsbild. Das läßt sich daran ablesen, wie unterschiedliche Gesellschaften mit der Erde umgehen. Mit gänzlich verschiedener Ethik. In den Wäldern um St. Victor habe ich diese Göttlichkeit erfahren. Das klingt vielleicht verschwommen, aber ich kann sagen, daß ich dabei Gott gefunden habe." Er lehnte sich zurück. „Ich weiß, das hört sich ziemlich großspurig an. Was ich begriffen habe, ist: Was wir Ewigkeit nennen, ist schlicht die Erfahrung des Lebens. Das läßt sich schwer in Worten ausdrücken, wenigstens für mich. Jedenfalls glaube ich daran, auch wenn es ungeschickt formuliert ist. Und deshalb habe ich keine Probleme mit Allisons sexueller Ausrichtung. Besser: mit der Wahrheit ihres Körpers. Wie könnte ich?"

In dem Moment kam Muriel Lord heran.

Edwin sah auf. „Muriel! Wie geht es dir?" Seine Stimme klang herzlich.

„Hallo, Edwin. Ich war mir nicht sicher, ob wir dich hier treffen würden." Sie blickte zurück, ob Adam registriert hatte, mit wem sie redete.

„Ich habe Vater schon begrüßt", sagte Edwin schlicht. „Er schien mir nicht viel zu sagen zu haben. Und was ich ihm zu sagen hatte, wollte er nicht hören. Unsere Unterhaltung war deshalb ziemlich kurz. Du siehst gut aus."

Muriel schien nicht zu wissen, wohin mit den Händen. „Ich wollte dir nur sagen, wie sehr mir dies leid tut. Ich weiß, daß ich euch beiden nie eine Freundin war." Ihre Augen füllten sich mit Tränen, und ihr Mund zitterte.

Edwin stand auf und gab ihr sein Taschentuch.

„Vater hat nicht gewollt, daß du unsere Freundin wirst,

Muriel. Wir haben das nie dir angelastet." Er legte seine Arme um sie, sie weinte an seiner Schulter. „Wie geht es Annie?" fragte er weich.

Muriel löste sich von ihm und wischte sich die Augen. „Annie ist wunderbar. Das Wichtigste in meinem Leben. Wir haben sie nicht mitgebracht, weil Adam es für besser hielt, wenn sie die Schule nicht versäumt."

„Ich würde sie gern einmal wiedersehen", lächelte Edwin.

„Oh, glaubst du, das wäre möglich?" fragte Muriel hoffnungsfroh. „Annie würde ihren großen Bruder gern wiedersehen. Das letztemal ist Jahre her. Versteh mich nicht falsch, aber ich denke, sie braucht neben Adam einen anderen Mann in ihrem Leben. Manchmal frage ich mich, was er vorhat. Was er von ihr verlangt. Als müßte sie ständig, immer und immer wieder, beweisen, daß sie ihn liebt." Sie zögerte. „Du könntest zu Thanksgiving kommen. Sag, wäre das was?"

Quer durch den Raum bellte eine tiefe Stimme: „Muriel! Wir gehen!" Adam hatte endlich seinen Arm von Mitchels Schulter genommen. „Beeil dich!"

„Ich frage ihn, Edwin. Sobald wir in Philadelphia sind. Und dann schreibe ich dir. Es war mir sehr wichtig, daß ich dich heute getroffen habe. Du kannst es dir nicht vorstellen. Bis bald."

Jane sah Muriel den nun fast leeren Raum durchqueren. Adam und Mitch waren schon fort.

„Sie ist sehr allein", sagte Edwin und setzte sich wieder. „Ich verstehe es immer noch nicht, aber ich glaube, sie liebt ihn wirklich. Nie wird er zulassen, daß sie mich zu Thanksgiving einlädt. Wahrscheinlich muß ich meine kleine Schwester auf andere Weise sehen."

Muriel ging die Treppe hinauf, drehte sich oben noch einmal um und hob ein wenig die Hand. Nachdem sie gegangen war, blieben beide einen Augenblick stumm.

„Hoffentlich habe ich Sie nicht gelangweilt", sagte Edwin schließlich.

„Nein. Ganz bestimmt nicht. Sie haben mir geholfen."

Edwin drehte die Tasse in der Hand. „Sie glauben auch

nicht, daß es Selbstmord war." Das war keine Frage, sondern eine Feststellung.

„Nein. Ich versuche herauszufinden, was wirklich passiert ist. Vielleicht gelingt es mir nicht, aber ich muß es versuchen."

„Sie *müssen* es versuchen?" Plötzlich sah er wieder aus wie die ironische Allison. „Ich verstehe." Er griff nach ihrer Hand. „Ich werde an Sie denken, Jane. Wenn ich Ihnen irgendwie helfen kann, schreiben Sie mir nach St. Victor." Er drückte ihre Hand. „Viel Glück."

10

Überall die besten Restaurants herauszufinden, war eine Spezialität von Adam Lord. Der neue Italiener ganz oben im Hogarth Tower mitten in St. Paul entsprach seinen Ansprüchen vollkommen. Genau diese Atmosphäre hatte er sich vorgestellt, als er Arthur Manning und seine Frau zum Abendessen eingeladen hatte. Er wollte Mitchel Page einem der reichsten Unternehmer der Stadt vorstellen.

Nicht daß Mitchel ihm Sand in die Augen gestreut hätte. Das war es nicht. Adam sah in Mitchel den aufdringlichen Opportunisten, der er war. Auch Mitchels Versuche, gramgebeugt zu wirken, hatten Adam nicht weiter imponiert. Trotzdem hatte er das Gefühl, er schuldete dem Jungen etwas. Nicht das, was Mitchel vermutlich erwartete, aber wenigstens einen Schub in die richtige Richtung. Gleichzeitig wußte Adam, daß seine Menschenliebe im Augenblick begrenzt war. Sie reichte nicht soweit, Mitchel einen Job in einer seiner eigenen Firmen anzubieten. Die Episode vom vergangenen Weihnachten war längst vergessen. Er brauchte keine Erinnerung an die Unfähigkeit seiner Tochter, normale Beziehungen einzugehen. So weit es ihn betraf, war dieser „Schub" mehr als genug. Danach wusch er seine Hände in Unschuld.

Der Fahrstuhl ging auf, und Arthur Manning und seine Frau betraten das Foyer. Adam, der mit Muriel auf sie wartete, ging den beiden mit ausgestreckter Hand entgegen.

„Artie! Wie schön, dich zu sehen!" Er schwenkte heftig Arthurs Arm. „Und das ist deine reizende Gattin." Mrs. Manning hatte den abwesenden Blick einer Frau, die schon zu allzu vielen Geschäftsessen mitgeschleppt worden war. Adam sah es. Den gleichen Ausdruck hatte er oft bei Muriel beobachtet. „Schön, Sie kennenzulernen. Gloria, nicht wahr?"

„Du hast ein gutes Gedächtnis, Adam", sagte Arthur und lächelte übertrieben. Gloria brachte es fertig, sich für einen Moment zu konzentrieren. Adam fragte sich, ob auf etwas Bestimmtes. Ihre Pupillen waren für pure Langeweile ein bißchen zu groß.

„Und wo ist der junge Mann, um den es geht?" Arthur wippte auf den Zehenspitzen. Adam hatte ihn schon immer für einen Trottel gehalten.

„Ich denke, er wird gleich da sein. Um sieben, hatte ich ihm gesagt." Er sah auf die Uhr – es war fast halb acht. „Was hältst du davon, wenn ich dir und deiner reizenden Frau einen Drink bestelle? Muriel und ich haben bereits einen Tisch." Adam ging voraus in die Bar und registrierte, daß Muriel beim zweiten Glas angekommen war. Das wäre nicht weiter schlimm, wenn sie nicht bereits im Hotel einen doppelten Whisky getrunken hätte. Sie nahm keine Tabletten, Gott sei Dank, aber sie schätzte Bourbon in immer größeren Mengen.

Der Kellner kam und nahm ihre Bestellung auf. Muriel orderte einen weiteren doppelten Bourbon mit Wasser. Adam blickte sie drohend an, während Arthur ein Bier und Gloria einen Mai Tai verlangten. Muriel, sichtlich vom Alkohol beflügelt, blickte zurück. Als sie gerade dabei war, ihren rechten Pumps breit auf Adams linkem schwarzen Slipper zu placieren, trat Mitchel aus der Fahrstuhltür.

Adam entschuldigte sich und ging auf ihn zu. „Du kommst zu spät, Mitchel", sagte er barsch.

Mitchel grinste jungenhaft. „Tut mir leid, Adam. Ich wurde aufgehalten."

„Zieh deinen Schlips gerade. Wir werden sagen, es war unvermeidlich. Und benimm dich, um Himmels willen."

Mitchel lächelte nervös.

„Los", sagte Adam und ging zum Tisch. Er übernahm die Vorstellung und hob das Glas auf Arthur und Gloria. Dann lehnte er sich zurück. Der Ball war in Mitchels Feld, wie es so schön heißt.

Arthur spielte mit dem Schirm, der das Stück Ananas in Glorias Drink gehalten hatte. „Sie sind also der junge Mann, von dem Adam mir soviel erzählt hat."

Mitch blickte zwischen Arthur und Adam hin und her und grinste blöde.

Der Kellner kam, und Mitchel bestellte das gleiche Bier wie Arthur.

„Wo sehen Sie sich in fünf Jahren, Mitchel?"

„Nun", sagte Mitchel und blickte verstohlen zu Adam, „ich denke, ich sehe mich auf einem wichtigen Posten bei Manning Enterprise, Sir."

Arthur lächelte. „Lassen Sie mich Ihnen einiges zu meiner Firma sagen."

Während Arthur angeregt über sich sprach, hörte Mitchel plötzlich hinter sich eine Stimme, die ihm bekannt vorkam. Vorsichtig drehte er sich um. An der Tür stand seine Freundin Jamie und redete laut auf einen Kellner ein. „Verdammte Scheiße", sagte er unhörbar. Sein Bier kam. „Würden Sie mich einen Augenblick entschuldigen", unterbrach er Arthur mitten im Satz. Adam erstarrte.

Sogar Mitch merkte, daß etwas schief lief. Langsam ging er zum Vorraum und versuchte, seine wachsende Frustration zu bekämpfen. Jetzt die Beherrschung zu verlieren, wäre ein ganz großer Fehler. Jamie war offensichtlich im Begriff, eine Szene zu machen, nur um ihn zu finden. Wenn sie ihn unbedingt sehen wollte, konnte sie das haben. Der Kellner folgte ihr, als sie den Raum betrat. Sie brachte es fertig, zu überhören, daß sie still verschwinden sollte. Mitchel legte seine Hand auf ihre Schulter und wirbelte sie herum. „Geh zurück in die Halle", befahl er kalt.

Jamies Augen blitzten. „Du armseliges Dreckstück."

„Bitte verlassen Sie beide den Saal", sagte der Kellner ungeduldig.

Mitch packte Jamies Hand und zog sie hinaus. Sie versuchte sich von seinem Griff zu befreien, aber er hielt sie fest.

„Beruhige dich, Jamie! Ich weiß, weshalb du verrückt spielst. Ich *habe* versucht, dich nach dem Gottesdienst anzurufen. Du warst nicht zu Hause. Tut mir leid."

„Laß mich los, du Scheißkerl. Du hast gar nicht versucht, mich zu erreichen."

Er drückte sie gegen die Spiegelwand neben dem Fahrstuhl. In dem Augenblick öffnete sich die Fahrstuhltür, und ein Paar kam heraus. Mitchel hoffte, sie würden dies für ein kleines intimes Gespräch halten. Er preßte ihre Hand.

„Das tut weh! Ich schreie, daß du mir weh tust, wenn du mich nicht losläßt." Sie riß sich los und rieb sich die Finger.

Mitchel lächelte dem Paar zu, das darauf wartete, einen Platz zu bekommen. „Hör mir eine Minute zu! Ich wußte nicht, daß Adam mich heute abend diesem hohen Tier vorstellen wollte. Zum erstenmal in meinem Leben gibt mir jemand eine Chance. Adam mag mich. Fast wie einen Sohn." Mitchel glättete seine neue Jacke. „Und er will mir helfen. Uns! Begreifst du das nicht? Ich weiß, daß er mir demnächst selbst einen Job anbieten will. Ich soll mich nur erst bewähren."

„Du hast versprochen, mich anzurufen, und du hast es nicht getan. Und dann lügst du noch. Ich bin nicht Allison. Mit mir kannst du nicht so umspringen. Ich mag diese Herumtreiberei nicht. Ich weiß, daß meine Familie nichts hat. Mein Vater *arbeitet* für die Telefongesellschaft, sie gehört ihm nicht! Vielleicht ist es das. Ich bin eine auf Zeit, richtig? Der ganze Scheiß, den du über unsere Zukunft gequatscht hast, war gelogen. Ich bin ganz beliebig. Ein bequemes Alibi!"

„Hast du was getrunken?" zischte Mitch.

„Nein! Ich halte meine Versprechen." Ihre Stimme wurde drohend. „Paß lieber auf, Mitch. Ich weiß, wo du an dem Abend warst, oder besser, wo du nicht warst. Und Adam Lord würde bestimmt gern hören, was ich über dich und Allison weiß."

Mitch packte ihre Schultern und preßte sie gegen die Wand. „Halt bloß die Schnauze, du Hexe. Du weißt überhaupt nichts."

Jamie zischte zurück: „Du hast mich angelogen, du Biest. Du liebst mich nicht. Du willst bloß, daß ich den Mund halte. Versprich dem kleinen Mädchen eine glückliche Zukunft, und du hast sie in der Tasche. Läßt deine blöde Freundin die Polizei belügen."

Mitch legte seine Hände um ihren Hals und brachte sein Gesicht ganz nahe. „Halt's Maul, du Schlampe. Wenn du mir den Abend kaputtmachst, wirst du dir wünschen, nie geboren zu sein. Du glaubst, ich hätte Allison umgebracht? Denk bloß nicht, daß ich das mit dir nicht machen kann."

Jamie stieß ihm ihr Knie zwischen die Beine, und vor Schmerz heulend ging er zu Boden.

„Noch einmal", sagte sie über ihm stehend. Aus der Bar kamen die Leute, um zu sehen, was sich da abspielte. „Ich bin nicht Allison. Glaub ja nicht, daß ich Angst vor dir habe." Sie stieg über ihn und drückte den Fahrstuhlknopf. Niemand hielt sie auf, als sie den Fahrstuhl betrat und hinter den sich schließenden Türen verschwand.

Mitch versank in Schmerz. Als er endlich hochsah, stand Adam über ihm und schüttelte den Kopf. Mitchel sah Arthur und die beiden Frauen kommen, die noch ihr Glas in der Hand hatten. Er wußte, daß er keinen guten Eindruck machte. Muriel sah auf ihn herunter. Fast glaubte er in ihren Augen einen Schimmer von Mitleid zu sehen. Er versuchte ein Lächeln, aber es mißlang.

Muriel fischte die Kirsche aus ihrem Glas, untersuchte sie kurz und schob sie in den Mund. „Ich weiß nicht, wie es euch geht, aber ich sterbe vor Hunger."

11

„Was bitte sind Chanterelles?“ Cordelia hatte die Füße auf Janes Schreibtisch gelegt und blätterte in der neuesten Herbst-Speisekarte. Das Lyme House war berühmt dafür, die Gerichte den Jahreszeiten anzupassen. „Es hört sich wie eine französische Kathedrale an, obwohl selbst du so etwas wohl nicht auf der Karte hast.“

Jane hatte es aufgegeben, den Abschluß fertigzustellen, an dem sie schon die ganze Woche saß. Sie hatte ihn beenden wollen, bevor um neun Maggie und Sigrid eintrafen. Jedenfalls war vor wenigen Minuten Cordelia eindrucksvoll hereingeschwebt, sie trug ihr riesiges schwarzes Cape und eine Kosakenmütze. Damit war jede weitere Arbeit gestorben. „Pfifferlinge“, sagte Jane, lehnte sich zurück und klopfte mit dem Kugelschreiber auf den Monatsabschluß.

„Lecker“, sagte Cordelia. „Gegrilltes Hühnchen mit Knoblauchpesto. Geschmortes Schwein mit karamelisierten Maronen in Calvados. Lamm-Pastitsio. Plumpudding mit Armagnacsoße. Und was ist dieser Gateau Lyme House Grand Marnier?“

„Wieso bist du nicht im Theater?“ fragte Jane neugierig. „Es ist Freitag abend.“

Cordelia gähnte. „Pause für die Erschöpften. Ein wohlverdienter freier Abend. Konkret gesagt, heute abend tritt diese Blues-Gruppe von der Ostküste auf. Du hast meine Frage nicht beantwortet. Was ist dieser Gateau?“

Jane nahm ihre Drahtbrille ab und legte sie auf den Schreibtisch. Sie rieb sich die entzündeten Augen und sah Cordelia an, sie genoß die Vorfreude. „Eine Kleinigkeit, die Adrienne gezaubert hat.“

„Jane!“ Cordelia zog ihren Namen klagend in die Länge. „Hör auf zu scherzen. Antworte mir einfach.“ Cordelia wußte, daß Adrienne Vee in Kuchenangelegenheiten keine *Kleinigkeiten* machte.

„Na gut. Mach dich auf was gefaßt. Es handelt sich um einen Kuchen aus gerösteten Haselnüssen mit Aprikosen- und Orangenbuttercreme, überzogen mit weißer Schokolade. Dazu Creme fraiche mit Grand Marnier, und das Ganze überstreut mit Haselnußsplittern."

„Ahhh", sagte Cordelia und verdrehte die Augen. „Hedonismus ist etwas Herrliches."

„Außerdem haben wir ein paar neue Suppen. Eine wirst du wahrscheinlich sofort kosten wollen. Eine Muschelsuppe mit Artischocken." Jane freute sich immer, wenn Cordelia über Speisekarten ins Schwärmen geriet. Eine Leidenschaft, die sie teilten. Cordelia aß von Zeit zu Zeit auch Junkfood, was Jane nicht nachvollziehen konnte. Jeder das ihre.

Cordelia entspannte sich und seufzte. „Solange ich bei dir essen kann, brauche ich keine andere Beziehung."

Jane lachte. „Du hattest bisher damit ja auch nicht viel Glück."

„Nein", sagte Cordelia ernst, „da hast du recht. Erinnerst du dich noch an Andromeda, mit der ich die ersten beiden Collegejahre zusammen war?"

„Die aussah wie Golda Meir und Rockstar werden wollte?"

„Genau die." Cordelia hob die Hand an die Schläfe, als hielte sie einen Revolver. „Sie hat mich gestern abend angerufen." Sie drückte den Abzug.

„Und?" fragte Jane und versuchte ein Lachen zu unterdrücken.

„Sie will sich mit mir treffen. Aus alter Liebe."

„Und was hast du geantwortet?"

Cordelia spielte unschlüssig mit den Knöpfen ihrer Bluse. „Ich habe gesagt: vielleicht."

„Vielleicht?"

„Vielleicht ja."

Jane platzte vor Lachen.

„Lach nicht. Es zeugt nicht von guter Kinderstube. Ich mochte sie wirklich. Sie verkauft heute Sportzubehör in Spring

Lake Park und sagte, sie würde mich wirklich gern wiedersehen."

Eine Hochzeit im Himmel, dachte Jane. „Wann trefft ihr euch und schwelgt in Erinnerungen?"

„Nächstes Wochenende. Ich habe sie zu meiner jährlichen Richard III.-Party eingeladen. Ich habe ihr von meiner triumphalen Inszenierung vor vier Jahren erzählt. Sie schien Richard III. zu kennen. Ich sagte ihr, daß die guten Kritiken mich ganz krank gemacht hätten, weil ich doch das Stück inszeniert hatte, wie es geschrieben ist."

„Du meinst, als eine lärmende Burleske."

„Shakespeare hat keine Burleske geschrieben." Sie wischte die Vorstellung mit einer Handbewegung fort.

„Du weißt doch, in jedem Jahrhundert wird mindestens eine Rechtfertigung von Richard III. geschrieben, aber keine hält lange. Ich denke, es liegt am Stück. Es ist so bedeutendes Theater, daß niemand hören möchte, es handle sich um Politphantasie."

„Und wen würdest du beschuldigen, die Story erfunden zu haben?"

„Die Tudors", sagte Jane. „Englische Geschichte ist meine Spezialität."

Cordelia brachte ihre Bluse in Ordnung. „Was immer die Wahrheit sein mag, *meine* Inszenierung war ein Erfolg bei der Presse. Und Andromeda hat zugesagt, zur fünften Big-Dick-der-Dritte-Party zu kommen. Sie sagte, sie würde sich sogar einen Buckel zulegen."

„Richard III. hatte keinen Buckel."

Cordelia versuchte ihre wachsende Wut im Zaum zu halten. „Ich erwarte, daß du nett zu ihr bist."

„Ich bin immer nett zu buckligen Frauen."

„Du kommst vermutlich mit Ingrid Bergmann", schnaubte Cordelia.

Jane hörte auf zu lachen und sah zu Boden.

Kaum hatte sie es ausgesprochen, war Cordelia klar, was sie getan hatte. „Mein Gott. Es tut mir leid, Jane. Ich weiß doch, wie sehr du Christine immer noch vermißt."

Jane lehnte sich zurück. „Ist schon in Ordnung. Nur kann ich manchmal noch immer nicht glauben, daß sie nicht mehr da ist. Es ist immerhin drei Jahre her. Wir lebten fast zehn Jahre zusammen. Wahrscheinlich braucht es Zeit."

„Ich liebte sie auch, Janey", sagte Cordelia sanft. „Und ich vermisse sie. Ich sehe immer noch das Kleid, in dem sie damals zur Party kam. Lauter Fransen und Federn."

„Sie hielt es für eine Burleske", sagte Jane mit leisem Lächeln.

Sie schwiegen eine Weile. „Wollen wir heute abend was unternehmen? Vielleicht ins Kino? Du brauchst zur Abwechslung mal etwas Lustiges."

„Ich kann nicht", sagte Jane. „Zwei Studentinnen aus der Verbindung kommen gleich. Wir müssen miteinander reden."

Cordelia nahm einen gläsernen Papierbeschwerer von Janes Schreibtisch und betrachtete ihn. „Wie kommst du mit deiner Untersuchung voran?"

„Gerade bevor du kamst, ging ich die Leute durch, die vielleicht ein Motiv hatten."

„Vergiß die Schlange Susan Julian nicht."

„Langsam, Cordelia. Bleib auf dem Teppich. Welchen Grund sollte sie haben?"

„Hast du nicht selbst gesagt, sie haßt Schwule? Sie wollte die Verbindung vor einem Skandal schützen."

„Aber sie wußte doch gar nicht, daß Allison lesbisch war. Vor ihrem Tod."

„Wenn das stimmt, ist sie vielleicht psychotisch. Hört Stimmen. Trägt im Schlafzimmer eine Naziuniform und betet vor einer billigen Reproduktion des Letzten Abendmahls. Vielleicht hatte Allison Fotos. Was weiß ich?"

Jane schüttelte den Kopf.

„Du wirst es noch bereuen, wenn du sie nicht mit einbeziehst."

„Also, Cordelia." Janes Augen verengten sich. „Gestern beim Gottesdienst habe ich sie gefragt, was sie Sonntag abend gemacht hat. Ich habe nicht richtig gefragt, sondern gesagt, was ich getan habe, und sie sagte freiwillig, daß sie den ganzen Abend mit schrecklichen Kopfschmerzen zu Hause war."

„Ich glaube ihr nicht", erklärte Cordelia kategorisch.

Jane konnte förmlich die Räder in Cordelias Kopf sich drehen sehen. „Was denkst du dir jetzt schon wieder aus?"

„Sie war nicht zu Hause. Ich fühle es."

„Wie willst du das beweisen?"

„Ich weiß nicht. Ich finde schon was. Lassen wir das. Wen verdächtigst du noch?"

Jane nahm ein kleines Notizbuch aus der obersten Schreibtischschublade, setzte sorgfältig ihre Brille auf und öffnete es. „Da ist zunächst Mitchel Page. Er hatte ein starkes Motiv, Liebe oder Haß. Ich habe ihn ein paarmal getroffen und kann aus eigener Erfahrung sagen, daß er ziemlich seltsam ist."

„Du vergißt das Geld. Vielleicht hat dieser Mitch sie wegen Emily erpreßt. Oder er hielt Allison für seine Eintrittskarte zu Ruhm und Ehre."

„Ich habe daran gedacht. Wenn sie ihn für jemand anders hat fallen lassen, war seine Chance dahin. Wenn die Person, deretwegen er fallengelassen wurde, eine Frau war! Ich denke, das dürfte sein Ego schwer angeknackst haben."

„Vielleicht haben er und Susan Julian sich zusammengetan!"

Jane warf Cordelia einen wütenden Blick zu. „Manchmal bist du wie eine Bulldogge, Cordelia. Hat dir das schon mal jemand gesagt?"

Cordelia zuckte abgeklärt die Schultern.

„Dann ist da Mitchs Freundin, Jamie McGraw. Vielleicht war sie eifersüchtig. Oder wollte sich rächen. Besonders wenn sie glaubte, sie könnte ihn vielleicht zurückgewinnen. Oder vielleicht hat *sie* gedacht, Allison erpressen zu können. Wer weiß. Maggie hat mir von Jamies Alkoholproblem erzählt. Sie trinkt nicht ständig, aber wenn, dann gründlich. Sie verliert leicht die Fassung. Konkret: Maggie war mit Allison essen, und Jamie kam dazu. Sie war offensichtlich blau und drohte Allison, sie solle Mitch in Ruhe lassen, *sonst...*"

„Verstehe." Cordelia schüttelte sich. „Ich würde mich mit aggressiven Säufern nicht einlassen. Sie sind manchmal ziemlich gruselig." Gerade war ihr ihr Vater eingefallen.

„Ich habe nicht vor, mich mit irgend jemandem einzulassen. Aber ich habe ein paar Fragen an sie. Immerhin ist sie Mitchels Alibi. Der Polizei gegenüber hat sie erklärt, sie seien die ganze Nacht zusammen gewesen."

„Und weitere Verdächtige?"

Jane nickte. „Zum Beispiel Emily Anderson."

„Was? Du verdächtigst sie?"

„Wir können sie nicht auslassen. Nach dem, was sie der Polizei gesagt hat, hatten sie und Allison Streit, bevor Allison zu der Verabredung mit Mitch ging. Da ich sie noch nie gesehen habe, ist es nicht einfach, sie sich vorzustellen. Mit Sicherheit war sie emotional beteiligt. Und heftige Gefühle bringen Menschen zu merkwürdigen Taten. Ich hoffe, daß ihre Mutter ihr meine Nachricht ausrichtet. Ich muß sie sprechen."

„Und?" fragte Cordelia. „Noch jemand?"

„Ja, einer. Clarence Anderson. Mir scheint, daß Emilys Vater ein starkes Motiv hat, und wir beide wissen, daß er an dem Abend in der Stadt seine Tochter getroffen hat."

Cordelia setzte sich gerade und sah Jane streng an. „Das klingt, als hieltest du alle Menschen des Mordes fähig. Ich finde es ziemlich schrecklich, hier zu sitzen und diese Leute zu beschuldigen."

„Wenn ich meinem Vater richtig zugehört habe, ist jeder Mensch dazu fähig. Ein Strafverteidiger sollte sich auskennen. In diesem Fall aber bin ich gar nicht sicher, ob es vorsätzlicher Mord war. Vielleicht begann es mit einer Auseinandersetzung. Allison kann zufällig von der Brücke gestürzt sein. Oder sie wurde ins Wasser gestoßen. In beiden Fällen muß die Person nicht gewußt haben, daß sie nicht schwimmen konnte. Vielleicht merkte sie das erst, als sie schon im Wasser lag. Wenn es vorsätzlicher Mord war und sie wußte, daß sie nicht schwimmen konnte, muß die Person Allison sehr gut gekannt haben. Ich bezweifele, daß alle darüber Bescheid wußten. Das Wasser dort ist sehr tief und das Brückengeländer sehr niedrig. Jede Frau und jeder Mann hätten es geschafft, sie herunterzustoßen." Jane strich sich eine Locke aus der Stirn. „Gestern hatte ich ein langes Gespräch mit ihrem Bruder. Er lebt nördlich von hier an einem Ort namens St. Victor. Von ihm habe ich viel über Allison erfahren. Er ist ein interessanter junger Mann."

„Von St. Victor habe ich schon gehört", sagte Cordelia nachdenklich. „Ist er so etwas wie ein Mönch?"

„Das glaube ich nicht", lachte Jane. „Obwohl er sehr gläubig wirkt. Er macht einen guten Eindruck. Aber je länger ich drüber nachdenke, um so seltsamer kommt es mir vor. Er und Allison waren sich sehr nahe, hat er jedenfalls gesagt. Er sagte, er glaube nicht an Selbstmord, und fragte mich, ob ich dem zustimme. Ich sagte, ja und daß ich herausfinden will, was wirklich geschah. Er wünschte mir Glück, bot seine Hilfe an, wenn ich ihm schreibe, aber er machte keine Anstalten, hierzubleiben. Wenn mir so etwas zustieße, würde mein Bruder nicht einfach abreisen. Es gibt keinen Sinn."

Das Klingeln des Telefons unterbrach Jane. Sie meldete sich, lauschte und sagte, sie käme sofort.

Cordelia hatte sich wieder in die Speisekarte vertieft. Apfel-Kürbis-Suppe mit Muskatnuß...

„Komm am nächsten Freitag abend", sagte Jane. „Das ist der erste Tag, an dem die neue Karte gilt. Wir probieren, worauf du Appetit hast."

Cordelia fühlte das Rumpeln in ihrem Magen. „Freitag kann ich nicht. Wir haben Vorstellung. *Lady Windermere's Fan.* Und vergiß nicht – am Sonnabend steigt bei mir die große Party."

„Wie könnte ich das vergessen."

„Also wie wäre es mit nächsten Sonntag? Wir könnten uns auf die rechte Seite der Speisekarte konzentrieren. Und in der Woche drauf die linke ausprobieren." Sie öffnete ihre riesige Handtasche und blickte freudlos auf die Bonbons und die Packung Orangenlimo, die sie vor einigen Stunden gekauft hatte. Sie stellte beides auf den Schreibtisch und sagte: „Wie wäre es, wenn ich heute das Abendessen bezahle?"

* * *

Aus einem unerklärlichen Grund konnte Maggie ihre Armbanduhr nicht finden. Der Bus wäre in wenigen Minuten an der Haltestelle, sie hatte also zum Suchen keine Zeit mehr. Sie war ziemlich sicher, daß sie die Uhr in einen ihrer Slipper gelegt hatte, als sie am frühen Abend duschen wollte. Andererseits war es auch möglich, daß sie sie in eine Socke gewickelt hatte. Das machte sie manchmal. Bloß wo waren die Socken? Möglicherweise immer noch im Badezimmer. Wenn die Uhr aus irgendeinem Grund im Zimmer auf den Boden gefallen war, wäre jeder Versuch, sie zwischen den zerknitterten Kleidern und schmutzigen Tellern zu finden, aussichtslos. Vielleicht sollte sie mal aufräumen. Aber war das nicht zuviel Aufwand wegen einer Uhr? Sie konnte ja eine neue kaufen. Außerdem wußte sie, die Uhr würde sich sowieso an einem unerwarteten Platz wiederfinden, zum Beispiel in einem Buch oder in der Frisierkommode. Eine Frage der Zeit.

Als sie aus dem Bus stieg, glaubte sie, es wäre nur ein halber Block bis zum Lyme House. Sie schlug die Straße zum See ein und merkte, daß sie sich verschätzt hatte. In der Ferne sah sie die Lichter des Restaurants im zweiten Stock durch die Dunkelheit schimmern. Auch ohne Uhr wußte sie, daß sie zu spät kam. Hoffentlich saßen nicht schon alle um einen großen Tisch und warteten auf sie. Eine Menge Menschen, die kichernd auf sie zeigten: die desorganisierte Idiotin, die uns hat warten lassen. Sie sah das kollektive Feixen förmlich vor sich. Die Hände tief in den Taschen ihres neuen Wintermantels vergraben, ging sie auf die Lichter zu. Der Abend fing ja gut an.

Durch den Eingang an der Penn Avenue betrat Maggie einen hell erleuchteten englischen Pub. Über der Tür stand: *The Lyme Public House*. Sie stand in einem Raum, der kupferfarben strahlte. Das Licht schien von den amethyst- und rosafarbenen Fensterscheiben und einer großen offenen Feuerstelle an der gegenüberliegenden Wand zu kommen. An der Längsseite zog sich eine Mahagonybar entlang. Offensichtlich antik. Seit Jahrhunderten mit feinem Wachs poliert. Die Täfelung hinter der Bar war reiner Jugendstil, wenn ihre Kunstgeschichtskenntnisse sie nicht trogen. Sie trat näher, um sie sich anzusehen.

„Kann ich etwas für Sie tun?" fragte ein junger Mann an der Bar. Er trug eine weiße Schürze und polierte Gläser mit einem weichen Tuch. Sonst schien es keine Kellner zu geben.

„Doch", sagte Maggie sich umblickend. „Ich bin hier verabredet, aber ich sehe sie nicht." Sie merkte, daß er sie wegen der lauten Unterhaltung und des Gelächters im Raum nicht verstand, und sprach lauter: „Ich suche Jane Lawless. Wir waren um neun verabredet, leider bin ich ein bißchen spät."

„Sie sind entweder Maggie oder Sigrid", antwortete er mit breitem Lächeln. „Keine Sorge. Jane kommt selbst häufig zu spät. Sie bat mich, nach Ihnen Ausschau zu halten. Im Nebenraum ist ein Tisch reserviert. Wenn Sie mir folgen wollen." Er hob eine Klappe der Theke hoch und führte sie in den Nebenraum, der dunkler und intimer wirkte als der Pub. Er bot ihr einen Platz neben einem weiteren Kamin an, an dem sie sich einen Moment die Hände wärmte.

„Ich sage ihr Bescheid. Bitte schauen Sie in die Karte. Wenn Sie etwas gefunden haben, sagen Sie es mir. Ich gebe Ihre Bestellung dann weiter." Er ging zu einer altmodischen Popcornmaschine und kam zurück mit einem Körbchen mit frisch geröstetem Mais. „Guten Appetit", sagte er munter.

Maggie setzte sich und sah sich um. Der Geruch des Holzfeuers berauschte sie. Ihre Augen wanderten über die Ziegelwände zu den freiliegenden Deckenbalken. Nebenan waren ihr mehrere ältere Männer aufgefallen, die in einer der erhöhten Nischen Karten spielten. Vielleicht Cribbage – ganz sicher war sie sich nicht, weil sie selbst das Spiel noch nie gespielt hatte. Eine weitere Gruppe schien völlig in Dart, ein Pfeilspiel, vertieft. Im letzten Sommer hatte sie in der ersten Etage des Restaurants zu Abend gegessen. Ein höheres Semester hatte sie eingeladen. Von dem war sie nicht restlos überzeugt, aber das Essen war wunderbar gewesen. Den Raum hatte sie als rustikal und dennoch elegant in Erinnerung. Ihr fiel ein, daß sie vor dem Essen auf dem Balkon gesessen und Eistee getrunken hatten. Von einem Musikpavillon am gegenüberliegenden Seeufer wehte Musik herüber. Es war unwiderstehlich gewesen.

Ein großer Holzscheit fiel polternd ins Feuer und lenkte ihre Gedanken zurück in die Gegenwart. An einer kleinen Tischlampe lehnte die Speisekarte mit einigen ungewöhnlich klingenden Angeboten: *Plowman's Lunch* – verschiedene Käse, Schinken, Brot und eingelegte Zwiebeln, *Cornwall-Kuchen*, verschiedene Fleischpasteten, ein Früchtebecher mit hausgemachten Scones. Auf der Rückseite standen verschiedene Import- und einheimische Biere aus kleinen Brauereien des Mittleren Westens. Maggie hatte noch nie von ihnen gehört. Wein ertrug sie, aber Bier schmeckte für sie nach Benzin. Sie kaute nachdenklich auf ihrem Popcorn.

„Bist du wagemutig?" Jane war leise hereingekommen.

„Hallo", sagte Maggie und legte die Karte beiseite. „Was meinst du damit?"

„Wenn du's bist, probier' die Rindfleisch-Nierchenpastete. Etwas ganz Delikates. Die Nieren halten Amerikaner manchmal davon ab. Sonst kann ich die Schäferpastete empfehlen. Magst du lieber englischen Senf oder Meerrettichsoße?"

Bei der Erwähnung von Meerrettich verzog Maggie die Nase. „Ich probier' die Schäferpastete, wenn sie nicht aus echtem Schäfer besteht."

Jane mußte lachen. „Sehr gut." Der junge Mann erschien in der Tür. „Johnny, eine Schäferpastete und... was möchtest du trinken, Maggie?"

„Eine Cola." Es klang eher wie eine Frage.

„Und eine Cola. Und für mich ein Lagerbier mit Limone."

„Sofort", sagte der junge Mann und wischte die Hände an der Schürze ab.

„Wunderbar ist es hier, Jane. Sogar spielen dürfen die Gäste." Maggie wies in den anderen Raum, und Jane setzte sich.

„Du meinst das Cribbage?" Jane lächelte und untersuchte eine gläserne Salzmühle, die einen kleinen Kratzer hatte. „Ich möchte, daß sich hier auch die Nachbarn wohlfühlen. Nicht nur zufällige Gäste. Eine Menge Leute kommen regelmäßig und spielen Schach oder Dart oder Cribbage. Auch die Musik gehört dazu. Gleich kommt die Frau aus der Pause zurück, die Geige spielt. Eine andere, die hier auftritt, spielt Harfe und wird von einer Zimbel begleitet. Und ein alter Freund von mir spielt wunderschön Flöte. Wenn ihm danach ist, kommt er vorbei und konzertiert mit denen, die gerade da sind. Kannst du Cribbage?"

„Nein", antwortete Maggie ernsthaft. „Aber ich würde es gern lernen."

„Wenn du Zeit hast, bring ich's dir bei."

Maggie war entzückt. Johnny kam mit dem Essen und den Getränken. Jane bedankte sich und fügte hinzu: „Wenn jemand nach mir fragt, ich bin jetzt für eine Weile hier."

„In Ordnung." Er grinste Maggie an und verschwand.

„Er ist wirklich süß." Maggie sah ihm nach.

Jane nickte. „Finde ich auch."

„Muß Spaß machen mit all diesen netten Barkeepern."

„Macht es." Jane trank einen Schluck Bier.

Maggie spielte mit ihrer Gabel. Was war denn nun Janes Typ? Sie wußte, Jane war nicht verheiratet. Der Duft der Pastete verdrängte die Frage. Sie nahm einen Bissen und kaute langsam. „Wundervoll", sagte sie mit vollem Mund. „Ich wußte ja gar nicht, was mich erwartet. Wie bist du eigentlich draufgekommen, einen englischen Pub aufzumachen?"

Jane verschränkte die Arme. „*Den* englischen Pub gibt es nicht. Allein in London gibt es Tausende, und alle sind verschieden." Sie überlegte, ob sie auch etwas essen sollte. „Meine Mutter stammte aus England. Mein Vater war nach seinem Jurastudium drüben, die beiden lernten sich kennen und verliebten sich. Eine dieser langen Geschichten."

„Sie interessiert mich", sagte Maggie. „Ich bin nie außerhalb der USA gewesen, deshalb hört es sich für mich alles so romantisch und aufregend an."

Jane lächelte. „So aufregend ist es nun auch wieder nicht, aber wenn es dich wirklich interessiert, erzähl' ich es kurz. Dad machte Ferien in einer kleinen Hafenstadt im Südwesten Englands. Lyme Regis. Meine Mutter lebte in Dorchester, zehn Meilen entfernt. Sie arbeitete in einer Bank, und ich glaube, da haben sie sich kennengelernt. Bevor der Sommer vorbei war, hatten sie geheiratet. Er kehrte mit ihr zurück, und einen

Monat später erhielt er die Zulassung als Anwalt. Im Jahr darauf wurde ich geboren. Meine Mutter hatte schreckliches Heimweh, deshalb zogen wir nach Dorchester, als ich ein Jahr alt war. Als ich acht war, wurde mein Großvater, er war bei der Polizei, von einem Mann erschossen, der aus dem Gefängnis ausgebrochen war. Sechs Monate später starb meine Großmutter. Ich weiß noch, daß Dad danach sagte, er wolle zurück nach St. Paul. Es juckte ihn, endlich seinen Beruf auszuüben. Also kamen wir zurück.

Meine Mutter starb, als ich dreizehn war. Wir standen uns sehr nah, und ich wurde damit nicht fertig. Meine Schulleistungen ließen nach. Im Sommer drauf schickte Dad mich für die Ferien nach England, zu meiner Lieblingstante und meinem Lieblingsonkel. Onkel Jimmy hatte ein Restaurant in Poole. Und, was wichtiger war, er hatte drei Hunde und vier Katzen und lebte in einem kleinen alten Haus direkt am Meer. In der Nähe von Lyme Regis. In den Kliffs suchte er nach Versteinerungen und nahm mich mit. Die Kliffs sehe ich noch vor mir – die grünen Hügel von Dorset, wie sie bei Abbotsbury ins Meer abfallen. Ich schrieb Dad und fragte, ob ich bleiben dürfte, und er sagte ja. Ich blieb fast zwei Jahre. Mein Bruder Peter kam in den Sommerferien, und wir beide halfen Onkel Jimmy im Restaurant. Genaugenommen war es kein richtiges Restaurant, aber ich war gern da. Von den Köchinnen ließ ich mir alle ihre Rezepte zeigen. Als ich sechzehn war, kam ich nach St. Paul zurück und beendete die Schule. Es war ziemlich hart. Bevor meine Mutter starb, waren wir eine wirkliche Familie, aber als sie gestorben war, wäre ich lieber in England geblieben."

Maggie war fasziniert. „So wie du erzählst, muß England wundervoll sein."

„Es ist wundervoll. Jedenfalls für ein Kind. Dad wollte nicht mehr dorthin, auch nicht, als ich bei Onkel Jimmy und Tante Beryl lebte. Er sagte immer, alles dort sei entweder zu niedrig oder zu klein oder zu kalt."

„Und Minnesota ist ihm nicht zu kalt?"

Jane lächelte. „Verrückt, nicht? Damals verstand ich ihn

nicht. Aber ich denke, die Wahrheit war, daß ihn dort alles an Mutter erinnerte. Und außerdem habe ich ihn wohl sehr verletzt, weil ich nicht nach den Ferien zurückkam. Wir haben Jahre damit zugebracht, unsere Beziehung wieder herzustellen." Jane blickte ins Feuer. „Mein Vater ist Strafverteidiger in St. Paul."

„Ich weiß", sagte Maggie. „Ich habe von ihm in der Zeitung gelesen."

Jane beugte sich vor und nahm eine Handvoll Popcorn. „Kommt Sigrid auch? Jetzt, nachdem ich dir meine Lebensgeschichte erzählt habe, sollten wir vielleicht auf unser Thema kommen."

„Sie sagte, sie käme nach der Arbeit." Maggie sah auf ihr nacktes Handgelenk, dann erzählte sie Jane von den Diebstählen im Studentinnenheim und endete mit den Vorfällen im Zeremonienraum. Jane hörte mit wachsender Besorgnis zu.

„Das Problem ist", Maggie schob ihren leeren Teller beiseite, „daß nur drei Leute den Schlüssel für diesen Raum haben. Ich, Siggy und Kari." Sie beugte sich zu Jane und senkte die Stimme. „Ich werde verrückt, wenn ich dir nicht erzähle, was ich die ganze Woche für mich behalten habe." Sie trank ihre Cola aus und starrte in das leere Glas. „Vorausschicken muß ich etwas, das dir nicht gefallen wird. Ich schäme mich, aber ich kann es nicht mehr ändern." Sie blickte sich suchend um, als käme von irgendwoher eine Antwort. „Du hast wahrscheinlich den Eindruck, daß ich ein bißchen desorganisiert bin. Um der Wahrheit die Ehre zu geben, ich bin es. Immer schon hatte ich Probleme damit, daß ich alles verliere. Zum Beispiel meine Schlüssel. Also habe ich Duplikate anfertigen lassen. Nur für den Notfall. Ich weiß, es ist verboten, aber ich habe es getan."

Jane zuckte zusammen. „Ist schon in Ordnung. Erzähl, was passiert ist."

„Ich fühle mich ganz schrecklich." Maggie zerknautschte ihre Serviette. „Nachdem der Zeremonienraum durchwühlt war, habe ich gleich nach beiden Schlüsselbunden gesucht, aber nur eins gefunden. Entweder habe ich eins in meinem Zimmer verlegt, oder das Schlimmste ist passiert: Jemand hat es gestohlen. Sollte das zutreffen, dann hat dieser Jemand Zugang zu allen Räumen im Heim." Sie spürte, wie Jane sich bei der Enthüllung immer mehr verkrampfte. Maggie knäulte die ohnehin zerknitterte Serviette zu einer Kugel und stopfte sie in das leere Glas. „Wir wissen, daß jemand in der Nacht, in der Allison starb, im Zeremonienraum war. Und wir wissen, Kari, Sigrid oder ich waren es nicht. Vor dem Dinner am Montag abend ging ich in Allisons Zimmer und setzte mich auf ihr Bett. Ich wollte ihre Gegenwart spüren und mit ihr sprechen. Es war ein furchtbarer Tag gewesen. Am Morgen hatte ich gehört, daß sie tot war, der ganze Tag war ein Alptraum. Ich weiß nicht warum, aber jedenfalls habe ich ihre Schreibtischschublade aufgezogen, und – ich wollte meinen Augen nicht trauen – da war mein zweites Schlüsselbund! Entweder hat sie sie genommen oder gefunden, wie auch immer, jedenfalls waren die Schlüssel da! Ich mußte mich fragen, ob sie das ganze Durcheinander im Keller angerichtet hatte. Vielleicht hatte sie auch den Smaragdanhänger und die Kameraausrüstung gestohlen. Aber warum hätte sie das tun sollen? Sie hatte Geld massenweise. Was mich zum Wahnsinn treibt, ist die Sache mit dem Zeremonienraum. Jemand dringt ein, bricht die Kassette auf und läßt das Geld liegen. Warum?"

Jane schwieg eine Weile und versuchte zu verarbeiten, was Maggie gesagt hatte. Sie hatte recht. Es ergab alles keinen Sinn. „Irgend etwas stimmt da nicht", sagte sie schließlich. „Es paßt nicht zusammen. Ich denke, wir können Allison nicht anklagen, bevor wir nicht alle Tatsachen kennen."

Im Nebenraum begann eine Geige zu spielen, begleitet von Applaus und Bravorufen der Gäste. Maggie blickte hinüber und sah voll Erstaunen, daß Sigrid und einer der Barkeeper die Köpfe zusammensteckten. Er reichte ihr ein Glas und gab ihr einen Kuß. Typisch Sigrid, dachte Maggie. Vermutlich kennt sie auch hier jeden jungen Mann. Angewidert lehnte Maggie sich zurück.

Jane sah ihren Blick und drehte sich gerade noch rechtzeitig um, um Sigrid hereinkommen zu sehen, ein Glas Altbier in der Hand.

„Du scheinst dich hier ja auszukennen." Maggie wies mit dem Kopf nach nebenan.

Sigrid zog sich einen Stuhl heran. „Du meinst Barnaby? Den Typ, mit dem ich gesprochen habe? Ich hab' dir von ihm erzählt." Sigrid schleuderte ihre Schuhe von sich. Einer traf Maggie am Knöchel. „Das ist der Ingenieurstudent, mit dem ich letztes Jahr gegangen bin. Du weißt noch? Der Holzfäller."

„Ah." Maggie fiel's wieder ein. „Der, den du richtig gern hattest. Ich dachte, du würdest mit ihm zusammenziehen."

„Ich habe dir doch gesagt, daß ich während der Collegezeit keine Dauerbeziehung will. Als würde ich mir jedes Semester einen Leistungskurs extra aufhalsen. Das fehlt mir noch."

Jane unterdrückte ein Lächeln. Wie verschieden Maggie und Sigrid waren. Schon äußerlich: Maggie war schlank und hochgewachsen, Sigrid kleiner und fülliger, auf klassisch skandinavische Weise lieblich, das Mädchen von nebenan, aber Jane hatte den Verdacht, daß sie das nun wirklich nicht war. Obwohl die beiden gleichaltrig waren, machte Maggie einen viel jüngeren Eindruck.

„Ich denke, wir machen weiter", sagte Jane. „Ich bin sehr froh, daß ihr beide gekommen seid. Mir ist etwas eingefallen, das ich euch beide fragen möchte." Sie sah Sigrid an. „Wußte irgend jemand von den Studentinnen vor Allisons Tod, daß sie lesbisch war?"

Maggie hatte geahnt, daß Jane das fragen würde, und hoffte, es würde sich schnell erledigen lassen. „Ich glaube nicht", sagte sie. „Mir hat sie nie etwas gesagt." Sie nickte Sigrid zu und wartete auf deren Bestätigung.

Sigrid nippte an ihrem Bier.

„Wußtest du etwas davon?" fragte Jane.

Sigrid lehnte sich lässig zurück. Zu lässig, dachte Jane. „Natürlich wußte ich es."

Maggie sah aus, als hätte sie der Schlag getroffen.

„Wußte es sonst jemand?" fragte Jane besorgt.

„Susan Julian."

Susan wußte es also vor Allisons Tod! „Woher weißt du das so genau?"

Susan trank bedächtig noch einen Schluck. „Ungefähr vor einem Monat hatten sie und Allison eine mächtige Auseinandersetzung, im Vorgarten. Nach dem offiziellen Dinner. Sie schrien, also dachte ich, daß es sich nicht um etwas rein Privates handeln könne. Ich ging hin und hörte Allison etwas sagen wie, Susan könne überhaupt nichts *daran* machen. Sie sagte, *sie hätte ihre Entscheidung getroffen.* Sie sagte, Susan solle doch versuchen, sie rauszuwerfen, wenn sie glaubte, sie könnte es, aber aus freien Stücken würde sie nicht gehen. Ich glaube, das letzte, was Allison sagte, war: *Verpiß dich.* Ich denke", fügte sie genüßlich hinzu, „ich zitiere sie korrekt." Maggie saß immer noch fassungslos da. Sigrid fuhr fort: „Als Susan mich bemerkte, drehte sie sich um und stolzierte davon. Genauer gesagt: watschelte davon."

Für Humor hatte Maggie im Augenblick nicht das geringste Verständnis.

„Bist du sicher, daß sie von Allisons Lesbischsein redeten?" fragte Jane.

„Sie redeten darüber, daß Allison und Emily zusammenlebten und – wie ist der juristische Ausdruck? – ein eheähnliches Verhältnis hatten. Ja. Ich bin sicher."

Maggie sah Sigrid anklagend an. „Ally hat es dir gesagt und mir nicht?" Sie schloß vor Schmerz die Augen. „Warum?"

„Du mußt verstehen, Maggie, sie hat es nicht zwischen zwei Unterrichtsstunden fallen gelassen. Ich muß das wohl erklären."

„Bitte, ja", sagte Jane.

„Du erinnerst dich an unseren gemeinsamen Ausflug nach Taylor's Fall letzten Januar?"

„Ja", sagte Maggie vorsichtig und sah Sigrid nicht an.

„Du erinnerst dich dann sicher auch an dieses scheußliche schmissige Fest, oder wie immer ihr diese Hurra-Treffen nennt, bei denen wir noch und noch die Kappa Alpha Sigma-Hymne krähen müssen. Allison und ich waren von der schwesterlichen Gemeinschaft zum Schluß so erledigt, daß wir beschlossen, auf ihr Zimmer zu gehen statt mit euch noch einen zu trinken. Sie hatte eine Flasche Barsak und Chips da, wir machten das Licht aus, zündeten eine Kerze an und begannen uns zu besaufen. Ziemlich schnell kam das Gespräch auf ihre Reise mit Mitch nach Philadelphia, die sie gerade hinter sich hatte. Sie erzählte mir, was für eine Katastrophe das war. Dann kamen wir auf ihre Kindheit. Ist es dir nie merkwürdig vorgekommen, daß sie über diesen Teil ihres Lebens nicht sprach? Jedenfalls, nach einer Weile hörten wir auf, saßen da und sahen in die Kerzenflamme. Und dann", Sigrid machte eine effektvolle Pause, „küßte sie mich aus heiterem Himmel."

„Mein Gott!" entfuhr es Maggie. Jane hatte noch nie einen überraschteren Menschen gesehen. „Was hast du gemacht?"

Sigrid sah Maggie an, als sei sie nicht ganz dicht. „Was glaubst denn du, was ich gemacht habe? Ich hab' zurückgeküßt, du Spatzenhirn. Was hätte ich deiner Meinung nach tun sollen? Beißen?"

„Sigrid!" Maggie wurde blaß.

„Halt die Luft an, Maggie. Wach auf. Ich war schon immer neugierig. Bis dahin hatte noch nie eine Frau einen Schritt auf mich zu gemacht. Im Unterschied zu anderen Leuten, die *behaupten*, sie fänden das alles in Ordnung und prima, denke ich das wirklich. Es ist nur eine Frage, was *gut für dich* ist."

Jane war froh, daß Maggie so jung war. Ihr Blutdruck mußte um mindestens dreißig Punkte nach oben geschossen sein.

„Und danach", Sigrid beschloß, Maggie zu ignorieren und sich nur noch an Jane zu wenden, „haben wir noch ein paarmal miteinander geschlafen." Sie biß auf den Nagel ihres Ringfingers. „Man könnte also behaupten, daß ich Bescheid weiß."

Maggie schnappte nach Sigrids Bier und trank ein Riesenschluck. „Warum ist sie auf dich zugegangen und nicht auf mich?"

Das ist es also, dachte Jane.

„Ach, Maggie, laß es." Sigrid schüttelte müde den Kopf.

„Ich verzichte auf deine Bevormundung." Maggies Stimme war kalt.

„Ich bevormunde dich nicht. Aber du merkst ja nicht mal, daß ein Typ was von dir will, wenn er nicht gerade schnaubt und auf den Boden stampft. Wie solltest du das je bei einer Frau merken?"

Maggie war nicht überzeugt.

„Maggie, sie hätte nie was mit dir versucht. Ich denke, sie hatte ein gutes Gespür, was geht und was nicht."

Jane sah, daß das Gespräch endlos so weitergehen konnte. Sie wußte, daß Maggie früher oder später damit fertigwerden mußte, aber nicht gerade heute abend. „Wenn's euch nichts ausmacht, habe ich noch ein paar Fragen."

„Klar", sagte Sigrid.

Maggie schwieg verletzt und sah ins Feuer.

„Also. Frage Nr. 2: Wer wußte, daß Allison nicht schwimmen konnte?"

Sigrid sah hoch, ihre Augen wurden schmal. „Sehr gute Frage, Jane. Ich habe mich schon gefragt, wann du damit ankommst."

Jane fiel es schwer, mit Sigrid klarzukommen. Sie war von einer verblüffenden Schlauheit.

Sigrid nahm ihr Bierglas, klopfte Maggie auf den Arm und hielt ihr das Glas hin. Maggie schüttelte den Kopf. „Also ich denke, Maggie und Kari wußten es. Und ich, natürlich." Sie trank ihr Bier aus und setzte das Glas hart auf den Tisch. Maggie sprang auf.

„Noch jemand?" fragte Jane.

Sigrids Blick wurde aufmerksam und vorsichtig. „Wen meinst du? Mitchel Page? Schon möglich."

„Glaubst du, Susan Julian hätte es wissen können?"

Sigrid schien überrascht. „Aha, gehört sie auch zu den Verdächtigten? Du läßt wohl niemand aus, was?"

„Hör auf, Siggy. Jane wollte bestimmt nicht sagen, daß Susan was damit zu tun hat." Maggie mußte sich förmlich zum Reden zwingen.

Sigrid lächelte ätzend. „Natürlich nicht. Tut mir leid. Um also deine ziemlich witzlose Frage zu beantworten: Ich glaube nicht, daß Susan es wußte. Aber", fügte sie hilfreich hinzu, „sicher sein kannst du natürlich nie."

„Ich denke, Emily Anderson wußte es", sagte Jane sachlich. Sie wollte Sigrid nicht täuschen, ihr aber auch nicht mehr anvertrauen.

„Möglicherweise. Hattest du schon das Vergnügen, sie kennenzulernen?“

Jane schüttelte den Kopf.

„Dann steht dir ja noch was bevor. Höheres Semester englische Literatur, glaube ich. Sie sieht aus, als sei sie von Geburt an in einer Bibliothek eingeschlossen gewesen. Ätherisch und nervös. Als rechnete sie jeden Augenblick damit, daß ein Buch herunterfällt und sie erschlägt. Ich gebe zu, daß ich nicht verstehe, was Allison an ihr fand, aber nie werde ich begreifen, was sie an Mitchel Page gefunden hat. Jeder das ihre.“

Jane nahm diese Äußerung für getarnte Eifersucht. Oder Sigrid war nur sarkastisch. Wenn sie aber eifersüchtig gewesen war, hatte das die Dinge für Allison bestimmt kompliziert.

„Vielleicht mochte Allison einfach merkwürdige Leute“, sagte Jane.

Für eine Sekunde blitzten Sigrids Augen auf.

„So wie ihr Bruder“, unterbrach Maggie. „Ihn fand ich immer sehr merkwürdig.“

Sigrid nickte zustimmend. „Ich habe ihn nur einmal getroffen, aber das hat gereicht.“

Maggie begann sich zu entkrampfen. „Ich habe ihn zweimal gesehen, das letztemal gestern nach dem Gedenkgottesdienst.“

„Ja“, sagte Jane, „ich habe mich lange mit ihm unten im Speisesaal unterhalten.“

„Oh, war er da?“ fragte Maggie. „Ich sah ihn erst später.“

„Wann war das?“ fragte Sigrid. „Ich sah ihn überhaupt nicht.“

„Der ganze Tag war so verrückt“, grübelte Maggie, „daß ich mir das nicht gemerkt habe. Jedenfalls war es nach der Kirche. Du gingst direkt zum Unterricht, und ich rannte nach oben, um mein Referat zu suchen, das ich verkramt hatte. Als ich im zweiten Stock ankam, trat Allys Bruder aus ihrem Zimmer. Ich war richtig erschrocken. Er hatte etwas in der Hand, aber ich habe darauf nicht geachtet. Vielleicht hätte ich ihn fragen sollen oder so, aber daran habe ich überhaupt nicht gedacht. Er lächelte, ich lächelte zurück, und dann ging er die Treppe runter. Das war's. Jedenfalls haben wir nicht miteinander gesprochen.“

Ungläubig starrte Sigrid Maggie an. Maggie blickte genauso zurück. Für diesen Abend hatte sie von Sigrid genug. „Mir ist nicht in den Sinn gekommen, daß es wichtig sein könnte. War es wichtig?" Sie sah Jane an.

„Ich weiß es nicht. Ihr habt ihn beide vorher schon getroffen, stimmt das?"

„Ja. Einmal", erklärte Sigrid. „Ich wollte was mit Allison besprechen und ging in ihr Zimmer, da lag er auf ihrem Bett."

Maggie nickte. „Als ich ihn getroffen habe, saß er draußen in seinem schicken Sportwagen. Er brachte Ally von einem Ausflug zurück."

Das teure Auto paßte nicht ganz zu dem Bild eines zurückgezogenen jungen Mannes auf der Suche nach Spiritualität. Edward war eine seltsame Mischung. „Wie geht es Kari?" wechselte Jane das Thema.

Sigrid sah auf. „Ich habe sie in den letzten Tagen kaum gesehen. Warum fragst du?"

„Ich auch nicht", schloß Maggie sich an. „Schon vor Allys Tod nicht. Sie verbrachte die letzten Nächte bei ihren Eltern." Maggie zerknüllte jetzt Sigrids Serviette. „Hat dir schon jemand erzählt, daß einige von uns sich beobachtet fühlen? Es begann gleich nach den Ferien. Eine der Studentinnen glaubte, sie hätte spät abends etwas vor ihrem Fenster bemerkt. Sie kam zu mir, und wir gingen gemeinsam zu Mrs. Holms."

„Ich denke nicht daran, sie Mrs. Holms zu nennen", unterbrach Sigrid. „Wenn sie mich beim Vornamen nennen darf, kann ich das bei ihr auch tun."

Maggie hörte höflich zu und fuhr kommentarlos fort. „Mrs. Holms hielt es für einen Studentenulk, und ich stimmte ihr zu. Stephanie Wallbergs angeschlagenen Nerven half das zwar nichts, aber wir ließen es dabei. Dann berichteten immer mehr Mädchen, sie hätten nachts etwas vor ihrem Fenster bemerkt. Auch Kari. Und noch etwas. Sie war sicher, daß mindestens zweimal jemand nachts vor ihrer Tür war. Sie sagte, sie hätte das Knacken der Dielen gehört, bis die Person direkt vor ihrer Tür stehenblieb. Einmal stand sie auf – stell dir vor, um vier Uhr morgens! – und fragte ganz normal, wer draußen sei. Sie sagte, sie habe gehört, wie jemand den Flur entlanggelaufen sei. Bis sie ihre Tür aufgeschlossen hatte, war die Person verschwunden. Danach war ihr so gruselig, daß sie lieber zu Hause schlief."

„Ich habe es auch gemerkt", sagte Sigrid. „Sogar unten im Fernsehzimmer. Dieses instinktive Gefühl, jemand beobachtet dich. Anders kann ich es nicht beschreiben. Und im Fernsehraum gibt es nicht mal Fenster."

Jane fröstelte. Wenn etwas sie von einer drohenden Gefahr überzeugen konnte, dann war es dies. „Ich will euch ja keine Angst machen", sagte sie vorsichtig, „aber wenn wir alles zusammenzählen, klingt es nicht gut. Vielleicht solltet ihr doch die Polizei rufen."

„Nein", sagte Sigrid. „Auf keinen Fall. Keine Polizei. Als Studentinnenverbindung sind wir schon angeschlagen. Ein lesbisches Mitglied, das Selbstmord begeht – und so sehen es alle –, ist schlimm genug. Persönlich habe ich nichts gegen Schwule, aber so etwas ist der Tod jeder Gruppe. Ich garantiere: Wenn wir die Polizei reinlassen, die überall herumkriecht, verlieren wir noch den Rest unserer Mitglieder. Immerhin sind seit letztem Montag zehn ausgetreten – ich weiß nicht, ob dir das bewußt ist. Wenn eine Verbindung in diesen Ruf kommt, ist es aus mit ihr. Du weißt das so gut wie ich. Nein, nicht die Polizei. Wir müssen selbst damit fertigwerden."

„Das meine ich auch", sagte Maggie leise.

Hinter Jane tauchte ein großer bärtiger junger Mann auf und küßte sie auf das Haar. Sie wirbelte herum. „Peter! Hast du mich erschreckt!"

„Entschuldige, Schwesterherz!" Er strahlte und setzte sich. „Willst du mich nicht vorstellen?"

„Maggie, Sigrid, das ist mein kleiner Bruder, Peter."

„Nett, Sie kennenzulernen, kleiner Bruder." Sigrid musterte ihn.

„Ganz meinerseits. Ist das eine private Verschwörung?" Peter legte seinen Arm um Jane.

„Eigentlich", Jane sah auf ihre Uhr, „wollte ich die beiden nach Hause fahren. Es ist fast Mitternacht."

„Geisterstunde", sagte Peter und zog eine Augenbraue hoch. „Seid lieber vorsichtig. Um zwölf verwandelt sich das Auto meiner Schwester in einen rollenden Kürbis."

„Ich dachte, du hattest heute abend zu tun, Brüderchen."

„Hatte ich. Dank meiner hervorragenden Arbeit sind wir früher fertiggeworden." Er wandte sich zu Sigrid. „Ich bin ein hochgeschätzter Kameramann bei WTWN-TV."

„Und jetzt möchtest du etwas essen?" fragte Jane.

„Eigentlich nicht. Obwohl ich natürlich nicht gänzlich abgeneigt bin." Er öffnete seine Wildlederjacke. „Eigentlich wollte ich mit meiner Schwester über Thanksgiving reden. Dad möchte es dieses Jahr bei sich feiern. Was hältst du davon?"

Jane stand auf. „Ich bringe Maggie und Sigrid nach Hause und bin gleich wieder da. Wir reden darüber beim Essen. Wie zivilisierte Menschen."

„Zu Befehl, Madam", antwortete Peter.

* * *

Jane hielt vor dem Studentinnenheim. Wie immer war kein Parkplatz frei.

„Danke, Jane, für den aufschlußreichen Abend." Maggie vermied es, Sigrid anzusehen. „Wenn es was Neues gibt, ruf' ich dich an."

Müde lehnte Sigrid ihren Kopf gegen die Scheibe. Über den Rasen wehten trockene Blätter. Sie hoffte inständig, daß Maggie gleich ins Bett ging. Das letzte, wozu sie Lust hatte, war die Fortsetzung des Streits.

„Dein Bruder ist wirklich süß." Maggie griff nach ihrer Handtasche.

Entsetzlich, dachte Jane. Noch ein niedlicher Mann. Genau das, was die Welt brauchte. Der Tag war lang gewesen, und was sie jetzt brauchte, war Schlaf.

„Was war das?" fragte Sigrid.

„Was war was?" Jane drehte sich um.

Sigrid saß senkrecht. „Da drüben. Direkt neben dem Haus. Ich bin sicher, da hat sich was bewegt."

Maggie wischte über die beschlagene Scheibe. „Ich sehe nichts."

„Ohne Brille bist du stockblind, Maggie. Du würdest auf drei Meter nicht mal ein Auto erkennen."

Maggie war schon wieder beleidigt. „Das ist nicht wahr."

„Da ist es wieder." Sigrid zeigte mit dem Finger.

Jane stellte die Scheinwerfer aus. „Kannst du erkennen, wer es ist?"

„Nein, aber ich finde es heraus." Sigrid sprang aus dem Wagen und rannte in die Dunkelheit.

„Warte!" rief Jane. Sie griff ins Handschuhfach und suchte nach der alten Taschenlampe. Hoffentlich funktionierte sie noch. „Komm schon", sagte sie zu Maggie.

Als Jane aus dem Wagen stieg, sah sie jemand aus dem Gebüsch springen. Die dunkle Gestalt rannte auf die Mauer zu, die das Grundstück umgab. Sigrid machte einen Sprung, erwischte die Gestalt bei den Füßen, die stürzte und krachte gegen die Mauer. Eine Sekunde später waren Maggie und Jane da. Sigrid stand über jemanden gebeugt und verlangte eine Erklärung. Jane knipste die Taschenlampe an. „Elliot! Was soll das?"

Elliot Kratager blinzelte in das helle Licht und versuchte ein munteres Lächeln. „Guten Abend, meine Damen." Er stand auf und wischte sich die Hose ab. Er humpelte leicht. „Ziemlich kalt heute, was?"

Sigrid war wütend. „Wenn du vorhast, hier auch nur einen Tag länger zu arbeiten, Elliot, dann laß dir eine gute Erklärung einfallen."

Elliot blies in die Hände. Er sah aus, als hätte er schon eine ganze Weile in der Kälte gestanden. „Eine Erklärung wofür?" fragte er unschuldig.

„Laß den Scheiß, Elliot!"

„Sigrid! Wie du manchmal sprichst! Wenn du's unbedingt wissen willst: Ich hielt dich für die Campus-Polizei. Du hast mich erschreckt. Also rannte ich los."

„Ach nee. So ein Schwachsinn! Jemand, der Jura studiert, sollte sich was Besseres einfallen lassen."

„Du hast mich wirklich erschreckt, Sigrid." Langsam kehrte sein Charme zurück.

„Ich denke, wir haben ein Recht auf eine Erklärung", sagte Jane. „Sich im Dunkeln herumdrücken..."

„Ich habe mich nicht herumgedrückt." Beleidigt sah er Jane an.

„Elliot", sagte Sigrid, „wenn du nicht sofort sagst, was du hier getrieben hast, gehe ich ins Haus und rufe die Polizei. Du magst ja ein großes Tier in der Studentenvertretung sein, der Polizei ist das schnuppe. Und ich sage dir eins: Falls du Gouverneur werden willst, macht sich ein Polizeibericht gar nicht gut."

„Gouverneur! Klingt stark. Findest du nicht?"

„Elliot!"

„Schon gut. Beruhige dich." Er lenkte Janes Taschenlampe in eine andere Richtung. „Hier ist die Geschichte. Ich sollte den besten Weg ins Haus herausfinden. Für meine Verbindung. Wir planen einen Überfall. Alles, was ich tun sollte, war: ein Fenster aufmachen, durch das wir später einsteigen. Ich sollte das günstigste Fenster finden."

„Und das von außen und mitten in der Nacht?" fragte Jane.

Elliot schenkte ihr ein überschwengliches Lächeln. Du lieber Himmel, dachte Jane, glaubt der Junge wirklich, mit seinem Lächeln schafft er alles?

„Ich wußte gar nicht, daß du in einer Verbindung bist", sagte Sigrid barsch.

„Er ist", sagte Maggie. „Tri Beta."

„Aha", schnaubte Sigrid. „Und weshalb weiß ich nichts davon? Ich bin schließlich Präsidentin, und die Regel sagt, daß ihr mich informieren müßt."

„Nun", grinste Elliot, „es ist alles noch im Entwicklungsstadium."

Jane war sich sicher, daß er log. Er verließ sich einfach auf seinen Charme und seine tiefe Stimme, die ihn noch immer gerettet hatten.

Sigrid war nicht überzeugt. „Wer ist Präsident deiner Verbindung?"

„Tom Albight. Großer Bursche. Gut aussehend. Trägt meist eine Schottenmütze. Fährt einen kleinen roten BMW. Aber“, fügte er hinzu, „er weiß auch noch nichts davon. Ein paar von uns wollten erst mal die Logistik entwickeln und es ihm dann vorschlagen.“

„Und das soll ich glauben?“ schrie Sigrid. „Scheiße ist das, und du weißt das.“

„Ich lüge nicht“, sagte Elliot kalt. „Das gehört sich nicht.“

Maggie räusperte sich. „Vergiß nicht, er gehört zu Tri Beta.“

Sigrid sah Maggie an, als sei sie eine lästige Fliege. „Mir doch egal. Wenn ich rausfinde, daß du mich anschmieren willst, wirst du's bereuen. Vielleicht sollte ich doch die Polizei rufen. Das wäre wahrscheinlich das Vernünftigste.“

„Nein, tu das nicht!“ Er griff nach ihrem Arm.

„Laß mich los, du Widerling.“

„Entschuldigung.“ Rasch zog er seine Hand zurück. „Laß die Polizei aus dem Spiel. Ich habe nicht gelogen. Ich schwöre es.“ Sogar im Dunkeln sah Jane das Flehen in seinen Augen. Der Charme war verflogen. „Ich habe nichts Böses getan. Ich will euch nur helfen.“

„Was heißt das nun schon wieder?“ fragte Sigrid gereizt.

„Laß ihn laufen“, sagte Maggie, die mit der fröstelnden Gestalt Mitleid bekam. „Wir haben schon Schlimmeres angestellt. Denk nur an letztes Frühjahr.“

„Was soll das heißen – uns helfen?“ wiederholte Sigrid.

„Klar.“ Elliot hatte seine Fassung zurückgewonnen. „Ihr könnt froh sein, daß sie mich geschickt haben. Ein anderer hätte womöglich das Haus beschädigt. Natürlich nur aus Versehen. Ich kenn' mich hier schließlich aus.“

Sigrid war es leid. „Verschwinde. Mir reicht's.“

„Danke, meine Damen. Bis dann.“ In Windeseile war er auf der Straße und in einer dunklen Allee verschwunden.

„Wenn der sich je zum Gouverneur aufstellen läßt“, sagte Sigrid, „wandere ich aus. Nach Kanada.“

12

Als Maggie am Mittwochmorgen aufwachte, hatte sich etwas verändert. Das Licht fiel hell durch die halb zugezogenen Vorhänge in ihr Zimmer. Sonne konnte es nicht sein. Sie warf die Decke zurück und sprang aus dem Bett. Noch bevor sie am Fenster war, wußte sie, was sie sehen würde. Der erste Schnee. Fünfundzwanzig Zentimeter waren über Nacht gefallen, schwer und feucht, gerade richtig, um im Vorgarten einen Schneemann zu bauen. Und das Beste: Sie hatte bis zum Nachmittag frei. Vielleicht änderte sich heute nicht nur das Wetter, sondern auch ihr Leben.

Seit ihrem Treffen mit Jane und Sigrid am letzten Freitag hatte sich nichts Neues getan. Sie hatte sich das Hirn zermartert, um hinter den Sinn der merkwürdigen Vorkommnisse um Allisons Tod zu kommen. Sie mußte eine Pause einlegen. Und dieser Tag schien dafür gut geeignet. Den Morgen würde sie im Schnee verbringen. Es war noch früh, niemand hatte das Badezimmer mit Beschlag belegt. Und wenn sie mit dem Waschen fertig war, hatte Adolph sicher schon den Obstsaft und die Cornflakes bereitgestellt. Sie würde in den Speisesaal gehen und frischen Kaffee machen. Sogar die Zeitung konnte sie lesen, bevor die einzelnen Seiten überall im Haus verstreut waren.

Als sie um die Ecke bog, hörte sie ein merkwürdiges Geräusch, wie von einem verwundeten Vogel. Sie blieb stehen und lauschte. Es schien von der Mansardentreppe zu kommen. Außer als Speicher wurde das Dachgeschoß nicht genutzt. So früh am Morgen konnte sich eigentlich niemand dort aufhalten. Sie blinzelte in das Dämmerlicht und glaubte am Ende der Treppe eine kleine Gestalt kauern zu sehen.

„Wer ist da oben?“ rief sie leise. „Ist etwas nicht in Ordnung?“

Keine Antwort.

Sie ging ein paar Stufen hoch. Die leisen vogelähnlichen Geräusche verstummten. „Ich weiß, daß da jemand ist. Hier ist Maggie.“ Sie nahm noch eine Stufe.

„Bleib unten“, sagte eine kleine, aber feste Stimme. „Ich brauch’ keine Gesellschaft.“

Aber Maggie konnte nicht einfach verschwinden. „Wer ist da? Brook, bist du’s?“

Keine Antwort. Sie nahm wieder eine Stufe.

„Bitte, Maggie.“ Die Stimme klang flehend. „Ich möchte im Augenblick mit niemandem sprechen. Es ist alles zu schrecklich.“

Maggie setzte sich auf die Stufen. „Ich weiß, ich kann dir helfen, wenn du mich läßt“, sagte sie sanft. „Die meisten Dinge sind gar nicht so schlimm, wie sie scheinen.“

„Dies schon“, schniefte Brook.

Maggie beschloß, nicht aufzugeben. Vielleicht überlegte Brook es sich. „Hat es was mit Elliot zu tun? Ich weiß, daß ihr in der letzten Zeit viel zusammen wart. Er scheint ein ziemlich netter Kerl zu sein.“

Das leise Schluchzen ließ nach. „Er war wundervoll.“

Maggie wartete. Offensichtlich wollte sie dazu nichts weiter sagen. „Hast du ihm gesagt, was dich gestört hat?“

Wieder keine Antwort.

„Brook? Alles in Ordnung?“

„Nein.“

„Nein, es ist nicht in Ordnung? Oder nein, du hast es ihm nicht gesagt?“

„Beides.“ Heftiges Schniefen.

„Ich will ja nicht neugierig sein, aber daß was nicht stimmt, weiß ich seit Wochen.“

„Was meinst du damit?“ Brooks Frage kam etwas zu schnell.

„Daß du in den ersten Tagen nach den Ferien ganz anders warst. Du kamst mir glücklich und vergnügt vor. Aber dann ist etwas passiert. Seit kurzem bist du trübsinnig und verzweifelt. Und sprichst mit niemand.“ Sie wartete. Nichts. „Ich weiß, du und Kari, ihr seid eng befreundet. Hast du ihr was gesagt?“

Wieder keine Antwort.

„Hat Allisons Tod etwas damit zu tun? Sie hat für dich gebürgt, stimmt's?"

Wieder schluchzte Brook laut auf. Dieses Spiel – zehn Fragen hinter der Tür – führte zu gar nichts. Wahrscheinlich war es besser, einfach still sitzen zu bleiben und zu warten. Wenn sie lange genug wartete, brach Brook vielleicht zusammen und sagte etwas.

Die nächsten Minuten war nichts zu hören als Brooks stoßweises Schluchzen. Maggies Augen hatten sich inzwischen an das dämmerige Licht gewöhnt. Sie sah, daß Brook mit dem Gesicht zur Wand völlig in sich zusammengerollt dasaß. Maggie versuchte sich bequemer zu setzen. Nach einer halben Ewigkeit hörte das Weinen auf.

„Du warst eine gute Freundin von Ally?" schniefte Brook.

„Ja", sagte Maggie sanft. „Sie war eine der besten Freundinnen, die ich je hatte."

„Sie war ein guter Mensch. Sie wußte immer, was das Richtige war."

Maggie glaubte nicht, daß Brooks Meinung von sehr vielen geteilt wurde. Es rührte sie, daß Brook Allison so sah wie sie. Vorsichtig begann sie: „Wahrscheinlich denkst du, du hättest mit Allison reden können. Wir wissen beide, daß das jetzt nicht mehr geht. Du sollst wissen, daß ich jederzeit für dich da bin. Ich möchte deine Freundin sein. Wenn irgend etwas ist, klopf einfach an meine Tür."

„Danke", sagte Brook etwas gefaßter. „Aber ich glaube nicht, daß irgend jemand mir helfen kann. Du nicht und Allison nicht und überhaupt niemand. Bitte laß mich allein." Die Verzweiflung in ihrer Stimme machte Maggie Angst.

„Also gut, ich gehe. Aber vergiß nicht, was ich gesagt habe. Wenn du mich brauchst, bin ich für dich da."

Brook antwortete nicht.

Maggie ging langsam die Treppe wieder hinunter. Sie spürte, daß irgend etwas nicht stimmte. Nicht nur mit Brook, mit dem ganzen Haus war etwas schrecklich in Unordnung. Etwas Widerwärtiges, Haßerfülltes hing in der Luft. Vielleicht hatte

Jane recht. Allein wurden sie damit nicht mehr fertig. Andererseits hatte die Polizei auch nicht die richtigen Mittel. Was sie brauchten, war eine ganz altmodische Teufelsaustreibung.

* * *

Auch nach einer heißen Dusche und zwei Glas Orangensaft hatte Maggie ihre gute Laune nicht wiedergefunden. Das Haus und alles darin kam ihr krank vor. Sie hatte keine Lust mehr auf einen Schneemann, aber vielleicht täte ihr ein Spaziergang gut. Sie starrte durch das vereiste Fenster und versuchte sich zu erinnern, wo sie ihre Winterstiefel zuletzt gesehen hatte.

„Genau die Person, die ich treffen wollte", dröhnte hinter ihr eine fröhliche Stimme. Gladys Bailey, seit ewigen Zeiten Kappa Alpha Sigmas Wirtschafterin, kam mit zwei übervollen Abfalleimern aus der Küche. Sie setzte sie ab und lehnte sich schwer gegen den Tisch.

Maggie versuchte zu lächeln. „Wie war die *Doctor Who*-Versammlung?"

„Phantastisch! Kosmisch!" Sie klatschte begeistert in die Hände. „Mein Lieblingsdoktor, John Pertwee – er hatte die Nummer drei – wohnte im selben Hotel wie ich." Sie strahlte, als wäre sie mit ihm verwandt. „Die Eiserne Jungfer hatte vermutlich einen Anfall, weil ich so lange weg war." Sie verdrehte die Augen zur Decke. Direkt darüber lagen die Zimmer von Edith Holms. „Dabei habe ich ihr alles aufgeschrieben. Und es sogar mit dem Vorstand abgesprochen. Sie hätte für die Zeit jemand einstellen können. Hab' ihr sogar ein paar Namen genannt, wo sie hätte anrufen können. Seit fünf Uhr morgens bin ich jetzt dabei, Grund in diese Müllgrube zu kriegen." Sie zog ein Päckchen Zigaretten aus der Schürzentasche und steckte sich eine an. „Hat sie jemanden eingestellt?" Eine rhetorische Frage. „Natürlich nicht. Hat wieder versucht, alles möglichst billig zu halten. Alles muß sie selbst machen. Und wenn sie merkt, wieviel Arbeit es ist, hört sie einfach auf. Wenn ich nach Hause komme, empfängt mich dann dies." Sie machte eine alles umfassende Bewegung.

„Ich wußte gar nicht, daß sie vom Vorstand die Erlaubnis hatte, jemand einzustellen. Sie hätte mir das sagen sollen. Einmal hab' ich sie sogar dabei angetroffen, wie sie den Eingang gefegt hat."

Gladys goß sich Kaffee ein. „Das sieht ihr ähnlich. Plustert sich auf, als müsse sie persönlich Kohlen in den Heizkessel schaufeln. Was machte die Frau bloß ohne Publikum." Sie zog heftig an ihrer Zigarette. „Ich wollte Ihnen noch sagen, wie leid mir die Sache mit Allison tut. Die Eiserne Jungfer hat es mir gestern abend gesagt, als ich zur Tür reinkam." Gladys nahm Kaffee und Aschbecher und setzte sich an den Tisch. Ihre hellblauen Augen und das einem Wasserspeier nicht unähnliche Gesicht wirkten müde. Maggie konnte sich gut vorstellen, daß sie seit fünf auf den Beinen war. „Ich kann es immer noch nicht glauben. Wenn ich es recht bedenke, muß ich eine der letzten sein, die sie lebend gesehen haben."

„Was?" Maggie durchfuhr ein elektrischer Schock. „Wann war das?"

„An dem Abend, an dem ich nach Des Moines gefahren bin. Die Studentinnen waren alle auf dieser Begrüßungsparty. In der Nacht hat Allison sich doch umgebracht, oder?"

Maggie nickte. Natürlich! Mrs. Holms hatte etwas gesagt wie: Sie sei an dem Abend hinuntergegangen, um sich von Gladys zu verabschieden. „Wann sind Sie aus dem Haus gegangen?"

„Warten Sie!" Sie blies Maggie ihren Zigarettenrauch ins Gesicht. „Der Zug ging um neun. Ich denke, so gegen halb neun hat Sally mich abgeholt. Bis zum Bahnhof ist's ja nicht weit."

„Und wo haben Sie Allison getroffen?"

„Nun", sagte Gladys und studierte die Zigarettenasche, „das ist ja das Merkwürdige. Ich hatte meine Reisetasche gepackt und wollte sie gerade die Treppe hochtragen. Ich mag es nicht, wenn meine Tochter mir bei diesen Dingen hilft. Sie hat einen kaputten Rücken. Ich sag' immer, das kommt vom vielen Sitzen. Sie arbeitet als Schreibkraft bei einer Firma im Stadtzentrum. Also, ich machte meine Tür auf – ich denke, so gegen

Viertel nach acht –, und da saß Allison in eurem kleinen Zimmer."

„Sie meinen den Zeremonienraum."

„Genau. Ich vergeß' immer, daß ihr ihn so nennt. Jedenfalls da saß sie in voller Lebensgröße auf einer alten Truhe. Ich muß schon sagen, besonders reinlich sieht es da nicht aus. Überall lagen Sachen herum."

„Hat Allison Sie bemerkt?"

„Das ist es ja gerade. Normalerweise war sie immer sehr freundlich. Kaum vorstellbar, daß sie nicht sehen sollte, wie jemand einen Meter entfernt schweres Gepäck auf den Flur bugsiert. Aber sie rührte sich nicht. Sie muß sehr in Gedanken gewesen sein."

„Und danach haben Sie sie nicht mehr gesehen?"

„Doch. Genau gesagt wenige Minuten später." Sie beugte sich über den Tisch zu Maggie. „Ich schleppte mein Gepäck nach oben und wollte noch schnell telefonieren. Während ich noch redete, fiel mir ein, daß ich mein Portemonnaie auf dem Bett liegen gelassen hatte, also ging ich noch mal runter, um es zu holen. Die Tür vom Zeremonienraum stand immer noch offen, das Licht brannte, aber Allison war weg. Ich holte mein Portemonnaie, und als ich wieder raufging, kam diese Neue – wie heißt sie noch? Sie wissen, wen ich meine? Klein, blonde Locken, blitzende Augen. Die immer Schwarz und Gelb trägt. Eine seltsame Kombination, finden Sie nicht auch? Erinnert mich an eine Biene. Ich bin da ja nicht maßgeblich, aber ich finde, sie sieht nicht besonders aus."

„Sie meinen Brook Solomon?"

„Genau. Sie kam aus dem Speisesaal. Das Gesicht voller Flecken, als hätte sie geweint. Als sie mich bemerkte, rannte sie ohne zu grüßen die Treppe rauf. Es regt mich immer auf, wenn Leute unhöflich sind. Ich erwarte einen gewissen Respekt, bin doch kein Dienstmädchen. Wenn Leute mich so behandeln, vergeß ich es nicht. Jedenfalls, Allison telefonierte mit jemand. Ich wollte nicht lauschen, aber ich stand doch direkt daneben. Und im ganzen Haus war es still. Ich konnte gar nicht anders als mithören, was sie sagte."

Maggie zweifelte nicht einen Augenblick daran, daß Gladys alles gehört hatte. Gladys lauschte, wo sie nur konnte. An Gladys Bailey ging bei Kappa Alpha Sigma nichts vorbei.

„Nun", sagte sie jetzt und überlegte kurz, „zum Glück hab' ich ein gutes Gedächtnis. Allison sagte etwas wie *Schluß damit.* Dann hörte sie einen Augenblick zu. Das letzte, was sie sagte, war *Gut, wir treffen uns in einer Viertelstunde, aber ich werde meine Meinung nicht ändern.* Wer Ally gekannt hat, wußte, daß sie ihre Meinung nicht änderte. Keine Diskussion."

„Und weiter?" Maggie sah Adolph mit einem Stoß Teller aus der Küche kommen. Er schien völlig darauf konzentriert, sie ordentlich auf den Tisch zu stellen. Ganz offensichtlich versuchte er mitzubekommen, worüber sie sprachen.

„Sie kam aus der Telefonkabine und sagte *Hallo* und *Gute Reise.* Sie war wie ich ein Fan von *Doctor Who.* Das machte sie zu was Besonderem." Sie drückte ihre Zigarette aus und zündete die nächste an. „Wissen Sie", flüsterte sie verschwörerisch, „dieser ganze Quatsch über Selbstmord. Auf mich hat sie keinen gefährdeten Eindruck gemacht. Sie war verrückt, aber nicht depressiv."

Adolph ging wieder in die Küche. Zwischen Gladys, Adolph und Edith Holms kam Maggie sich vor, als lebte sie mit dem KGB.

„Mehr kann ich Ihnen auch nicht sagen, Schätzchen. Wenn mir noch was einfällt..."

Maggie war überglücklich, auf Gladys gestoßen zu sein. Sie mußte sofort Jane anrufen. Adolph kam wieder aus der Küche, diesmal mit Suppentellern. Gladys rief ihm zu. „Adolph, ich habe Ihr Essen vermißt. Was gibt es heute mittag?"

„Tomatensuppe und Sandwiches", murmelte er.

„Wie ausgefallen", lächelte Gladys.

* * *

Nach langem Nachdenken beschloß Maggie, ihre Stiefel müßten in der Garderobe sein. Sobald sie sie gefunden hatte, wollte sie Jane anrufen und sich mit ihr verabreden. Lunch im

Lyme House klang entschieden verlockender als Adolphs Angebot. Gerade als sie sich zwischen einem langen Klapptisch und gestapelten Stühlen hindurchgequetscht hatte, ging die Türklingel. Sie schoß hoch und warf dabei einen Karton mit Aktendeckeln um, der gefährlich auf dem Rand der Hutablage plaziert gewesen war. Sich duckend kroch sie auf allen vieren aus der Garderobe. Niemand war da. Die Großvateruhr im Gemeinschaftsraum schlug gerade zehn. Sie rieb sich den schmerzenden Kopf und ging die Tür öffnen. Herein kamen ein Windstoß und eine verschneite Jane.

„Gerade wollte ich dich anrufen", sagte Maggie und klopfte ihr den Schnee vom Mantel. „In Jeans siehst du ganz verändert aus." Maggie trat einen Schritt zurück, um das Bild in sich aufzunehmen.

„Danke." Jane schüttelte ihre Haare. „Ich nehme es mal als Kompliment. Draußen ist es kalt. Und die Straßen sind ziemlich dreckig."

„Du siehst aus, als könntest du einen heißen Kaffee vertragen."

„Wie spät ist es?" fragte Jane. „Ich bin mit Edith Holms verabredet. Wegen des Winterausflugs zu meiner Hütte."

„Ich wußte gar nicht, daß wir das vorhaben", antwortete Maggie. „Wo liegt sie?"

„Am Blackberry Lake. Die nächste Stadt heißt Repentance River. Es ist schön da, sogar im Winter. Also wie spät ist es? Wenn noch Zeit ist, würde ich gern mit dir Kaffee trinken. Edith kann Verspätungen nicht leiden. Am besten kommst du immer eine Stunde früher, sonst ist sie beleidigt."

„Die passiv Aggressiven sind die Schlimmsten", antwortete Maggie ernsthaft. „Es ist genau fünf nach zehn." Sie sah auf ihre Uhr, die sie gestern in einer halbvollen Schachtel Cornflakes wiedergefunden hatte.

„Phantastisch. Dann auf zum Kaffee." Jane warf ihre Jacke über die Schulter. Adolph hängte gerade den wöchentlichen Speiseplan ans Schwarze Brett. Janes Blick fiel auf eine Ankündigung, die er direkt darunter angepinnt hatte. Die Anzeige einer Bibelstunde irgendwo im Süden von Minneapolis.

„Worum geht's da?" Sie tippte auf das Papier.

Adolph drehte sich um. „Guten Morgen, Miss Lawless", sagte er höflich.

„Bitte, nennen Sie mich Jane."

„Jane." Er lächelte. „Eine Bibelstunde, die ich jeden Mittwoch abend besuche." Er reichte ihr ein Exemplar. „Ich hänge immer eins auf und lege den Rest neben das Telefon." Er zeigte auf den Stapel auf dem Tisch und warf Maggie einen Blick zu. „Damit die jungen Damen sie ihren Besuchern weitergeben."

Jane holte ihre Brille heraus und las die Überschrift: *Mittwoch Abend Bibelstunden.* Darunter: *Holy Law Christian Church, Minneapolis.* Der Text: *Was ist göttliche Sexualität? Warum hat Gott die Ehe eingesetzt? Was hat Gott selbst Adam und Eva über Sex gelehrt? Lernen Sie die göttliche Botschaft kennen, den Grund, warum Gott Mann und Weib geschaffen hat. Freier Eintritt, offen für alle. 19 Uhr 30 im Gemeindesaal über dem Salt Lick Café, 1022 East Lake Street. Jedermann ist willkommen.*

Jane gab es Adolph zurück.

„Sie sind nicht interessiert, ich sehe es", sagte er, faltete das Blatt zusammen und steckte es in die Tasche. „Demnächst beginnen wir mit einer Reihe über Weissagungen. Vielleicht interessiert Sie das mehr."

„Ich glaube kaum." Jane gab sich Mühe, freundlich zu bleiben. „Auf jeden Fall vielen Dank." Sie nahm Maggies Arm und zog sie in den Speisesaal. „Ich wußte gar nicht, daß er gläubig ist", flüsterte sie. „In diesem Haus gibt es mehr Gläubige als bei einer Erweckungsversammlung."

„Das Seltsame ist, daß sie sich nicht einigen können. Letzte Woche gab es eine hitzige Auseinandersetzung zwischen Adolph und Susan Julian, welche Kirche die wahre ist."

Jane hob die Hand. „Bitte. Erspare mir die Exegese. Was ich wirklich wissen möchte: Wer hat ihm erlaubt, das Zeug auszuhängen?"

„Mary Sue Engström. Sie war letztes Jahr Präsidentin, als er als Koch eingestellt wurde. Sigrid glaubte wohl, es weitermachen zu müssen, besonders nachdem Susan mit ihren Bibelstunden hier im Haus angefangen hatte. Adolph hängt pünktlich jeden Donnerstag so ein Blatt auf. Du kannst 'ne Münze werfen, was spannender ist – die Bibelstundenthemen oder der Wochenspeiseplan. Meistens verliert die Speisekarte."

Jane lachte, daß ihr die Tränen kamen. „Er ist ein komischer Kauz, was?"

„O ja. Aber Sigrid kann ihn nicht ausstehen. Wenn er keinen Vertrag hätte, würde sie ihm auf der Stelle kündigen. Er ist auch ein ziemliches Tratschmaul. Susan Julian sagt, er sei neugieriger, als gut für ihn ist. Ihr ist er auch nicht konservativ genug. Wenn ich's recht bedenke, wären sie und Elliot ein gutes Paar. Beide pochen auf Moral. Und nur was sie unter Politik verstehen, ist moralisch begründet. Beide sind ziemlich rechts."

„Das habe ich auch schon gehört."

Maggie betrachtete nachdenklich den neuen Milchautomaten. „Oh, fast hätt' ich's vergessen. Ich habe unglaubliche Neuigkeiten. Setz dich lieber erst."

Mit wachsender Erregung berichtete Maggie Jane von dem Gespräch mit Gladys Bailey. Von Zeit zu Zeit kam Adolph herein und warf gelegentlich einen Blick in ihre Richtung.

„Erinnert sie sich, ob Allison einen Namen genannt hat?" fragte Jane. Bevor Maggie antworten konnte, marschierte Mitchel Page grußlos herein. Er ging in die Küche und knallte seine Bücher auf den Tisch. Jane fuhr fort: „Und hat sie gesagt, ob Allison telefoniert hat oder ob sie angerufen wurde? Das könnte von Bedeutung sein."

„Nein", antwortete Maggie. „Über beides hat sie nichts gesagt."

„Du solltest mich bald mit ihr bekannt machen."

Plötzlich kam aus der Küche lautes Geschrei und metallisches Krachen. Maggie und Jane sprangen auf und rannten in die Küche. Adolph war nirgends zu sehen, Mitchel Page stand gebückt hinter einem Tisch, bereit jeden Moment abzutauchen. Drei Meter von ihm entfernt stand Jamie McGraw und wuchtete einen riesigen Suppentopf hoch.

„Ich habe nicht vor, in diesem Zustand mit dir zu reden",

schrie Mitch und wich einem weiteren Topf aus. Der prallte gegen den Kühlschrank und hinterließ auf der Edelstahltür eine ansehnliche Delle.

„Du widerst mich an", sagte Jamie und griff nach einem Schlachtermesser. Sie ging auf ihn zu, stolperte über einen Stuhl und landete halb auf der Herdplatte. Beim Versuch sich zu halten, fiel das Messer zu Boden. Maggie eilte zu ihr und half ihr auf die Beine. Ein saurer Geruch nach Alkohol und Schweiß ließ Maggie übel werden.

„Laß mich in Ruhe", sagte Jamie und zog mit einem Ruck ihre Jacke glatt. „Ach, du bist's, Maggie." Sie versuchte Halt zu finden und fuhr sich mit der Hand durch das dichte schwarze Haar. „Ich dachte, ich schau mal zum Mittagessen vorbei."

„Mein Gott, Jamie." Mitch war wieder hinter dem Tisch aufgetaucht. „Es ist noch nicht mal elf, und du bist schon betrunken."

„Halt die Schnauze", schrie sie wütend. „Ich bin nicht betrunken. Maggie, sag du ihm, daß er die Schnauze halten soll."

Maggie versuchte Jamie zu beruhigen. „Komm mit nach draußen und trink einen Kaffee. Oder, noch besser, geh in mein Zimmer und schlaf eine Runde. Es wird dir guttun."

„Schlafen", schrie Jamie, als sei Maggie noch blöder, als sie gedacht hätte. „Seit dem Abend, an dem es passiert ist, hab' ich nicht mehr geschlafen."

Mitch hechtete über den Küchentisch und faßte sie grob um die Taille. „Ich bringe sie nach Hause", sagte er und zog sie zur Hintertür. „Keine Sorge. Es wird schon wieder. Sag dem Alten, ich würde mich verspäten."

„Verpiß dich, Neandertaler!" Jamie protestierte lauthals dagegen, von ihm aus der Tür gezerrt zu werden.

Maggie drehte sich zu Jane um. „Sollte ich ihn zurückhalten? Ich habe kein gutes Gefühl."

Jane schüttelte den Kopf.

Am anderen Ende der Küche öffnete sich eine Tür, und Edith Holms schwebte herein. Heute waren ihre Haare fast blond. „Telefon für Sie, Jane", flötete sie.

„O ja, ich habe im Restaurant hinterlassen, daß ich heute

vormittag hier bin. Ich versuche es kurz zu machen, und dann könnten wir drei über den Winterurlaub sprechen."

„Sehr gut, meine Liebe." Edith musterte kritisch Janes Aufzug. Dann wendete sich ihre Aufmerksamkeit den auf dem Küchenboden verstreuten Kochtöpfen zu. „Was haben Sie angestellt, Maggie?" Sie zog die Luft ein. „Hier riecht es ja wie in einer Schnapsbrennerei."

* * *

Wahrscheinlich geht es um den neuen Dampfkochkessel, der ihnen schon die ganze Woche Probleme bereitete, dachte Jane und nahm den Hörer.

„Hallo. Hier spricht Jane." Sie erwartete die übliche Litanei. Daß er nicht warm wurde, alle Soßen gerinnen ließ...

„Hallo", sagte eine leise Stimme. „Mein Name ist Emily Anderson. Wir kennen uns nicht, aber Sie wollten mich sprechen und waren bei meinen Eltern."

„Ja." Jane versuchte, sich ihre Überraschung nicht anmerken zu lassen. „Wie schön, daß Sie anrufen. Ich würde mich freuen, wenn wir uns bald treffen könnten."

Am anderen Ende der Leitung blieb es still.

Jane wühlte in ihrem Gehirn nach etwas Unverfänglichem. „Es freut mich, daß Ihre Mutter meine Nachricht übermittelt hat."

„Weshalb wollten Sie mich sprechen?" fragte Emily vorsichtig.

„Genau gesagt geht es um Allison Lord." Jane war sich nicht sicher, ob sie sie damit schon erschreckt hatte. „Irgendwie dachte ich, wenn Sie mir ein paar Fragen beantworten, käme ich weiter."

„Fragen?" Emilys Stimme klang plötzlich eine Oktave höher. „Wollen Sie meine Adresse herausfinden, für Mitchel Page? Wenn dem so sein sollte, habe ich eine kleine Nachricht für ihn."

„Davon weiß ich gar nichts", sagte Jane schnell. „Versucht er Sie zu finden?"

„Ja. Er hat dreimal bei meinen Eltern angerufen. Ich habe keine Ahnung, was er von mir will, aber auch kein Bedürfnis, mit ihm zu sprechen. Habe ich mich klar genug ausgedrückt?"

„Bitte glauben Sie mir. Davon weiß ich nichts."

„Gut, aber wenn Sie..."

„Bitte", sagte Jane. „Ich bin keine Spionin. Ich verspreche, wenn wir uns treffen, sofort zu verschwinden, wenn Sie es wollen. Und ich verrate niemandem, wo Sie wohnen."

„Was wissen Sie über Ally und mich?" Ihr Ton war wachsam. „Wer sind Sie überhaupt?"

„Ich war mit Ally befreundet." Jane wollte nicht zuviel sagen. Daß sie Allison nur so kurz gekannt hatte, würde Emilys Mißtrauen nur bestärken. „Ich weiß, daß Sie und Ally ein Liebespaar waren."

„Ach so", sagte Emily und schwieg einen Moment. „Und haben Sie damit Schwierigkeiten?"

Jane spürte ihre Aggressivität. Und sie verstand sie. „Nein", sagte sie einfach.

Wieder Schweigen. „In Ordnung. Ich denke, ich unterhalte mich kurz mit Ihnen. Sie werden allerdings zu mir kommen müssen. Ich habe kein Auto und bin im Augenblick gewissermaßen auch knapp bei Kasse."

„Klar", sagte Jane und bezwang ihre Aufregung.

„Im Augenblick wohne ich in Hudson, Wisconsin. Gegenüber von Stillwater auf der anderen Seite des Flusses. Ich habe ein Zimmer über einem alten Drugstore. 115 Elmwood. Kommen Sie morgen Nachmittag um vier. Es kann sein, daß ich demnächst woanders hinziehe. Wenn Sie mich also treffen wollen, muß es morgen sein."

„Klar", wiederholte Jane. „Ich bin um..." Es klickte. Emily hatte aufgehängt.Jane zog einen Kugelschreiber aus der Jacke und schrieb die Adresse auf die Rückseite von einer von Adolphs Bibelstundeneinladungen. Ob er eine Ahnung hatte, wie oft sie als Schmierpapier benutzt wurden?

13

Der Nordeen Drugstore, ein älteres verwahrlostes zweistöckiges Gebäude, lag außerhalb des Stadtzentrums von Hudson, Wisconsin. Jane parkte ihren Wagen vor dem Eingang und blieb im Auto sitzen, um sich die Gegend anzusehen. Die untergehende Wintersonne warf dunkle purpurne Schatten auf den frisch gefallenen Schnee. Ohne diese saubere Decke hätten die Häuser noch schäbiger gewirkt. Daß Emily wenig Geld hatte, war zu sehen. Freiwillig wohnte niemand an einem so trübseligen Ort.

Jane betrat einen kleinen, überheizten Raum –die Tür quietschte unangenehm, das zerkratzte Linoleum hatte einen Besen nötig, und die Fenster mußten auch mal wieder geputzt werden. An der Kasse saß, vertieft in ein Magazin, eine schwere mittelalte Frau. Als Jane hereinkam, sah sie auf.

„Sie wünschen?“ fragte sie und betrachtete Jane neugierig. „Sie sind nicht von hier, stimmt's?“ Es war eine Feststellung und keine Frage. Sie langte nach einem Kaugummi.

Jane hatte den Eindruck, es müsse sich um Mundraub handeln. Viel Kundschaft gab es hier vermutlich nicht. „Das stimmt“, sagte sie und sah sich um. „Können Sie mir sagen, wie ich zu der Wohnung im ersten Stock komme. Ich habe draußen keine Tür gesehen.“

Die Frau wies mit dem Kopf auf eine schmale Treppe hinten bei den Arzneimitteln. „Auf der Rückseite ist ein Aufgang, aber dieser ist bequemer.“ Sie pulte das Kaugummi aus seiner Umhüllung und schob es in den Mund. „Der alte Nordeen hat dort bis zu seinem Tod gewohnt.“

„Danke.“

„Kennen Sie sie?“ fragte die Frau hörbar kauend. „Die Frau da oben, meine ich.“

„Nein. Wir haben uns nie gesehen."

„Sie macht einen sehr nervösen Eindruck." Sie stopfte sich noch ein Kaugummi in den Mund.

„Wie meinen Sie das?" fragte Jane.

„Sie geht nie aus dem Haus. Und wenn sie mal den Kopf aus der Tür steckt, sieht sie aus, als hätte sie geweint. Ihre Tür ist Tag und Nacht verschlossen. Ein paarmal hat sie mit jemand gesprochen. Also, nicht gesprochen. Mehr geschrien. Irgend so'n Typ hat sie besucht, und wenn Sie mich fragen, hatten die beiden ziemliche heftige Auseinandersetzungen."

„Ich verstehe." Jane rückte etwas näher an die Kasse. „Sie haben nicht zufällig etwas gehört?"

Die Frau hörte auf zu kauen. „Zu der Sorte gehöre ich nicht, Lady. Ich lausche nicht, wenn Leute sich unterhalten. Ich meine, natürlich habe ich eine natürliche Neugierde, wenn was los ist. Wer hätte die nicht?"

„Ich schon", sagte Jane. „Deswegen bin ich ja hier."

Die Frau packte noch ein Kaugummi aus, und Jane floh treppauf. Sie hatte keine Lust mitanzusehen, wie der Frau die verfaulten Zähne ausfielen, ihr direkt vor die Füße.

Emilys Zimmer war karg möbliert, nichts, das Auskunft über die Bewohnerin gegeben hätte. Als wäre das Leben aus dem Raum entflohen, solange es noch die Gelegenheit dazu hatte. *Alles an seinem Platz, für alles ein Platz*, dachte Jane, als sie sich auf den Stuhl setzte, den Emily ihr anbot. Beide saßen eine Weile schweigend da. Emilys Augen waren geschwollen. Aber das kam nicht nur vom Kummer. Irgendwie wirkte sie verwelkt und durchsichtig wie eine Schwerkranke, voll fieberhafter Energie und gleichzeitig ohne Substanz.

„Weshalb wollten Sie mich sprechen?" Ihre Stimme klang spröde. Ihre Lippen bewegten sich kaum, vielleicht aus Angst, bei der leisesten Bewegung könnte ihr Gesicht in Stücke springen.

„Danke, daß ich heute kommen durfte", sagte Jane. „Ich weiß, daß ich ungelegen bin." Welchen Preis mochte Emily dafür zahlen, daß sie so die Beherrschung behielt.

„Sie haben niemandem gesagt, wohin Sie gegangen sind?"

Emily sah sie nicht an, aber Jane kam sich wie beim Examen vor. „Nein. Ich hatte es Ihnen versprochen." Sie machte eine kleine Pause. „Ich weiß, es klingt überheblich, aber ich kann nachfühlen, was Sie durchmachen."

Emily bewegte sich steif und sah Jane verächtlich an. „Stimmt. Es klingt überheblich."

Das wird schwierig, dachte Jane. Sie wußte zwar nicht, was sie erwartet hatte, dies jedenfalls nicht. „Ok. Ich komme zum Thema. Zuerst sollte ich wohl sagen, daß ich an Allisons Selbstmord nicht glaube. Ich will die Wahrheit herausfinden." Sie wartete auf eine Antwort. Es kam keine. „Teilen Sie meine Meinung?"

Emily sah beiseite. „Ja", sagte sie kalt. „Ally hätte sich nie umgebracht."

„Haben Sie einen Grund zu der Annahme, jemand anders..."

Emily drehte sich Jane wieder zu, als wollte sie explodieren. „Hören wir auf mit dem Spiel, ja? Was wollen Sie? Daß ich sage, ich hätte sie getötet? Ich werde Ihnen sagen, wer verantwortlich ist. Mitchel Page war's. Er war wie ein Krebs in unserer Beziehung. Bedrängte sie unentwegt. Mit allen Tricks. Der ganze Plan war seine Idee, nicht Allys. Sie brauchte ihn nicht, er brauchte sie. Es war verrückt. Ich hab' ihr gesagt, daß es verrückt war." Emily zitterte heftig.

„Was heißt das: der Plan? Wer hat da was geplant?"

Emilys Augen brannten. „Ally und Mitch hatten vor zu heiraten. Ich dachte, das wüßten inzwischen alle. Ihr Vater hatte ihr mit Enterbung gedroht, falls sie die Beziehung zu mir nicht beendet. Irgendwie kam Mitch dahinter. Er heckte ganz allein seinen kleinen Plan aus. Es war grotesk. Er und Ally würden heiraten. Er würde Adam Lords Schwiegersohn, und dafür wollte er Ally und mich in Ruhe lassen. Wir würden weiterleben können wie bisher, mit winzigen Unterbrechungen, zum Beispiel gelegentliche Festessen bei Schwiegerpapa. Das war alles. Er sagte, sonst würden sie sich nicht sehen müssen. Ich mag ja langsam im Kopf sein, aber es leuchtete mir nicht ein. Wir haben Wochen darüber diskutiert. Sie war sicher, daß es gutginge. Aus irgendeinem Grund glaubte sie, sie brauche das

Geld ihres Vaters. Ich weiß, wir hätten es auch so geschafft. Aber das wollte sie nicht hören. Sie hatte wohl Angst. Mitch rief ständig an. Verfolgte sie. Allison war stark, aber nicht skrupellos. Und von anderen Menschen dachte sie nur Gutes. Sie wußte, Mitch war brutal, und was sie vorhatte, war gefährlich, aber sie glaubte, sie würde damit fertig. Sie glaubte, sie würde *mit ihm* fertig. Bis es zu spät war. Er nutzte ihr Vertrauen und ihre Angst aus und manipulierte sie." Sie brach in lautes Schluchzen aus. „Ich hasse ihn. Er hat den Tod verdient, nicht sie."

Jane ließ sie weinen. Die Intensität ihrer Gefühle hatte Emily ausgelaugt. Jane fragte sich, wann sie zum letztenmal vernünftig gegessen hatte. Draußen war es fast dunkel. Das einzige Licht im Zimmer kam von der Neonreklame des Drugstores.

„Warum hat Ally sich an dem Abend, an dem sie starb, mit Mitch getroffen?"

Emily schloß die Augen. Mit flacher Stimme, die ihren Worten um so mehr Nachdruck verlieh, sagte sie: „Ich hatte Ally endlich davon überzeugt, daß er uns nie in Ruhe lassen würde, wenn sie erst verheiratet waren. Er hätte unsere Beziehung benutzt, um sie für den Rest ihres Lebens an der Leine zu haben. Erst wollte sie das nicht glauben. Sie glaubte, er würde sein Wort halten. Warum sie ihre Ansicht geändert hat, weiß ich nicht. Sie rief ihn Sonntag nachmittag an und verabredete sich mit ihm in Ernies Bar. Bevor sie losging, gerieten wir wieder in Streit. Ich wollte von der Uni gehen und mir einen Job suchen. Sie wollte nichts davon wissen. Ich glaube, sie hatte mehr Angst, als ich mir vorstellen konnte. Aber ich wußte auch, daß sie da hindurch mußte. Es war grauenhaft. Sie knallte die Wohnungstür, und ich hörte, wie sie mit quietschenden Reifen losfuhr. In dem Moment habe ich sie gehaßt." Sie flüsterte nur noch.

„An dem Abend kam dann Ihr Vater zu Besuch, stimmt das?" Die Frage schien Emily in die Gegenwart zurückzubringen.

„Ja", sagte sie. „Woher wissen Sie das?"

„Ich habe ihn gesprochen, als ich in Stillwater war. Er sagte, Sie hätten ihn vor die Tür gesetzt."

Emilys Dilemma war klar: Egal ob sie ihr etwas vorgelogen hatte oder nicht, über diesen Punkt wußte Jane Bescheid.

„Ja. Der übliche Streit. Er wollte nicht glauben, daß ich lesbisch bin, und ich nicht, wie bigott er ist."

„Hat er Allison je kennengelernt?"

„Nein. Er wußte, daß sie reich war und Mitglied bei Kappa Alpha Sigma. Das war alles."

„Glauben Sie, daß Ihr Vater etwas mit Allisons Tod zu tun hat?"

Emily schloß wieder ihre Augen. „Nein. Das ist unmöglich."

„Wie wollen Sie das wissen? Nach dem, was er mir gesagt hat, haßte er sie."

Emily öffnete die Augen und sah aus dem Fenster. Eine bösartige Stille füllte den Raum. „Wenn Sie meinen Vater noch einmal erwähnen, dürfen Sie unser Gespräch als beendet betrachten."

Jane dachte: Warum hat sie mich nicht längst hinausgeworfen. Wahrscheinlich mußte sie einfach mit irgendwem sprechen. Wenn sie Jane davon überzeugen konnte, Mitch habe es getan, würde sie am Ende selbst überzeugt sein. „Kam ein Anruf für Allison, nachdem sie gegangen war?"

Emily entspannte sich. „Ja. Ich glaube schon. Nichts Wichtiges."

„Wissen Sie noch, von wem?"

„Es war eine Frau. Ally hatte ihren Namen ein paarmal erwähnt. Ich glaube, sie hieß Susan."

„Aha", sagte Jane. „Hat sie vorher schon mal angerufen?"

Emily schüttelte den Kopf. „Ich glaube nicht. Jedenfalls nicht, wenn ich zu Hause war."

„Erinnern Sie sich noch an die Uhrzeit?"

„Es muß gegen halb acht gewesen sein. Ich weiß, daß ich auf die Uhr sah und dachte, jetzt müßte das Gespräch zwischen Ally und Mitch eigentlich zu Ende sein. Ich dachte, sie würde telefonieren oder zurückkommen, deshalb sagte ich Susan, sie solle später noch mal anrufen."

„Hat sie das getan?"

„Solange ich da war, nicht."

„Sind Sie an dem Abend noch mal weggegangen?"

„Nein. Ich war die ganze Zeit zu Hause und wartete auf Allys Rückkehr. Den Müll habe ich runtergebracht. Das war alles." Emily klang fest und ruhig, aber den letzten Satz hielt Jane für gelogen.

„Kennen Sie Edwin Lord, Allisons Bruder?"

„Natürlich", sagte Emily. „Als wir aus England zurück waren, haben Ally und ich ihn an einem Wochenende da oben besucht."

„Was hielten Sie von ihm?"

„Er hat mich sehr an Ally erinnert. Sie waren sich so ähnlich. Als wir in London waren, haben wir nach zwölf Pokalen aus Bleikristall gesucht, die er sich gewünscht hatte. In der Oxford Street haben wir schließlich das Richtige gefunden. Ich hatte in meinem Leben so etwas noch nicht gesehen. Ally kaufte noch einen Kristallkrug dazu –Einkaufen machte ihr solchen Spaß."

Edwin Lord war offenbar nicht der Asket, den Jane sich vorgestellt hatte. Er war eine seltsame paradoxe Mischung.

Ein Klopfen an der Tür riß Emily aus ihren Träumen. Sie sprang auf und legte den Finger auf den Mund. „Still", flüsterte sie und ging zur Tür. „Wer ist da?"

„Dein Vater. Bitte, Emily, mach auf. Ich muß mit dir reden."

„Verschwinde!" sagte sie wütend. „Was ich zu sagen habe, habe ich gesagt."

„Bitte, etwas habe ich dir noch nicht erzählt. Wir müssen darüber sprechen."

Emily stand kerzengerade und vergrub die Hände in den Hosentaschen. „Bist du allein?"

„Ja, ich bin allein. Bitte laß mich herein."

Sie schaltete das Licht an und öffnete die Tür. In seiner schweren Winterjacke stapfte Clarence Anderson ins Zimmer. Jane stand auf und sah ihn an.

„Was macht die hier?" Er wirkte überrascht.

„Sie wollte gerade gehen." Emily reichte Jane ihren Mantel.

Jane nickte und ging zur Tür. „Vielen Dank, Emily."

„Keine Ursache. Und denken Sie dran: Wenn Sie wissen

wollen, wer für Allys Tod verantwortlich ist, halten Sie sich an Mitchel Page."

„In Ordnung", sagte Jane. Hinter ihr knallte die Tür zu.

* * *

Es war fast elf, als Jane zu Hause ankam. Nachdem sie Emilys Apartment verlassen hatte, war sie ins Restaurant gefahren, hatte eine kurze Besprechung abgehalten und dann die Monatsinventur abgeschlossen. Der Dampfkessel verursachte immer noch Chaos in der Küche, sie hatte dem Küchenchef feierlich versprochen, am nächsten Morgen als erstes den Verkäufer anzurufen.

Jane lehnte an der Motorhaube, sah in den klaren Nachthimmel und suchte nach ihrem Stern. Schon als kleines Kind hatte sie den Polarstern als ihren Stern betrachtet. Sie erinnerte sich noch lebhaft, wie sie ihn zum erstenmal mit Bewußtsein gesehen hatte. Es war auf der Hütte am Blackberry Lake gewesen. Sie und ihr Vater hatten auf dem Steg gesessen und die Füße ins Wasser baumeln lassen. Er hatte in den Himmel gezeigt und gesagt: „Wenn du diesen Stern siehst, Janey, weißt du immer, wo du bist." Wie oft seit Christines Tod hatte Jane am nächtlichen Himmel nach ihrem Stern gesucht. Immer hatte er sie angefunkelt. Und doch kam sie sich irgendwie verloren vor.

Der Schnee knirschte unter ihren Füßen, als sie zum Eingang ging. Sie sah hoch und war überrascht, im ersten Stock das Schlafzimmerfenster erleuchtet zu finden. Seltsam. Rasch trat sie ein und schloß die Tür hinter sich. Auch in der Küche brannte Licht. Sie legte ihre Aktentasche ab und pfiff laut. Oben machte es zweimal „Plumps", und die beiden Hunde stürmten schwanzwedelnd die Treppe herunter.

„Was ist hier los", fragte sie Gulliver und fuhr ihm über den Rücken. Bean mühte sich, die Aktentasche zu öffnen. Die Knochen darin interessierten ihn mehr als Janes Ankunft.

„Wird aber auch Zeit, daß du nach Hause kommst", sagte eine Stimme von oben.

Jane blickte hoch. „Cordelia! Was machst du hier?"

„Es ist alles zu schrecklich, Jane. Zu schrecklich." Eine Hand gegen die Stirn gepreßt, kam Cordelia die Treppe herunter. Sie trug einen rosa Seidenpyjama und einen schwarzweiß gestreiften Morgenrock.

„Was ist zu schrecklich?" Jane zog den Mantel aus und warf ihn auf einen Stuhl. „Mach keine Umstände. Fühl dich ganz wie zu Hause."

„Ich brauche dringend was zu trinken, Liebste." Cordelia lehnte im Türrahmen und legte die Hand aufs Herz.

„Du warst doch schon in der Küche."

„Doch, doch." Cordelia wedelte mit der Hand. „Terrorisiert werden macht mich hungrig. Ist das nicht merkwürdig? Ich hoffe, es stört dich nicht. Ich habe ein Häppchen von dem Tortellinisalat probiert, der im Kühlschrank steht. Etwas zu wenig Dill."

„Danke", sagte Jane und nahm die Knochen aus der Tasche. „Ich werde es mir merken. Was möchtest du trinken?"

„Was du willst." Cordelia warf sich dramatisch aufs Sofa.

Jane, die Hunde im Schlepptau, ging in die Küche und kam mit einer Flasche Armagnac und zwei Kognakschwenkern zurück. Cordelia lag da wie auf einem viktorianischen Gemälde. Das wird eine lange Nacht, dachte Jane.

„So", sagte sie und schenkte ein, „ich will ja nicht weiter drauf rumhacken, aber bedeutet der Pyjama, daß du über Nacht zu bleiben gedenkst?"

Cordelia wirkte verärgert. „Ich hatte den Schock meines Lebens, und du machst Witze?"

„Ok." Jane zog die Schuhe aus und machte es sich bequem. „Ich höre."

Cordelia zog tief die Luft ein und atmete langsam wieder aus. „Ich sage die Wahrheit. Es war nichts weniger als ein persönliches Zusammentreffen mit Gräfin Dracula."

„Du meinst, du hast dich mit Ms. Right getroffen, und sie hat sich als Vampir entpuppt?" lachte Jane. „Du hast ein unglaubliches Glück mit Frauen."

„Ich meine es ernst. Sieh dir das an!" Sie zog ein kleines

Metallkreuz aus der Tasche des Morgenrocks und hielt es hoch.

„Erzähl. Was ist passiert?"

„Das versuche ich ja die ganze Zeit. Nach der Vorstellung heute abend –zum drittenmal *Der Kirschgarten* –ging ich nach Hause und wollte mich verkriechen. Um genau zu sein: Ich ging nach dem ersten Akt, bevor jemand die Polizei holen konnte. Ich bin sicher, es gibt ein Gesetz, das das Nachahmen einer Repertoirebühne untersagt. Wie auch immer, ich nahm ein heißes Bad und ging in die Küche, wo ich mir ein Käsebrot machte. Mit viel Senf. Keine Gürkchen! Vor dem Einschlafen guckte ich noch ein bißchen in die Röhre. Ein wunderbarer Film mit der Hepburn auf Kanal sechs. Ich hatte es mir gerade bequem gemacht, als aus einer dunklen Ecke dieses scheußliche Vieh mit riesigen Flügeln angeflogen kam." Sie wedelte wild mit den Armen. „Es hat mich angegriffen!"

„Eine Fledermaus", sagte Jane.

„Ich weiß selbst, daß es 'ne Fledermaus war", schnappte Cordelia.

„Und was hast du gemacht?"

Cordelia strich den Morgenrock glatt. „Was jede vernünftige Person getan hätte. Die Katze gerufen und unter die Bettdecke getaucht."

„Genau das Richtige", sagte Jane und legte die Füße auf den Couchtisch.

„Danke. Ich wartete, bis nichts mehr zu hören war, rannte nach oben, suchte mein Kruzifix –nur für den Notfall –, nahm Mantel und Autoschlüssel und schlich die Treppe wieder hinunter. Die Katze hatte sich in der Speisekammer verkrochen."

„Und da hast du beschlossen, hier zu übernachten."

„Genau", sagte Cordelia triumphierend.

Die Türglocke ging und jagte die Hunde aus der Küche. Jane stand schwankend auf und ging auf den Flur. Sie sah nach draußen. Draußen war niemand.

„Wer war es?" fragte Cordelia, als Jane irritiert ins Wohnzimmer zurückkam.

„Noch 'nen Schluck?" Jane hob die Flasche.

„Na selbstverständlich."

„Niemand. Das drittemal in dieser Woche. Es klingelt. Ich gehe an die Tür, niemand ist da." Sie goß Armagnac ein.

„Findest du das nicht etwas unheimlich?" fragte Cordelia ernsthaft.

„Du bist in unheimlicher Stimmung. Ich denke, ein paar Kinder aus der Nachbarschaft machen sich einen Jux."

Cordelia sah nach der Uhr auf dem Kamin. „Um diese Zeit sind Kinder nicht mehr unterwegs."

Jane spürte ein leichtes Unbehagen, beschloß aber, sich von Cordelias Stimmung nicht anstecken zu lassen. „Wenigstens schwebte kein großes geflügeltes Tier vorbei."

„Du bist so verdammt gleichgültig, daß du einen Vampir wahrscheinlich überhaupt nicht erkennst. Jedenfalls nicht, wenn er an der Tür für die Pfadfinder wirbt."

Wieder tönte die Türglocke.

„Das muß ein Ende haben", sagte Jane wütend. Sie raste zum Eingang und riß die Tür auf.

„Hallo." Edwin Lord lächelte sie an. „Komme ich ungelegen? Ich sah Licht im Haus und nahm an, daß Sie noch auf sind."

„Ja", sagte Jane, „das bin ich. Sie haben nicht zufällig vor ein paar Minuten schon mal geklingelt?"

„Ich? Nein. Ich bin eben gekommen."

Jane steckte den Kopf nach draußen und sah sich um. „Kommen Sie herein. Sie sehen verfroren aus."

Edwin trat ein und grinste begeistert. „Sie haben Hunde! Was für hübsche Tiere." Er ging in die Knie, um sie zu streicheln. „Welche Rasse?"

„Terrier, Pudel, Schnauzer. Von allem ein bißchen, aber vorwiegend Terrier."

Edwin rollte Bean auf den Rücken und klopfte ihm den Bauch. Gulliver zog ihn am Ärmel und wollte Tauziehen spielen. Ganz klar: Die Hunde fanden ihn toll.

„Das ist ungewöhnlich", sagte Jane. „Sie sind zwar neugierig, wenn Gäste kommen, aber meist beobachten sie sie erst einmal aus der Ferne."

Edwin plumpste rücklings auf den Boden, und beide Hunde fielen über ihn her.

Cordelia kam aus dem Wohnzimmer und räusperte sich.

„Oh, Entschuldigung", sagte Jane. „Ich glaube, ich sollte Sie vorstellen." Sie sah auf Edwin hinunter, der sich auf die Seite gerollt hatte. Die Hunde leckten ihm das Gesicht. „Cordelia, das ist Allison Lords Bruder Edwin."

„Guten Abend", sagte Edwin und tätschelte Gullivers Schnauze.

„Angenehm", erwiderte Cordelia, ganz Königinmutter.

„Ganz meinerseits." Edwin stand auf und hielt ihr die Hand hin. Cordelia griff müde danach. Ihr Blick zu Jane sagte: Ich bin zwar ein geduldiger Mensch, aber wo treibst du nur immer diese Leute auf?

„Gehen wir doch ins Wohnzimmer und setzen uns", schlug Jane vor. „Möchten Sie einen Kognak?"

„Danke nein", antwortete Edwin. „Ich bin mit dem Wagen da." Beide Hunde sprangen ihm unaufgefordert auf den Schoß.

Jane machte mehr Licht. „Sie lassen sich einen Bart wachsen."

„Ja. Es ist im Winter einfach wärmer. Vor allem wenn ich viel draußen bin."

„Edwin lebt in einer spirituellen Brüdergemeinde in der Nähe von Thunder Bay. Ich habe dir das wohl schon erzählt."

„Aha." Cordelia zog eine Augenbraue hoch.

„Das stimmt", sagte Edwin. „Aber ich versuche wenigstens einmal im Monat hierher zu kommen. Ich fahre gern Auto. Vielleicht ist es die Einsamkeit auf der Straße. Ich habe einen fabelhaften Wagen."

„Hm." Cordelia war die Liebenswürdigkeit in Person. „Vermutlich ein alter Lieferwagen."

„Nein, genau gesagt: Es ist ein Porsche. St. Victor hat einen Lieferwagen, zum Einkaufen. Haben Sie auch einen?"

Cordelia knirschte lächelnd mit den Zähnen.

Jane sah sie an. „Autos sind heutzutage sehr wichtig."

„Das stimmt", sagte Edwin ganz ernst. „Aber wir müssen Autos bauen, die mehr Leistung bringen und die Umwelt schonen. Nehmen Sie meinen Porsche..."

„Bitte nicht." Cordelia goß sich ein Glas ein.

Edwin legte den Kopf schräg und sah sie nachdenklich an.

„Hat Ihr Kommen einen Grund?" fragte Jane, um das Thema zu wechseln. „Ich meine, nur um hereinzuschauen, ist es ein bißchen spät."

„Natürlich", sagte Edwin. „Tut mir leid. Ich bin eben erst angekommen und wollte Ihnen dies geben." Aus seiner Jacke zog er ein kleines in Leder gebundenes Tagebuch und reichte es Jane. „Es gehörte meiner Schwester." Sie schlug es auf. „Nach dem Gottesdienst fuhr ich zu Allys Verbindung. Die Tür stand offen, also ging ich hinein. Ich war früher schon dagewesen und wußte, wo Allys Zimmer lag. Niemand war da. Ich dachte, sie sollten etwas mehr darauf achten, daß die Türen geschlossen sind. Ich hätte ja irgendwer sein können! Wie auch immer, ich wollte nur einen Blick in ihr Zimmer werfen. Vielleicht etwas mitnehmen, das ihr gehört hatte. Als ich ihre Bücher durchsah, fand ich dies Tagebuch. Ich denke, Emily sollte es bekommen, erst einmal aber wollte ich nur verhindern, daß es meinem Vater geschickt wurde. Wie ich ihn kenne, hätte er es wohl verbrannt." Er streichelte die Hunde, die zufrieden seufzend in seinem Schoß lagen. „Ich habe es mehrmals gelesen. Schon komisch. Ich dachte, ich kenne sie, aber ich habe Dinge gefunden, die sie mir nie erzählt hat. Wenn ich drüber nachdenke: So komisch ist es nun auch wieder nicht." Er sah vor sich hin. „Ein paar Seiten fehlen. Sie sind herausgerissen. Vermutlich hat Ally das getan. Sie sagten, Sie wollten mehr von ihr wissen. Vielleicht hilft es Ihnen, wenn Sie es lesen. Sie hätte bestimmt nichts dagegen."

Jane drehte das Büchlein in der Hand. Die erste Eintragung stammte vom 1. Januar. Wahrscheinlich hatte Allison es begonnen, als sie und Mitch in den Weihnachtsferien in Philadelphia waren. Die letzte Eintragung trug ein Datum ein paar Tage vor ihrem Tod.

„Ich danke Ihnen sehr, Edwin. Von ganzem Herzen. Das wird mir ein großes Stück weiterhelfen." Aus den Augenwinkeln sah sie, daß Cordelia kurz vor einer Explosion stand. Vermutlich der Armagnac.

„Verstehen Sie etwas von Vampiren? Sie sehen so aus, als hätten Sie damit Erfahrungen."

„Vampiren?" fragte Edward irritiert.

„Heute nachmittag habe ich mich mit Emily getroffen." Jane versuchte Cordelia zu ignorieren.

„Wirklich? Wie haben Sie sie gefunden? Aus ihrem Apartment war sie doch ausgezogen."

„Sie rief mich gestern an. Sie wollte offenbar sicher sein, daß ich sie nicht im Auftrag von Mitchel Page suchte. Ich denke, sie hat mir geglaubt. Jedenfalls haben wir uns für heute nachmittag verabredet."

„Kann ich sie haben?"

„Wen? Ihre Adresse?"

„Natürlich." Er streichelte Bean über die Schnauze und lächelte.

„Ich weiß nicht recht." Jane fühlte sich nicht wohl bei seiner Bitte. „Ich weiß wirklich nicht, ob ihr das angenehm wäre."

„Oh, wir sind alte Freunde. Ally hat sie mit nach St. Victor gebracht, und wir haben uns gut verstanden. An dem Abend, an dem Ally starb, wollten wir zu dritt essen gehen."

„Tatsächlich? Ich wußte gar nicht, daß Sie an dem Abend in der Stadt waren."

„Doch. Ich habe in einem Restaurant in Dinkytown auf die beiden gewartet. Es liegt nur ein paar Häuserblocks vom Studentinnenheim entfernt. Spezialität Pasteten. Haben Sie sie schon probiert?" Er sah erst Jane und dann Cordelia an.

„Ich für mein Teil hätte Sie eher für einen Blutwursttyp gehalten", sagte Cordelia.

„Blutwurst? Ich glaube, die habe ich noch nie gegessen."

„Erzählen Sie weiter", sagte Jane.

„Vom Abendessen? Nun, es fand nicht statt. Ich wartete bis etwa halb neun und rief dann in ihrem Apartment an. Wir hatten uns für acht verabredet. Dort nahm niemand ab, also wartete ich ungefähr bis neun und ging dann. Kann sein, daß ich vorher noch einmal versucht habe anzurufen. Ich fahre gern nachts und wäre sowieso nach dem Essen zurückgefahren. Am nächsten Morgen mußte ich wieder in St. Victor sein."

„Sie sagten, bei Ihrem Anruf sei Emily nicht zu Hause gewesen?“

„Richtig. Ich nahm an, sie sei mit Allison gegangen. Sie waren mit Mitch verabredet.“

„Was wissen Sie über Mitch?“

„Nur daß Vater ihn beim Gedenkgottesdienst wie den Schwiegersohn behandelt hat, der er nicht ist. Ich weiß, daß Ally und er befreundet waren und sie im letzten Jahr mit ihm gebrochen hat. Es steht im Tagebuch.“ Jane fragte sich, wieso er dann nichts von der bevorstehenden Hochzeit wußte. Vielleicht hatte Allison sich über den ganzen Schwindel zu sehr geschämt, um es niederzuschreiben. Andererseits mußte sie etwas so Wichtiges ihrem Tagebuch doch anvertraut haben. Es sei denn, das stand auf den herausgerissenen Seiten. Warum sollte Allison etwas aus dem Tagebuch herausreißen? Logischer wäre es, wenn jemand anderes das getan hätte.

Cordelia gähnte bühnenreif.

„Langweilen wir dich?“ fragte Jane barsch.

„Nein, nein. Macht nur weiter.“ Sie wedelte mit der Hand.

„Ich habe Allison nie wieder gesehen“, sagte Edwin leise. „Ich fuhr zurück nach St. Victor und erfuhr Tage später von ihrem Tod. Von Emily, die mich anrief. Das ist der Grund, warum ich glaube, sie ist meine Freundin. Ich würde gern mit ihr reden.“

Jane stand auf und ging zu ihrer Aktentasche. Emily hatte Angst, das war klar, aber bestimmt nicht vor Edwin. Sie blätterte in ihrem Kalender. Edwin zog Notizblock und Kugelschreiber aus der Tasche seines Flanellhemdes und schrieb die Adresse auf. „Danke. Und was machen Ihre Nachforschungen? Haben Sie schon eine Spur?“

Jane bückte sich und nahm Bean auf den Arm, der von Edwins Schoß gesprungen war und an ihrer Hose zerrte. „Es zieht sich. Nichts, auf das ich wirklich mit dem Finger zeigen könnte. Nur ein paar Verdachtsmomente.“

„Nun“, Edwin stand auf, „lassen Sie mich wissen, wie Sie vorankommen.“ Er warf einen Blick ins Eßzimmer. „Was für ein schönes altes Haus.“ Er ging zum Erkerfenster und sah durch den Vorhang. „Und soviel Platz. Bis zum nächsten Haus müssen es ja glatt sechzig Meter sein.“

„Das mag ich besonders an diesem Haus“, sagte Jane. „Das Gefühl der Privatheit.“

Cordelia tappte ins Eßzimmer und zog ihren schwarz-weißen Zebramorgenmantel enger um sich. Edwin sah sie hereinkommen. „Sie erinnern mich an jemand aus meiner Schulzeit.“

„Vielen Dank“, antwortete Cordelia höflich. „Und Sie erinnern mich an eine Zucchini.“

Jane stöhnte auf.

Edwin klatschte die Hände zusammen und lachte. „Nein. Das ist es. Ich denke auch oft an Gemüse, wenn ich Menschen beschreiben will.“ Er wendete Cordelia seine volle Aufmerksamkeit zu. „Sie, meine Beste, sind eine Aubergine.“

Cordelia schnappte nach Luft.

„Ich denke, Edwin, wir sollten Schluß machen. Es ist spät, und ich habe morgen früh eine Besprechung.“

„Natürlich, ich verstehe.“ Er warf noch einen Blick auf das Erkerfenster und ging zur Tür.

„Vielen Dank nochmal für das Tagebuch“, sagte Jane und öffnete die Tür. „Und viel Glück bei Emily. Sie ist ziemlich durcheinander.“

„Das kann ich mir denken“, sagte Edwin traurig. „Sie ist eine intelligente Frau. Aber manchmal hilft nur die Zeit.“ Er nickte Cordelia zu und ging.

Jane schloß die Tür hinter ihm und hob die Hand. „Ich will nichts weiter hören. Ich gehe ins Bett.“

Cordelia war immer noch sprachlos. „Wie konntest du zulassen, daß er Aubergine zu mir sagt!“

14

Die Richard-III.-Party lief auf Hochtouren.

„Du kannst ihn bloß nicht leiden, weil er dich eine Aubergine genannt hat.“ Jane stiebitzte eine geräucherte Auster von der Platte mit Meeresfrüchten.

„Das stimmt nicht.“ Cordelia gab Jane einen Klaps auf die Hand, weil sie die kunstvolle Dekoration zerstörte. „Hier, trag das rüber.“ Cordelia griff nach einer Platte mit Cocktailhäppchen und ging rückwärts durch die pendelnde Küchentür.

„Der Punsch schmeckt phantastisch.“ Eine ältere Frau rückte ihren Buckel zurecht. „Und erst die Fleischbällchen mit Senf!“ Sie deutete einen Kuß an.

„Wer ist das?“ flüsterte Jane, als die Bucklige außer Hörweite war.

Cordelia räumte auf dem Tisch einen Platz für die Meeresfrüchte frei. Der Tisch bog sich unter Platten mit Häppchen, Kuchen und sogar einer gebratenen Gans. „Das ist Cynthia Melling. Sie war in der letzten Spielzeit die Johanna in Shaws *Heiliger Johanna*. Sie ist großartig.“ Sie goß sich Punsch in ein Glas. „Auch einen?“

„Danke, nein.“ Jane sah, daß Bean gerade ein Glas ausleckte, das jemand unvorsichtigerweise auf den Boden gestellt hatte.

„Es war ein Geniestreich, die beiden Hunde als deine Partner mitzubringen. Wo hast du Gullivers Pullover und Hut aufgetrieben?“

„In einer alten Truhe“, sagte Jane. Gulliver näherte sich gerade unauffällig einer Platte mit Fleischklößchen.

„Ich sage dir, Blanche verzeiht das nie. Als ich sie zuletzt sah, saß sie im Bücherregal neben dem Kamin. Ich kenne sonst keine Katze, die von sich behauptet, eine Kurzfassung von *Krieg und Frieden* zu sein. Zurück zu Edwin Lord. Ich sehe keinen Grund, jemanden zu mögen, der mich mit einer Aubergine verglichen hat. Aber mit meiner Ansicht über ihn hat das nichts zu tun. Ich traue ihm nicht."

„Mach die Musik lauter", schrie eine Frauenstimme. *Saturday Night's All Right for Fighting* schwoll zu einem Donnern an.

„Ist das nicht deine heutige Verabredung", rief Jane. Beide sahen Andromeda zu, die eine Federboa schwenkend durch den Raum hüpfte.

Cordelia beugte sich zu Jane und brüllte ihr ins Ohr: „Woher weißt du das?" Blanche kletterte vom Regal und sauste davon, die beiden Hunde ihr dicht auf den Fersen. Cordelia zeigte in Richtung Küche und rief: „Komm mit!"

In der Küche war die Musik etwas gedämpfter. „Hier läßt sich auch nicht reden. Wir gehen nach oben." Im Wohnzimmer standen inzwischen einige Leute auf Stühlen und pusteten mit Seifenblasen.

„Los, laß uns tanzen", schrie Andromeda von der gegenüberliegenden Seite.

Du lieber Himmel, dachte Cordelia. Sie hat tatsächlich einen Lampenschirm auf dem Kopf. Wie plattfüßig. Sie winkte ihr zu, blies einen Kuß in die Luft und formte mit dem Mund ein „Später!" Für eine derart dumme Person lohnte es nicht, die Stimme zu erheben. Sie griff nach Janes Arm, dirigierte sie durch die Menge zur Treppe. „Hier hinein", sagte sie und klopfte an die Badezimmertür.

„Cordelia, das geht nicht. Die Leute brauchen es vielleicht."

„Macht nichts." Cordelia knipste das Licht an, schloß die Tür und drehte den Schlüssel um. „Nun also zu Edwin Lord. Ich sage nur noch eins, dann können wir das Thema fallenlassen. Er hat unstete Augen."

„Er hat was?"

„Du verstehst mich ganz gut. Und er schien auffällig interessiert an deinem Haus."

„Also wirklich. Bloß weil er den Erker bemerkt hat..."

„Er hat sich überall umgesehen."

„Er hat die ganze Zeit im Wohnzimmer gesessen."

„Schon, aber seine Augen! Wie ich sagte, sie waren unstet." Sie zischte geradezu.

Jane schüttelte den Kopf und lachte. „Hast du mich etwa hierher geschleppt, um mir das zu erzählen? Mein Haus ist sehr schön. Ist dir schon mal der Gedanke gekommen, daß es ihm gefallen könnte?"

„Nein", sagte Cordelia matt. „Setz dich." Sie wies auf den Klodeckel. „Ich habe noch ein paar Neuigkeiten für dich." Sie ließ sich auf dem Badewannenrand nieder.

„Ok. Spuck's aus." Jane wollte die Sache beenden. Sie hatte genug und wollte nach Hause.

„Bitte laß solche Ausdrücke an diesem Ort", sagte Cordelia pikiert. „Du bist doch sonst nicht so unelegant."

Es klopfte an die Tür.

„Besetzt!" rief Cordelia. „Gestern wollte ich noch nichts sagen, weil ich es nicht beweisen konnte. Aber heute... Also: Susan Julian war an dem Abend, an dem Allison starb, außer Haus. Sie hat dich angelogen."

Jane war verblüfft. „Wie hast du das herausgefunden?"

„Ganz einfach. Zufälligerweise wohnt ein Freund von mir im gleichen Haus wie sie. Ich wußte, es war riskant, aber ich rief ihn an. Er kennt sie. Nicht besonders gut, aber immerhin. Seine Wohnung liegt ihrer direkt gegenüber. Heute nachmittag habe ich mit ihm gesprochen, und er sagte, an dem fraglichen Abend sei er zum Essen gewesen. An dem Freitag war seine Scheidung ausgesprochen worden. Bis Sonntag war er verreist. Und als er zurückkam, wollte er feiern. Ich muß wohl nicht extra darauf hinweisen, daß niemand ein solches Datum vergißt oder verwechselt, selbst wenn es zwei Wochen her ist."

„Gutes Argument", sagte Jane.

„Er sagte, er sei gegen acht nach Hause gekommen. Er hatte noch eine weitere Verabredung. Wenn du mich fragst, hat der Mann, was Frauen angeht, einen tragisch schlechten Geschmack. Wie auch immer, er fuhr auf den Parkplatz und wäre beinahe von Susans BMW gerammt worden, der herausgeschossen kam. Sieht aus, als führe sie so, wie sie denkt. Er stieg aus und schrie hinter ihr her, aber sie fuhr einfach weiter. Das ist der Beweis. Jetzt bitte ich dich nur noch, mir Bescheid zu sagen, wenn die Polizei sie abführt."

„Sie abführt?"

„Genau das. Ich will sehen, wie die Polizei ihr die Handschellen anlegt."

Jane schlug die Augen zur Decke. „Cordelia, das beweist noch gar nichts."

„Natürlich tut es das. Sie hat gelogen. Wer nichts zu verbergen hat, braucht nicht zu lügen. Ist doch ganz offensichtlich."

„Für die Polizei bestimmt nicht."

Wieder klopfte es an die Tür.

„Wir sind gleich fertig."

„Wir?" wiederholte eine Stimme.

„Hol deinen Verstand aus der Gosse", knurrte Cordelia. „Also, ich habe getan, was ich konnte. Du hast jetzt den Ball. Verlier die Frau nicht aus den Augen. Ich sag' dir, sie verbirgt etwas."

„Ich sage ja gar nicht, daß es nicht wichtig ist." Jane stand auf. „Ich weiß bloß nicht, wie ich es einordnen soll."

Als Cordelia die Tür öffnete, erhob sich draußen lautes Hallo. Sie zog Jane durch die Menge. „Bevor du gehst, muß ich dir noch was zeigen." Vor Cordelias Schlafzimmertür waren zwei Leute miteinander beschäftigt. Cordelia tippte dem Mann auf die Schulter. „Entschuldigung."

„Eine tolle Party", sagte die junge Frau, die Cordelia noch nie gesehen hatte. Das Paar ging hinunter.

„Erinnerst du dich, daß Andromeda mit mir zusammenkommen wollte aus alter Anhänglichkeit?"

„Stimmt", sagte Jane. „Ich erinnere mich."

„Schön. Willst du sehen, was sie mir heute abend mitgebracht hat? Ich meine, das sagt mir, daß sie mich genau kennt und weiß, was mir etwas bedeutet."

„Nur los", sagte Jane.

Cordelia stieß die Schlafzimmertür auf. In voller Lebensgröße stand da ein elektronisch voll ausgerüsteter Heimtrainer.

„Was für ein fabelhaftes Geschenk", johlte Jane. „Paßt zu dir wie die Faust aufs Auge."

„Geschenk!" schnaubte Cordelia. „Ich soll mich auch noch dran beteiligen."

* * *

Jane hatte Kopfschmerzen vorgeschützt, um vorzeitig die Party verlassen zu können, und Cordelia hatte es akzeptiert. Die Universitätsradiostation spielte die C-Dur-Messe von Mozart, als sie vom Parkplatz fuhr. Nach der Hitze und dem Zigarettenqualm tat die kalte Nachtluft gut. Die Hunde plumpsten auf die Rückbank, vollständig erschöpft von der stundenlangen Jagd nach der Katze, unterbrochen nur von einigen Ausflügen ins Wohnzimmer zum Fressen. Jane lächelte. Wenigstens die beiden hatten sich gut unterhalten.

Der Wind hatte sich gelegt, die Nacht war ruhig und wolkenlos. Direkt über den Baumwipfeln hing ein Dreiviertelmond. Sie fuhr den Minnehaha Parkway entlang und dachte über die beiden letzten Wochen nach. In einer Woche war Thanksgiving, und Allisons Tod war so ungeklärt wie zu Anfang. Sie hatte ein paar Informationen und ein Gefühl dafür, wer ein Motiv hätte haben können, genaugenommen also eigentlich nichts. Allisons Tod war kein vorsätzlicher Mord gewesen, das wußte sie, aber wie sollte sie sicher sein ohne einen Beweis?

Und was war mit den seltsamen Vorgängen im Studentinnenheim? Die Diebstähle hatten aufgehört, aber einige fühlten sich immer noch heimlich beobachtet. Kari und ein paar andere waren ausgetreten und aus dem Haus gezogen, weil sie sich dort nicht mehr sicher fühlten. Gehörte alles zusammen oder war es nur ein zufälliges Zusammentreffen? Was Susan Julian betraf, hatte Cordelia zweifellos recht. Daß sie nicht gesagt hatte, wo sie in der Nacht, in der Allison starb, gewesen war, deutete darauf, daß sie etwas zu verbergen hatte. Aber was? Zu viele Fragen und zu wenige gute Antworten. Vielleicht würde sie heute abend aus Allisons Tagebuch etwas erfahren. Was sie bisher gelesen hatte, war nichts wirklich Neues gewesen.

Jane war müde. Als sie in ihre Einfahrt fuhr, merkte sie nicht einmal, daß schon wieder ihr Schlafzimmerfenster erleuchtet war.

Sie öffnete die Wagentür, beide Hunde sprangen auf den Vordersitz und krabbelten über sie hinweg nach draußen. Sie öffnete das Tor und ließ sie in den Garten, wo sie ihr Abendgeschäft erledigten. Dann ging sie durch den Hintereingang in die Küche und schaltete das Deckenlicht ein. Im Haus war es kalt. Hoffentlich war der alten Heizung im Keller nichts passiert. Bis zum Morgen würde die Temperatur unter Null fallen.

Sie sah aus dem Küchenfenster, ob die Hunde bald fertig wären. Bean suchte bei der Garage nach dem richtigen Platz. Gulliver war nirgends zu sehen. Sie ging ins Eßzimmer. Hier war es noch kälter. Irgend etwas stimmte nicht. Sie näherte sich dem Erkerfenster, unter ihrem Fuß knirschte es. Glas! Das Fenster war eingeschlagen worden! Ein kalter Schauer überlief sie. Sie drehte sich um und sah die Treppe hoch. In ihrem Schlafzimmer brannte Licht! Sie hörte ein Dielenbrett knacken. Wer immer ins Haus eingebrochen war, war noch da. Sie schlich in die Küche zurück zum Telefon und wählte die Nummer 911.

„Hallo", flüsterte sie und hoffte, die Hunde würden sie nicht durch Bellen verraten. „Meine Adresse ist 4532 Bridwell Lane. Bei mir ist eingebrochen worden. Ich bin eben nach Hause gekommen und fand überall Glas. Ich kann hören, daß oben jemand herumgeht."

„Ok", sagte eine kräftige Frauenstimme. „Verlassen Sie sofort das Haus. Ich schicke einen Streifenwagen vorbei."

Jane ging rückwärts aus der Hintertür. Die kalte Nachtluft und ihre Furcht hüllten sie ein. Sie bedeutete den Hunden, zu ihr zu kommen. Bean gehorchte, Gulliver untersuchte weiter die Büsche unter dem Erkerfenster.

„Komm her, Gulliver", zischte sie. „Komm sofort hierher." Gulliver hob seinen kleinen Kopf. Er lauschte auf etwas. Sie nahm Bean hoch und ging zu ihm. In dem Moment begann er zu bellen. Bean sprang von ihrem Arm, und die beiden verschwanden auf der Nordseite des Hauses. Unter ihrem Schlafzimmerfenster lag ein hoher Schneehaufen. Jane stapfte durch den Schnee und fand die beiden hysterisch kläffend am Zaun. Sie sah hoch. Von ihrem Fenster sprang eine dunkle Gestalt in den Schneehaufen und rannte davon. Scheinwerfer flammten auf.

„Er ist gerade aus meinem Schlafzimmerfenster gesprungen", rief sie und zeigte in die Richtung, in der die Gestalt verschwunden war. Einer der Polizisten sprang über den Zaun und lief zum Nachbarhaus. Der andere leuchtete ihr mit der Taschenlampe ins Gesicht und stellte sich als Sergeant Kirkanen vor.

„Entschuldigung" sagte er und senkte die Taschenlampe. „Haben Sie 911 angerufen?"

„Ja." Jane versuchte das Zittern zu unterdrücken.

„Warten Sie einen Augenblick hier. Ich gehe hinein und sehe nach."

Jane nickte. Die beiden Hunde stürmten herbei, Jane bückte sich und fing sie auf.

Der Sergeant betrat das Haus durch die Hintertür, gleich darauf gingen alle Lichter an, angefangen im Keller. Sie wartete und hielt die Hunde fest. Sie zitterte, nicht vor Kälte, sondern vor Angst.

„Sie können hereinkommen", rief der Sergeant aus der Vordertür und winkte ihr zu. „Sie sind verschwunden. Ich habe alles durchsucht. Schauen wir nach, was fehlt", fügte er nüchtern hinzu.

„So etwas kommt wahrscheinlich alle Tage vor", sagte Jane und blickte auf den Revolver an seiner Hüfte.

„Jedenfalls ziemlich häufig. Unten scheint alles an seinem Platz. Das heißt nicht, daß nichts fehlt. Aber wir sollten mit Ihrem Schlafzimmer anfangen. Da sieht es ziemlich schlimm aus."

Jane stieg die Treppe hoch und kam sich im eigenen Haus wie eine Fremde vor. Nichts war wie sonst. In ihrem Schlafzimmer roch es nach dem Schweiß des Einbrechers. Der Inhalt des Schranks und der Kommode waren auf dem Boden verstreut. Es sah aus, als habe jemand alles durchwühlt, aber auf den ersten Blick schien nichts zu fehlen.

„Sehen Sie nach Ihrem Schmuck, Miss. Danach suchen sie meistens."

Die Schmuckschatulle war im Nachtschränkchen. Sie setzte sich aufs Bett und öffnete die zweite Schublade. „Es scheint alles da zu sein." Sie berührte Christines Rubinring, zog die obere Schublade auf und hielt den Atem an.

„Etwas nicht in Ordnung?" fragte der Sergeant und kam herbei.

„Mein Tagebuch." Sie sah auf. „Und das Tagebuch einer Freundin. Beide sind verschwunden." Die Farbe wich aus ihrem Gesicht.

Sergeant Kirkanen schrieb etwas in sein Notizbuch. „Sonst noch etwas?"

Jane blickte auf das Durcheinander. „Nicht daß ich wüßte." Die beiden Hunde sprangen aufs Bett und drückten sich an sie.

„Haben Sie eine Ahnung, warum jemand die Tagebücher stehlen sollte?"

Jane schüttelte den Kopf.

„Sie sollten sich noch einmal überall genau umsehen, aber in Fällen wie diesem suchen sie meist etwas Bestimmtes."

Jane nickte und fragte sich, was er wohl meinte mit *in Fällen wie diesem.*

„Wohnen Sie allein hier?"

„Allein? Ja."

Der zweite Polizist kam außer Atem zurück. Er stellte sich als Streifenpolizist Maki vor. Die Hunde knurrten leise. „Er ist entwischt. Ich habe ihn nicht gesehen. Aber dies habe ich auf der Straße gefunden." Er hielt eine Skibrille hoch. Die braungoldene Umrandung wies unmißverständlich die Zeichen der Universität von Minnesota auf. „Kennen Sie die?"

„Nein", sagte sie matt. „Ich habe sie noch nie gesehen."

„Waren Sie heute abend aus?" fragte der Sergeant.

„Ja. Ich war auf einer Party."

„Möglicherweise hat der, der hier eingebrochen ist, Ihr Haus beobachtet. Hatten Sie die Hunde mit?"

„Ja."

„Das war wohl auch gut so. Sonst wären sie vielleicht verletzt worden. Jemand hat diese Tagebücher sehr dringend haben wollen."

Jane drückte Bean und Gulliver an sich. Ihre Blicke wanderten zwischen den Revolvern der beiden Polizisten hin und her. Irgendwie wirkten sie in ihrem Schlafzimmer obszön.

„Wir werden einen Bericht machen müssen", sagte Sergeant Kirkanen. „Morgen schicken wir jemand, um Fingerabdrücke zu nehmen, falls welche da sind. Ich vermute nein. Ich schlage vor, Sie nageln irgend etwas vor das Loch im Fenster und übernachten bei Bekannten. Aufräumen können Sie auch morgen noch. Bei Tag sehen die Dinge weniger furchterregend aus."

„Ja." Jane war wie betäubt. „Ich werde meinen Bruder anrufen. Danke."

„Alles in Ordnung, Miss?"

Jane stand vom Bett auf. „Ich bin nur etwas verstört."

„Bringen Sie sich morgen, wenn Sie zurückkommen, jemand mit. Es macht die Dinge leichter."

„Danke", sagte Jane.

Sie folgte den Beamten nach unten ins Eßzimmer. „Sie haben ein besonders schönes Erkerfenster. Es erinnert mich an das Haus meiner Großeltern in Duluth."

„Der beste Weg, um ungesehen ins Haus einzubrechen", sagte Streifenpolizist Maki. „Als ich draußen war, hab' ich mir alles angesehen. Ich hätte auch das Fenster genommen."

„Sie sollten Gitter davor machen", sagte der Sergeant.

Gitter? dachte Jane und schüttelte sich bei dem Gedanken.

Die Polizisten verabschiedeten sich. „Tun Sie sich einen Gefallen", sagte Sergeant Kirkanen als letztes. „Bleiben Sie heute nacht nicht hier."

„Nein", sagte Jane leise. „Das werde ich nicht."

Die beiden gingen zu ihrem Streifenwagen. Jane schloß die Tür hinter ihnen und setzte sich an den Küchentisch. Sie zitterte immer noch. Christine, dachte sie, ich brauche dich.

15

Mittwoch, es war der Tag vor Thanksgiving, saß Maggie in der Bibliothek und kritzelte in ihren Notizen zu einer Seminarabschlußarbeit in Vor- und Frühgeschichte. Wenn ich mich noch eine halbe Stunde konzentriere, dachte sie hungrig, steht das Essen auf dem Tisch, wenn ich nach Hause komme. Ihr Magen knurrte erbärmlich und so laut, daß eine junge Frau in ihrer Nähe aufsah und lächelte. Maggie wußte nicht, was schlimmer war: ihr Hunger oder ihre Langeweile. Vor- und Frühgeschichte lag ihr nicht. Alle Semester wieder kostete es sie große Mühe, sich auf Themen wie *Der Aufstieg Mesopotamiens* oder *Das Reich Suppilulumias* einzulassen. An diesem Nachmittag wanderte sie von der Herrschaft Shalmanezers III. zu Sargon II. Sie fand es so spannend wie das Etikett auf einer Flasche Haarwaschmittel. In der letzten halben Stunde hatte ihr Gekritzel geradezu epische Ausmaße angenommen. Phantastisch. Eines ihrer besten Männchen war entstanden. Sie konnte es sich gut gerahmt über ihrem Bett vorstellen, als ständigen Hinweis auf ihre Versuche, sich mit etwas endgültig Abgestorbenem zu beschäftigen, während das Leben an ihr vorbeirauschte und eigentlich alle Aufmerksamkeit verdiente. Abgesehen davon: Welche Eltern nannten ihr Baby schon Shalmanezer?

„Entschuldigen Sie, Miss“, sagte eine Stimme hinter ihr. Ein schlaksiger junger Mann hielt ihr ein Stück Papier hin. „Ein Mädchen hat mich in der Halle gebeten, Ihnen dies zu geben.“ Er nickte in Richtung Eingang. Maggie nahm das Papier, auf dem ihr Name stand und der Zusatz *privat*.

„Danke“, sagte sie, aber er war schon verschwunden. Sie faltete das Papier auseinander und las: *Maggie, ich bin verzweifelt. Könntest du mich im Magazin C treffen? An der*

Ostecke. Ich warte auf dich. Achte darauf, daß niemand dir folgt. Bitte komm. Brook Solomon.

Maggie verdrehte den Hals, um in die Vorhalle zu sehen. Das war alles sehr merkwürdig. Vielleicht hatte Brook beschlossen, ihr mitzuteilen, was sie so über alle Maßen verstört hatte, aber warum die ganze Geheimnistuerei? Nun, dachte Maggie, alles ist besser als das alte Mesopotamien. Sie ergriff ihren Schreibblock und ging zum Fahrstuhl. Der junge Mann, der ihr den Zettel gebracht hatte, saß an einem Tisch in ein Buch vertieft. Er sah nicht aus, als malte er Männchen. Er sah aus wie jemand, der in eine Bibliothek floh und nicht aus ihr.

Auf der C-Ebene stieg sie aus und sah sich Reihen um Reihen verstaubter Magazinregale gegenüber. Die Luft roch scharf und abgestanden. Der Raum, eigentlich mehr eine Gruft, war beängstigend still. Im letzten Jahr war sie mit einem Jungen gegangen, der damit angab, wie oft er schon in den Magazinen geschlafen hatte. Sie versuchte ihn sich schnarchend auf dem Holzfußboden vorzustellen.

Sie ging durch den Raum nach hinten und wandte sich nach Osten. Irgendwo hinter ihr knackten die Dielen. Sie war also nicht allein hier. Langsam drehte sie sich um und erwartete Brook zu sehen. Niemand war da. Sie ging ein paar Schritte in eine der engen Regalreihen und hörte es wieder knacken. „Brook, bist du es?“ Ihre Stimme durchschnitt die Luft wie eine Rasierklinge.

„Hier“, flüsterte jemand. Maggie ging dem Geräusch nach. Da, in etwa drei Meter Entfernung, spähte Brook hinter einer überdimensionalen Leiter hervor.

„Hast du die Bohlen knacken lassen?“ Maggie war irgendwie wütend. „Du hast mir Angst gemacht.“

„Ich wollte sicher gehen, daß niemand dir folgt.“

„Wer sollte mir folgen?“ Maggie versuchte ihren Ärger zu unterdrücken, aber für einen leeren Magen war dieses Mantel-und-Degen-Theater entschieden zuviel.

Brook legte den Finger auf den Mund und winkte Maggie, ihr zu folgen. Schweigend gingen sie zum Fahrstuhl zurück, und Brook stellte sich so, daß sie die Treppe und den Fahrstuhl im Blickfeld hatte. „Ich wollte, daß wir allein sind." Im Neonlicht sah sie sehr müde aus.

„Was soll das alles? Warum dies Versteckspiel?"

Brook spielte mit dem Reißverschluß ihrer Jacke. „Jetzt, wo du da bist, fange ich an nervös zu werden. Ich habe das Ganze tausendmal durchdacht."

„Fang einfach am Anfang an", sagte Maggie.

„Der Anfang?" Ihre Stimme war flach und ausdrucklos. „Ok. Der Anfang." Sie holte tief Luft. „Letztes Jahr, mein letztes Jahr auf der Highschool, habe ich eine Riesendummheit gemacht. Etwas, das ich für den Rest meines Lebens bereuen werde." Sie verstummte, nahm die Pelzkappe ab und schüttelte ihre Haare. „Da gab es einen Lehrer. Er hieß Mr. Van Horne. Er unterrichtete Englisch, und ich war im zweiten Trimester in seiner Klasse. Wenn ich heute zurückschaue, kann ich nicht glauben, wie unglaublich naiv ich war. Ich verknallte mich schrecklich in ihn. Alle meine Freunde bemerkten es, also muß er's wohl auch bemerkt haben. Er war um die Fünfzig, geschieden und wahnsinnig sexy. Fand ich jedenfalls. Eines Nachmittags letzten Winter ging ich nach Schulschluß in sein Zimmer. Ich wollte eine Aufgabe mit ihm besprechen, die er uns gegeben hatte. Ich hatte Probleme damit und dachte, er könnte mir helfen." Wütend schüttelte sie den Kopf. „Siehst du? Siehst du, daß ich mir immer noch selbst was vorlüge? Ich ging zu ihm, weil ich ihn sehen wollte. Er wischte die Tafel ab, als ich hereinkam, also nahm ich den Schwamm und half ihm. Wir redeten über eine Party, die er abends gab. Ich weiß noch, wie ich die Luft anhielt. Wenn er davon anfing, bedeutete das vielleicht, daß er mich einladen wollte. Ich meine, ich erwartete das nicht wirklich, aber dann kam er näher – er hat mich nicht angefaßt oder so – und lud mich ein. Ich konnte es kaum glauben.

Ich ging hin. Ich ging noch zu vielen Partys bei ihm. Er faßte mich nie an, obwohl ich immer spürte, daß das irgendwann kommen würde. Er kam mir einfach sehr nahe. Heute denke ich, er hat einfach seine Macht genossen. Er hat mit mir gespielt. Auf den Partys war immer ein Mann dabei, der Tim

Newman hieß. Er war jünger, vielleicht Anfang dreißig, und er besaß ein schönes Haus am Lake Minnetonka. Ich kann kaum glauben, daß ich so einfältig war, weißt du, aber ich dachte, ich hätte alles im Griff. Ich unterhielt mich gern mit den Leuten und hielt mich für ziemlich clever. Zu der Zeit glaubte ich noch, die Menschen seien im Prinzip gut. Das hat sich geändert. Gott, war ich naiv." Sie setzte sich auf die Treppe. Maggie folgte ihr.

„Dieser Tim war ein aalglatter Typ. Damals habe ich das nicht so gesehen, ich hielt ihn einfach für nett. Auf den Partys gab es immer Drogen, aber ich habe nie welche genommen. Darauf war ich sehr stolz. Dafür trank ich 'ne Menge. Ich dachte, das sei etwas ganz anderes. Jedenfalls, Tim sagte, er bewundere es, daß ich nicht wie die anderen in die Drogenszene geriet. Ich mochte ihn. Nicht so wie Mr. Van Horne. Ich hielt Tim für einen Freund. Er lud mich ein paarmal zu Partys bei ihm da draußen ein. Es ging etwas wilder zu als bei Mr. Van Horne, aber niemand zwang mich zu etwas. Ich fühlte mich sehr sicher. Obwohl da viele ältere Männer waren.

An einem Freitag abend, es muß Ende März gewesen sein, rief Tim mich zu Hause an. Das hatte er noch nie getan. Er fragte, ob ich ihn besuchen und ein paar Filme anschauen wollte. Das hatten wir vorher auch schon getan. Er hatte so einen riesigen Fernseher. Ich langweilte mich an dem Abend, also sagte ich Ja. Ich sei in einer Stunde da. Meinen Eltern log ich irgendwas vor, darin war ich ziemlich geübt. Ich fühlte mich schlecht dabei, denn sie vertrauten mir, aber wenn ich ihnen die Wahrheit gesagt hätte, hätten sie mich nicht gehen lassen. Als ich bei Tim ankam, erwartete ich, auch noch andere zu treffen. Aber da waren nur Tim und ein Typ, den ich vorher noch nie gesehen hatte. Er war ungefähr in meinem Alter. Je länger ich mit ihm redete, um so mehr bekam ich eine Gänsehaut. Wahrscheinlich weil er mich so merkwürdig ansah. Tim bot mir Wein an. Ich weiß noch, daß ich mich nach ein paar Schlucken ganz komisch fühlte, und dann wachte ich in einem riesigen Bett auf. Alles tat mir weh, und überall hatte ich Kratzer, bloß im Gesicht nicht. Ich fühlte mich zerschlagen. Ich *war* zerschlagen! Und dazu diese Kopfschmerzen! Tim stand am Bett, hinter einer Videokamera auf einem Stativ. Die hatte er früher bei Partys schon öfter benutzt. Der andere Typ war weg.

Ich begann zu weinen, und Tim setzte sich neben mich aufs Bett. Er sah mich nur an, ohne jede Regung. Daran erinnere ich mich noch. Er deckte mich nicht einmal zu – ich war nackt – oder versuchte mich zu trösten oder irgend etwas. Schließlich sagte er: *Du hältst besser die Schnauze, sonst stopfe ich dir das Maul, kleine Schlampe.* Er sagte es ganz gefühllos. Aus irgendeinem Grund wirkte es noch bedrohlicher. Zum erstenmal fürchtete ich mich vor ihm."

„Wir machen alle mal Fehler", sagte Maggie. „Es ist schon in Ordnung."

„Nein! Es ist nicht in Ordnung!" schrie Brook. Sie sprang auf und warf sich gegen die Stahltür des Fahrstuhls. „Es kommt nie wieder in Ordnung! Begreifst du nicht? Tim tat das für Geld. Er verkaufte diese niedlichen Videos im ganzen Land. Nicht nur, daß ich vergewaltigt und geschlagen worden war, das alles war auch noch auf Band für irgendwelche Kerle, die Lust haben, sich mit einer netten sexuellen Brutalität aus zweiter Hand zu befriedigen. Er sagte, wenn ich davon irgend jemandem etwas erzählte, würde er meinen Eltern eine Kopie schikken. Und meinem Bruder, von dem er wußte, daß er Pfarrer in Boston ist. Und, natürlich, an Mr. Van Horne. An den als ersten. Er warf mir meine Kleider zu und befahl, ich sollte mich anziehen. Dann zwang er mich, eine Pille zu schlucken, damit ich nicht schwanger werde. Und dann bedrohte er mich wieder, sagte, er würde mich töten, wenn ich zur Polizei ginge. Er meinte, was er sagte.

Der Rest des Jahres war ein einziger Alptraum. Ich mußte meine Abschlußarbeiten fertigkriegen, sonst hätten ja alle gemerkt, daß etwas nicht in Ordnung ist. Abends vor dem Spiegel übte ich, zu lächeln und fröhlich zu gucken. Ich glaube, außer meiner Mutter hat niemand etwas gemerkt. Ich trank viel, was zu einigen schrecklichen Situationen führte. Ich hatte nicht die geringste Selbstachtung mehr und schlief mit jedem

Typ, der es wollte. Ich fühlte mich wie eine Nutte, also benahm ich mich auch so. In wenigen Monaten hatte ich einen entsprechenden Ruf. Und jemand – das fand ich erst später heraus – hatte eine Kopie von dem Video gekauft und zeigte sie herum. Die Leute wußten es also! Den größten Teil des Sommers verbrachte ich damit, alle Kopien, die ich auftreiben konnte, zu kaufen oder zu klauen. Es war so entwürdigend. Sie lagen ja *unter* dem Ladentisch, und du mußtest gezielt danach fragen. Ich war die sechste Folge in einer Reihe mit dem Titel *Läufige Hündinnen.*"

Brook lehnte den Kopf gegen die Fahrstuhltür. „Und ich schwor mir, an der Uni ganz neu anzufangen. Mit neuen Freunden und der Studentinnenverbindung als Platz zum Leben. Und keinen Kontakt mit irgend jemand von meiner alten Schule. Und dann rannte ich in Elliot Kratager, den ihr als Aushilfskellner engagiert habt. Mr. Makellos. Er war im vergangenen Jahr an meiner Schule der Vorsitzende der Schülervertretung. Als ich ihn sah, bin ich fast ausgerastet. Er mußte von dem Video wissen, und über kurz oder lang würde es erst das Heim und dann die ganze Uni wissen. Er benahm sich ziemlich affig. Und immer wenn ich ihn mit jemandem reden sah, malte ich mir aus, daß er über mich redete. Aber als ich dann zur Anwärterin für Kappa Alpha Sigma ausgewählt wurde, glaubte ich, ich hätte es überstanden. Vielleicht hatte er doch nichts gesagt. Oder noch besser: Vielleicht wußte er gar nichts. Ally war eine so gute Freundin und hatte sich so bemüht, mich in die Verbindung und ins Studentinnenheim zu bringen. Ich durfte sie nicht enttäuschen. Und dann, ich war gerade eine Woche zuvor eingezogen, fing der Alptraum von vorne an. Ich fand einen Brief in meinem Kasten. Den genauen Text weiß ich nicht mehr, aber es lief darauf hinaus, daß ich Geld – ungefähr dreihundert Dollar – unter einen Ziegelstein hinterm Haus legen sollte, dann bräuchte niemand etwas von meiner Vergangenheit zu erfahren. Ich war ihr also doch nicht entkommen."

Maggie wünschte sich, sie könnte es ihr erleichtern. Aber wie? Sie stand auf.

„Nein", sagte Brook schnell, „ich muß es hinter mich bringen." Sie setzte sich auf die Stufen. „Ich hatte nicht viel Geld, meine Eltern sind nicht vermögend wie die einiger der anderen Studentinnen. Für die häufigen Krankheiten meiner Mutter sind ihre Ersparnisse draufgegangen. Ich mußte mich sehr einschränken. Die dreihundert Dollar waren mein Büchergeld. Ich legte sie wie verlangt unter den Stein, und am nächsten Tag redete ich mit Elliot. Ich mußte wissen, ob er mich für den Rest meines Lebens erpressen wollte. Erst reagierte er ziemlich rotzig. Natürlich wisse er Bescheid, aber er habe nie die Absicht gehabt, mich zu erpressen. Er wirkte sogar irritiert, daß ich ihm das zugetraut hatte. Ich hab' ihm geglaubt. Über den Brief sagte ich nichts. Nachdem wir das aus dem Weg geräumt hatten, saßen wir eine ganze Weile und unterhielten uns. Und irgend etwas von dem, was ich sagte, muß ihn beeindruckt haben, denn von da an war er sehr nett zu mir. Häufig, wenn er mit dem Abwasch fertig war, saßen wir noch zusammen. Und er bestand darauf, daß wir gemeinsam zum Gottesdienst für Ally gingen. Ich glaube, die meisten hielten uns schon für ein Paar. Das stimmt nicht. Er war sehr anständig."

Maggie schüttelte den Kopf. „Das klingt alles ja sehr seltsam. Ich verstehe langsam, warum du so distanziert gewirkt hast."

„Das ist noch nicht alles." Brook sah nervös die Treppe hoch. „Ungefähr eine Woche nach dem ersten bekam ich einen zweiten Brief, er enthielt die gleichen verrückten Sachen, und diesmal ging es um vierhundert Dollar. Und um ein neues Versteck. Das Problem war nur: Ich hatte keine vierhundert Dollar und nicht die leiseste Ahnung, woher ich sie bekommen könnte." Sie rang die Hände. „*Ich* habe die Kamera samt Zubehör aus der Garderobe gestohlen. Ich brachte sie zu einem Pfandleiher in der Cedar Avenue und bekam etwas mehr als vierhundert Dollar dafür. Ich weiß, sie ist mindestens das Doppelte wert. Ich habe die Quittung noch, vielleicht kann ich sie ja wieder auslösen. Ich bezahlte den Erpresser und hoffte, es sei nun beendet. Irgendwie war mir klar, daß es das nicht war.

Ein paar Wochen später kam der nächste Brief. Darin stand

etwas wie, meine Reue sei nicht wirklich. Was zum Teufel bedeutete das? Ich hatte eine Woche, um das Geld zu besorgen. Du kannst dir meine Verzweiflung nicht vorstellen. In meinem ganzen Leben hatte ich noch nie etwas weggenommen. Dann sah ich Lilly Sandvic mit dem Smaragdanhänger, den ihre Eltern ihr zum Geburtstag geschenkt hatten. Er war sehr wertvoll, das sah ich. Ich fühlte mich sehr schlecht dabei, aber am nächsten Abend, als alle beim Essen waren, schlüpfte ich in ihr Zimmer. Ich wußte, wo sie ihren Schmuck aufbewahrte. Für den Anhänger bekam ich fast sechshundert Dollar und zahlte den Erpresser aus. Die übrigen zweihundert versteckte ich unter meiner Matraze. Für den Notfall. Aber es gab keine weiteren Briefe, bis jetzt zum Semesterbeginn. Jemand schob einen Zettel unter meiner Tür durch, als ich nicht da war. Diesmal wollten sie fünfhundert Dollar. Ich drehte fast durch. Ich wußte nicht, was ich machen sollte. Wieder stehlen ging nicht, aber wie sollte ich sonst an Geld kommen? Wenn ich jemandem etwas sagte, würde alles herauskommen. Es wäre der Tod meiner Mutter. Sie lag schon wieder im Krankenhaus. Ich vertraute Elliot zwar, aber nicht genug, um ihm alles zu sagen. Allison merkte, daß etwas gar nicht in Ordnung war. Sie sprach mich darauf an, aber was hätte ich ihr sagen sollen? Bei der großen Semesteranfangsparty bei Sigma Nu war ich zwar, bin aber gleich wieder gegangen. Ich rannte zum Studentinnenheim und ging sofort in den Keller zum Zeremonienraum. Ich schäme mich, Maggie, aber ich war es, die am Abend zuvor deine Schlüssel gestohlen hat. Du hattest sie neben deinen Büchern liegengelassen, als du telefonieren warst. Jedenfalls hast du nicht gemerkt, daß sie weg waren."

Maggie lächelte gequält.

„Ich wußte, daß es im Zeremonienraum eine Kassette mit Geld gab, aber sie war so gut versteckt und ich in solcher Panik, daß ich beim Suchen alles in Unordnung brachte. Als ich sie endlich gefunden hatte, brach ich sie mit einem Schraubenzieher auf. Gerade als ich das Geld zählen wollte, hörte ich hinter mir eine Stimme sagen: Was ist hier los? Ich drehte mich um, es war Allison. Sie wirkte eher überrascht als wütend. Ich begann zu weinen und konnte überhaupt nicht mehr aufhören. Ally kam herein und machte die Tür zu. Sie nahm mich in den Arm. In dem Augenblick kam alles wieder in mir hoch, das im letzten Jahr passiert war. Mein Körper tat weh wie in der Nacht, als ich in dem Bett dieses schrecklichen Mannes aufgewacht war. Ich weinte wie ein kleines Kind. Schließlich setzten wir uns auf die Truhe, und ich erzählte ihr alles. Es strömte einfach aus mir heraus. Danach fühlte ich mich ganz leer. Ganz ohne Gefühl. Ally dachte nach, und dann sagte sie, ich solle in mein Zimmer gehen und versuchen zu schlafen. Sie würde sich um alles kümmern. Ich mußte ihr versprechen, einen Anwalt aufzusuchen. Ich wußte, daß sie recht hatte. Ich weiß nicht, wie ich das beschreiben soll, aber zum erstenmal seit langer Zeit hatte ich Vertrauen zu jemand. Es war, als hätte sie mir das Leben geschenkt. Ich glaubte fest, daß sie alles in Ordnung bringen könnte.

Ich schlief fest bis zum Vormittag. Zum erstenmal seit Monaten hatte ich das Gefühl, ausgeruht zu sein. Die schreckliche Unruhe, mit der ich so lange gelebt hatte, war vorbei. Ich zog mich an, ging nach unten, und das erste, was ich hörte, war: Ally ist tot. Selbstmord. Wie ich wieder in mein Zimmer gekommen bin, weiß ich nicht mehr. Ich weiß nur, daß ich auf meinem Bett saß und auf eine Packung Schlaftabletten starrte, die meine Mutter mir im letzten Sommer gegeben hatte. Lange Zeit saß ich so da und wußte, ich hatte die Macht, Schluß zu machen – wenn ich es nur wollte. Während ich so über meinen Tod meditierte, klopfte es an die Tür. Carolyn Harris wollte mir die Nachricht des Tages überbringen. Ob ich es schon gehört hätte? Allison wäre schwul gewesen, eine Lesbe. Sie hätte mit einer Frau zusammenziehen und wie Mann und Frau – oder Frau und Frau – zusammenleben wollen. War das nicht was? Allison eine Perverse? Was für ein Witz. Ich begann zu lachen und konnte überhaupt nicht mehr aufhören. Ich glaube, ich war übergeschnappt. Hysterisch. Mrs. Holms kam und fragte, ob jemand meine Eltern benachrichtigen solle. Das brachte mich in die Realität zurück. Ich sagte: Auf keinen Fall! Sie sollten mein Zimmer verlassen. Als sie fort waren, packte ich die Schlaftabletten weg. Es war schon lustig. Ich war pervers, und jetzt sagten die anderen, Allison war's auch. Die Welt war bis zum Stehkragen voller Perverser. Ein ekelhaftes Gefühl." Brook lachte, ein trauriges Lachen. „Ich nahm den silbernen Leuchter aus dem Schrank im Speisesaal. Niemand hat bisher bemerkt, daß er fehlt. Für dreihundert Dollar habe ich ihn versetzt. Zusammen mit den zweihundert unter meiner Matraze reichte das. Seit Allys Tod kam kein Erpressungsbrief mehr. Bis gestern abend.

Als ich gestern nach Hause kam, sah ich, daß etwas auf den Spiegel an der Innentür meines Zimmer geschrieben war. Mit meinem Lippenstift. Sie verlangen zweihundert Dollar, und wieder habe ich die nicht. Den Gedanken, noch einmal stehlen zu müssen, ertrage ich nicht. Ich holte die Schlaftabletten wieder hervor, aber seltsamerweise weiß ich, daß ich sie nicht benutzen werde." Sie sah Maggie scharf an. „Kannst du mir helfen? Ich muß herausfinden, wer diese Briefe schreibt, und sie irgendwie zum Aufhören bringen. Sie werden nicht aufhören, wenn ich nicht etwas unternehme. Zuerst habe ich geglaubt, was alle über Allys Tod sagten. Jetzt bin ich mir nicht mehr so sicher. Ich glaube, sie wußte, wer die Briefe geschrieben hat. Ich glaube, sie wollte mir helfen und ist deshalb getötet worden. Und ich habe schreckliche Angst, daß jetzt, nachdem ich dir alles erzählt habe, du an der Reihe bist." Sie griff nach Maggies Hand. „Wenn dir etwas zustößt, weiß ich nicht, was ich tun werde."

„Mir wird nichts zustoßen", sagte Maggie tröstend. „Hab' keine Angst."

„Aber ich habe Angst. Ich habe Angst, daß auch Elliot etwas zustößt, weil er soviel über mich weiß." Sie zog ihre Hand zurück und rieb sich den Nacken.

„Weiß er von der Erpressung?"

„Nein. Davon habe ich ihm nie etwas erzählt. Diesmal habe ich mehrere Wochen Zeit, um das Geld aufzutreiben. Ich bin ziemlich sicher, Ally hat sich an dem Abend mit dem Erpresser getroffen. Sie hat ihm gesagt, daß ich kein Geld habe. Daß ich stehlen mußte, um an Geld zu kommen. Auf dem Spiegel stand extra, daß ich *nicht stehlen* solle. Wie konnten sie davon wissen, wenn nicht Allison es ihnen gesagt hat? Und sie konnte es ihnen nur an dem Abend sagen, an dem sie starb. Fast bin ich soweit, daß mir egal ist, ob die Leute von dem Video erfahren, ausgenommen meine Mutter. Wirst du mir helfen? Du mußt versprechen, mit niemandem darüber zu reden." Ihre Augen baten flehentlich.

„Natürlich helfe ich", sagte Maggie sanft. „Unter einer Bedingung. Es gibt eine, der wir es sagen müssen, und ich mache nicht mit, wenn du nicht zustimmst."

„Wer?" Brook war auf der Hut.

„Jane Lawless. Du bist nicht die einzige, die den Verdacht hat, Allys Tod sei kein Selbstmord gewesen. Jane hat privat ein paar Nachforschungen gemacht. Sie hat nie an Selbstmord geglaubt."

Brook wirkte ehrlich überrascht. „Das ist unglaublich. Ok", sagte sie zögernd. „Aber sonst niemand. Vor allem nicht Sigrid. Ich weiß, daß du mit ihr befreundet bist, aber ich mag sie nicht. Sie ist mir zu sarkastisch. Ich kann nicht einordnen, was sie sagt."

„Das tut mir ehrlich leid", sagte Maggie. „Sigrid ist eine bemerkenswerte Person, auf ihre Weise. Aber ich verspreche, ich werde ihr nichts sagen."

Sie standen auf und gingen zum Fahrstuhl. „Und was machen wir nun als erstes?" fragte Brook und drückte mit zitternder Hand auf den Abwärts-Knopf.

„Ich rufe Jane an. Sie wird mit dir reden wollen. Aber wahrscheinlich hat sie vor Thanksgiving keine Zeit mehr. Vielleicht Freitag." Die Fahrstuhltür öffnete sich knirschend, und sie stiegen ein.

„Ich bin morgen daheim. Mein Bruder kommt heute abend aus Boston. Wenn du mich brauchst, erreichst du mich da."

Maggie fand, daß der Fahrstuhl etwas zu schnell abwärts ging. Sie hatte die Fahrstühle in der Bibliothek noch nie leiden können. „Sigrid und ich sind bei Jane und ihrem Vater in St. Paul eingeladen. Genau gesagt hat ihr Bruder Peter uns deswegen angerufen. Ich glaube, er mag Sigrid."

Die Tür des Fahrstuhls ging auf, und sie betraten die überfüllte Halle. Maggie war froh, wieder festen Boden unter den Füßen zu haben. „Sag mir Bescheid, wenn Jane mich sprechen will", sagte Brook und sah sich verstohlen um. „Und vergiß nicht, was du versprochen hast. Kein Wort zu irgend jemand." Sie verschwand in der Menge.

Maggie sah auf die Uhr. Verdammt, schon fast sechs. Schon wieder hatte sie das Abendessen verpaßt und würde sich mit Popcorn zufriedengeben müssen. Nun, schlimmer als Adolphs Kochkünste war das auch nicht. Wahrscheinlich sogar nahrhafter.

Der Fußweg nach Hause gab Maggie Gelegenheit, ihre Gedanken zu ordnen. Sie schloß die Eingangstür auf, schüttelte den Schnee aus dem Haar und trat ins hell erleuchtete Foyer. Mitch und Elliot räumten gerade im Speisesaal die Tische ab. Sie betrat die Telefonkabine und schloß die Tür halb hinter sich. Jane war mit Sicherheit jetzt im Restaurant, also wählte sie die Nummer ihres Büros.

„Hallo", meldete sich eine Stimme.

„Jane, hier spricht Maggie."

„Oh, was für eine nette Überraschung. Ich dachte, erst morgen von dir zu hören. Du kommst doch zum Thanksgiving Dinner?"

„Natürlich. Ich freue mich schon."

„Sehr gut. Peter will dich und Sigrid gegen zwei abholen."

„Ich werde fertig sein. Der Grund meines Anrufs sind ein paar unglaubliche Neuigkeiten. Über Allison. Vor wenigen Minuten sprach ich mit Brook Solomon. Ich weiß, es klingt verrückt, aber offensichtlich wird sie erpreßt. Sie hat das Durcheinander im Zeremonienraum angerichtet. Ally hat sie dabei überrascht und verhindert, daß sie die Kasse an sich nahm. Es ist eine lange Geschichte, aber Brook hat Ally alles gesagt und hatte den Eindruck, daß Ally wußte, wer der Erpresser war. Sie glaubt, daß es einen Zusammenhang zwischen dieser Sache und Allys Tod gibt. Ich denke, wir müssen miteinander reden."

„Weshalb wurde sie erpreßt?" fragte Jane.

Maggie hörte Gelächter aus dem Speisesaal. Sie streckte die Hand aus, um die Tür zu schließen – da stand Mitchel Page und starrte sie an. Sie riß die Tür zu und blieb bewegungslos sitzen. Warum hatte sie nicht besser aufgepaßt?

„Maggie, was ist los? Bist du noch da?"

„Ja", flüsterte sie. „Mitchel Page ist draußen. Ich glaube, er hat gehört, was ich über Brook gesagt habe. Dabei sollte es niemand wissen. Jane, habe ich etwas Furchtbares getan?"

„Kann sein. Hör mir zu. Versuch ihn zu finden. Frag ihn, was er gehört hat. Es kann nicht schaden. Nach dem Abendessen sind doch noch genügend Leute da, deshalb glaube ich nicht, daß du in Gefahr bist. Finde heraus, was er zu sagen hat."

„Ok", sagte Maggie und raffte ihren ganzen Mut zusammen. „Ich mach's."

„Und ruf mich wieder an. Wenn ich in einer halben Stunde nichts von dir gehört habe, rufe ich die Polizei. Ohne Scherz – dies ist kein Spiel mehr. Bei mir ist am Wochenende eingebrochen worden. Sie haben Allys und mein Tagebuch gestohlen. Wer immer hinter all dem steckt, meint es ernst. Sei vorsichtig, Maggie. Und ruf an, sobald du mit ihm geredet hast."

„Geht schon in Ordnung", antwortete Maggie zuversichtlich. „Ich ruf' gleich zurück." Sie legte den Hörer auf und öffnete schwungvoll die Tür. Mitch war verschwunden. Sie ging in den Speisesaal und sah sich um. Auch dort schien er nicht zu sein. Sigrid winkte ihr zu. Maggie winkte zurück. Sie wollte erst in die Küche schauen. Mittwochs machte Adolph früher Schluß. Für gewöhnlich verschwand er gleich nach dem Abendessen, damit er rechtzeitig zu seiner Bibelstunde kam. Elliot und Mitch blieben, um aufzuräumen. Maggie betrat die Küche und war überrascht, wie wenig getan worden war. Niemand schien dazusein. Als sie wieder gehen wollte, hörte sie ein Stöhnen. Auf der Rückseite des Herdes lag Elliot auf dem Boden, gegen Adolphs Arbeitstisch gelehnt, und rieb sich das Kinn.

„Was ist passiert?" frage Maggie und half ihm hoch.

„Das Arschloch, das ihr hier als Oberkellner beschäftigt."

Elliot befühlte eine Beule an seinem Hinterkopf. „Ich sag' dir, das wird er büßen."

„Warum hat er dich angegriffen?" fragte Maggie ungläubig.

„Er kam rein und beschuldigte mich..." Elliot stoppte und befühlte mit der Zunge seine Zähne. Maggie fragte sich, ob er bloß überlegte, was er sagen sollte. „Beschuldigte mich einer verrückten Sache. Er hat seine Schwierigkeiten mit der Realität. Ich glaube, er hat mag lieber Comics."

Gerade wollte sie ihn fragen, was er damit meinte, als Sigrid hereingeschlendert kam. „Du lieber Himmel, Maggie, was für ein brutaler Managementstil. Ich glaube nicht, daß die Angestellten zu schlagen sie irgendwie motiviert."

„Was?" Maggie drehte sich zu ihr. „Ich habe ihn nicht geschlagen. Das war Mitch."

„Aha." Sigrid musterte eine Blutspur an Elliots linkem Nasenloch. „Mitch war's. Das hätte ich mir denken können. Ich nehme an, ganz ohne Provokation." Sie reichte Elliot ein Taschentuch.

„Ganz ohne." Elliot versuchte sein berühmtes, wenn auch leicht beschädigtes Lächeln.

„Soll ich die Polizei rufen?" fragte Maggie.

„Nein, nein", antwortete Elliot schnell. „Das regele ich allein."

„Ich wette, das wirst du." Sigrid untersuchte sein Kinn. „Kommt mir vor, daß Mitch mit dir auch noch nicht fertig ist."

„Die Polizei glaubt mir vielleicht nicht", sagte Elliot mit einem Blick auf Maggie. „Wem von uns beiden würdest du glauben?" Das ging an Sigrid.

„In deinem Fall, Elliot, würde ich nicht einmal einem Lügendetektor glauben." Sigrids Tonfall war nicht zu mißdeuten.

„Wenn du meinst, du seist in Ordnung, kann ich ja gehen", sagte Maggie. „Ich habe noch zu tun."

„Etwas, das ich wissen sollte?" Sigrid versuchte ihr den Ausgang zu verstellen.

„Eigentlich nicht. Peter Lawless holt uns morgen um zwei hier ab."

„Weiß ich", sagte Sigrid. „Ich habe vor dem Essen mit ihm telefoniert."

„Fein." Maggie sah auf Elliot, der immer noch das Taschentuch gegen seine blutende Nase drückte. „Mit Mitch rede ich gleich nach Thanksgiving." Sie nickte Elliot zu und ging zurück in den Speisesaal. Sigrid folgte ihr.

„Gehst du mit runter, Gladys besuchen?" fragte Sigrid und schenkte sich Kaffee ein. „Wußtest du, daß sie sich letztes Wochenende am Rücken verletzt hat? Sie sagte, sie hätte schlecht geträumt und sei aus dem Bett gefallen. Ich denke, wir sollten ihr einen kleinen Krankenbesuch abstatten."

„Das tut mir leid", sagte Maggie. Sie mußte sofort Jane anrufen. „Ich muß nur schnell telefonieren. Bin gleich wieder da."

Sigrid blickte skeptisch. „In Ordnung. Aber hilf mir, wenn sie wieder ununterbrochen von ihrer Tochter redet. Sie könnte stundenlang von ihr erzählen. Bleiben wir bei den einfachen Themen. Politik, Religion und so. Einverstanden?"

* * *

Selbst für Minnesota war dieses Jahr der Thanksgivingtag ungewöhnlich kalt. Am Nachmittag zeigte das Thermometer immer noch ein Grad unter Null. Eichhörnchen und Vögel kuschelten sich in den Wipfeln der Bäume zusammen. Der Duft von Holzfeuern und Truthahnbraten wappnete die Häuser gegen den scharfen Nachtwind. Ein Auto raste die Washington Avenue entlang, bog bei Seven Corners links ab in Richtung Tenth Avenue Bridge. Niemand sah, wie der Wagen kurz vor der Brücke wendete und langsam zum Fluß hinunterfuhr. Die Beifahrertür öffnete sich, und ein Körper fiel in die verschneite Dunkelheit, rollte einen Damm hinunter und blieb an einer großen Ulme hängen. Die Wagentür schloß sich wieder, der Wagen fuhr davon und ließ den Körper am Flußufer zurück. Schnee fiel auf Gesicht und Hände, Wimpern flatterten einen kurzen Augenblick, dann war die Welt wieder still.

Teil 3

Opfer

Das ist's, was der Herr geboten hat, daß ihr es tun sollt, so wird euch des Herrn Herrlichkeit erscheinen. 3. Mose, 9.6

16

„Was soll der Krach? Warum sorgt niemand dafür, daß die Scheiße aufhört?"

Jamie öffnete die Augen und versuchte vergeblich, den Blick zu konzentrieren. Sie machte die Augen wieder zu und drehte sich auf den Rücken. Das Geräusch war nun weniger ein hartes Pochen in ihrem Gehirn und mehr ein metallisches Tropfen. Mein Gott, dachte sie, der verdammte Wasserhahn. Sie lachte traurig und drückte einen Arm kräftig gegen die Augen. Einen Moment lang raffte sie all ihren Mut zusammen, bevor sie sie wieder öffnete. Diesmal schien der Raum sich nicht zu drehen, sondern auf und abzuspringen. Sie lag auf dem Fußboden im Badezimmer. Wie lange schon, verdammt nochmal? Der widerliche Geruch von Erbrochenem erfüllte den Raum. Sie faßte nach ihrem Kleid, es war feucht. Wann bin ich gestern abend nach Hause gekommen, dachte sie und erinnerte sich dunkel, daß gestern Thanksgiving gewesen war.

Sie lag zitternd auf den kalten Fliesen, und langsam kam die Erinnerung wieder. Seit Wochen hatten ihre Eltern das Essen geplant. Sie und Mitch waren gegen zwei Uhr nachmittags eingetroffen. Ihr Vater war in ungewöhnlich festlicher Stimmung gewesen. Er hatte ihnen einen Tom und Jerry angeboten. *Einen* Tom und Jerry. Verflucht soll er sein. Wahrscheinlich hatte er sich eine magische Formel ausgedacht. Wenn wir Klein-Jamie nur einen Drink geben, wird alles in Ordnung sein. Keine Szenen. Er hatte diesen einen Drink wohl gebraucht, um zu beweisen, daß alles normal sein könnte. Normal? Sie konnte sich nicht erinnern, was das heißen mochte. Sie rappelte sich mühsam auf und stolperte ins Wohnzimmer, in ihrem Kopf hämmerte es, und ihr Mund fühlte sich an, als hätte ihr jemand Hafermehl hineingestopft. Sie ging umher, schleuderte mit dem Fuß Kleider und Geschirr beiseite, bis sie ihre Uhr gefunden hatte. Es war fast sieben. Was war gestern abend passiert? Vorsichtig setzte sie sich auf die Couch und zündete sich eine Zigarette an.

Vor Wochen, nach diesem schrecklichen Semesteranfang, hatte sie Mitch versprochen, mit dem Trinken aufzuhören. Er hatte gesagt, er würde sich von ihr trennen, wenn sie nicht aufhörte. Er hatte recht, und sie wußte es. Obwohl sie sich in ihren lichteren Momenten fragte, ob ihre Probleme ihm nicht die perfekte Ausrede gaben, sie fallenzulassen, selbst wenn sie aufhörte. Er konnte immer behaupten, ihre Genesung sei nur vorübergehend. Vielleicht hatte er sogar recht. Trotzdem: Trinken war keine Sünde, stimmt's? Schon möglich, daß sie in letzter Zeit ein wenig die Kontrolle darüber verloren hatte, aber das konnte allen passieren, auch wenn sie nicht unter solchem Druck standen wie sie. Der eine Drink, den ihr Vater ihr gestern angeboten hatte, hatte ihr zum erstenmal nach Wochen Ruhe verschafft. Sie fühlte sich gelassen und beherrscht. Niemand nahm Notiz davon, als sie aufstand und sagte, sie müßte mal ins Badezimmer. Sie hatte sich an eine Flasche erinnert, die sie klugerweise schon vor Monaten in ihrem alten Zimmer versteckt hatte. Nach mehreren Ausflügen ins Badezimmer merkte sie, wie alle sie beobachteten. An einem bestimmten Punkt hatte Mitch begonnen, wütend zu gucken. Er war ihr ins Badezimmer gefolgt und hatte ihr eine Szene gemacht. Sie erinnerte sich, daß ihr Vater ihnen nachgekommen war und Mitch angeschrien hatte. Es war immer das gleiche. Er war wütend und machte Mitch für alles verantwortlich. Mitch hatte kein Wort gesagt und war einfach gegangen. Immer noch spürte sie die kalte Verzweiflung, die sie gepackt hatte, als er die Treppe hinunterging. Sie schrie und weinte und beschuldigte ihre Eltern, sich in ihr Leben einzumischen. Sie *batten* sich eingemischt. Gott, wie sie sie haßte! Ihr Vater hatte versucht, die Tür abzuschließen, aber irgendwie war sie aus dem Haus und zu ihrem Auto gelangt und davongefahren. Stundenlang war sie durch die Gegend gefahren und hatte Mitch gesucht. Schließlich hatte sie bei Ernies Bar angehalten. Sie erinnerte sich, daß sie einige Drinks bestellt hatte, einfach nur um sich zu beruhigen. Aber was war danach? Wie war sie nach Hause gekommen? Mitch mußte sehr sauer auf sie sein. Er war gestern so geistesabwesend gewesen. Was hatte er gesagt? Er werde mit jemand abrechnen? Oder hatte sie das geträumt? Vielleicht hatte er gesagt, er werde mit ihr abrechnen. In ihrem Kopf ging alles so durcheinander.

Sie drückte die Zigarette auf dem Couchtisch aus, legte sich auf die Couch und zog Arme und Beine an den Körper. Langsam, ganz langsam schaukelte sie hin und her, bis sie einschlief.

* * *

„Wie wär's, wenn Sie heute morgen ausnahmsweise mal die Eingangshalle bohnerten?" fragte Edith Holms und nippte vornehm an ihrer morgendlichen Tasse Tee. Sie lehnte sich gemütlich in dem alten Lehnstuhl zurück und sah zu, wie Gladys die Asche aus dem Kamin entfernte. „Eigentlich, Gladys, wollte ich ja nichts sagen, aber ich hatte den Eindruck, Sie machen das nur jeden zweiten Donnerstag. Ich kann mir nicht vorstellen, daß der Vorstand es gern hat, wie es hier aussieht." Der Tee wurde langsam kalt, was Edith jedesmal ärgerte. Sie sehnte sich nach einer Zeit zurück, in der den Bediensteten befohlen werden durfte, frischen Tee zu bringen und Toast und Marmelade, diese Eckpfeiler der Zivilisation.

„Ich mach' es, wenn ich es mache", antwortete Gladys kurz angebunden.

Edith ignorierte den beleidigenden Tonfall. „Mir scheint,

die Badezimmer im zweiten Stock könnten auch eine Extrabeachtung brauchen. Heute wäre ein guter Tag, das zu erledigen, ohne die Mädchen zu stören. Die meisten von ihnen sind noch bei ihren Eltern. Hatten Sie einen schönen Thanksgivingtag, meine Liebe?" Sie rückte ihr Kopftuch zurecht.

Gladys haßte dieses ekelhafte Tuch, das jede Woche gewechselt wurde. Es diente offensichtlich dazu, ihr Haar gegen die dreckige Hausarbeit zu schützen, zu der sie gezwungen war. Wie alle wußten, gehörte Teetrinken auch dazu. „Es war ein Klassetag, danke, Edith." Sie schüttelte die Couchkissen auf und fand bei der Gelegenheit eine leere Bierflasche.

„Ah", sagte Edith und nahm sie ihr aus der Hand. „Darüber werde ich mit Sigrid sprechen müssen."

Gladys holte den Staubsauger.

„Nun, wenn Sie das Ding unbedingt anstellen wollen", sagte Edith beleidigt, „werden wir unser Gespräch später fortsetzen."

Mit einem kleinen Triumphgefühl setzte Gladys den Staubsauger in Gang. Welches Gespräch, dachte sie und schob den Staubsauger auf Edith zu. Die stand auf, unendlich würdevoll, und verließ den Raum. Als sie in die Eingangshalle schwebte, besaß die Klingel die Kühnheit zu klingeln. Immer diese Störungen. Warum konnten die Mädchen nicht ihre Hausschlüssel mitnehmen, wenn sie ausgingen? Sie öffnete und war überrascht, draußen in der Kälte Kari stehen zu sehen. „Welch erfreuliche Überraschung, Kari. Kommen Sie herein." Sie trat beiseite. „Sie sehen aus, als seien Sie durchgefroren bis auf die Knochen. Wir werden Sie mit einem heißen Tee wieder auf die Beine bringen."

Kari trat ein, sie wirkte verlegen. „Es tut mir leid, aber ich mag keinen Tee, Mrs. Holms. Trotzdem vielen Dank."

„Gibt es etwas Bestimmtes, meine Liebe?" Sogar Edith fiel auf, daß Kari bedrückt schien.

„Nein", sagte sie und sah sich um. „Es ist nur seit langem das erstemal, daß ich wieder hier bin. Ich bin ausgetreten, wenn Sie sich erinnern." Sie strich sich das Haar zurück. „Ich bin mit Jo Jo Steadman verabredet. Wir wollen zusammen frühstücken gehen."

„Wie nett", sagte Edith. Jo Jo kam schon die Treppe herunter und stopfte sich dabei die Bluse in die Jeans. „Tut mir leid, bin zu spät, Kari", sagte sie. „Hallo, Mrs. Holms." Sie stürzte in die Garderobe und kam gleich darauf wieder, einen Arm in eine kurze Kamelhaarjacke gesteckt. Edith seufzte den Seufzer der Alten, die müde sind von der hoffnungslosen Energie der Jugend.

„Hatten Sie ein schönes Thanksgiving, Mrs. Holms", fragte Jo Jo.

„Es war sehr schön, meine Liebe, danke."

Wieder erklang die Türglocke und ließ Ediths Blutdruck um zehn Punkte ansteigen. Jo Jo öffnete die Tür. „Jane! Komm rein und schließ dich uns an."

„Schön, Kari, dich wiederzusehen." Jane stampfte den Schnee von den Stiefeln.

Kari brachte ein Nicken zustande.

„Wir wollen nämlich frühstücken gehen", sagte Jo Jo fröhlich. „Halt uns den Daumen. Immer wenn eine bei Rayburns was ißt, kommt sie mit einer Lebensmittelvergiftung zurück. Hoffentlich sind wir die Ausnahme, die die Regel bestätigt." Sie segelte davon, Kari folgte ihr wortlos.

Jane bemerkte, daß Edith ihren Aufzug kritisch musterte. Wahrscheinlich war sie der Ansicht, Leute über dreißig sollten keine Jeans mehr tragen. „Guten Morgen, Edith. Ich bin um zehn hier mit Maggie und Brook verabredet." Edith rückte ihr Kopftuch zurecht. Sie sieht damit aus wie ein Brötchen, dachte Jane. Vielleicht mußte der Toaster mal von Krümeln befreit werden.

„Das ist aber merkwürdig", sagte Edith. „Beide habe ich seit gestern nicht gesehen. Aber wenn sie sich verabredet haben, werden sie sicher gleich kommen."

Jane blickte von der Bierflasche, die Edith in der Hand hielt, zur Uhr über dem Telefon. Es war nach zehn. Adolph entfernte gerade den Speiseplan der letzten Woche und hängte den neuen an die Tafel. Durch Thanksgiving hatte sich sein Donnerstagsritual in dieser Woche um einen Tag verschoben. Jane ging zu ihm hinüber. Adolph nickte steif zur Begrüßung. Er hielt die Ankündigung der Bibelstunde in der nächsten Woche hoch und rückte sie gerade, bevor er den Reißzwecken hineindrückte. Jane sah ihm über die Schulter und las: *Die Offenbarung ist der Schlüssel! Haben Sie je gefragt, was die Bibel uns heute zu sagen hat? Hat die Heilige Schrift etwas mit Ihrem Leben zu tun? Die Offenbarung des Johannes ist der Schlüssel zur Prophezeiung der Bibel. Wie können Sie verhindern, zu den Lauen zu zählen? Diese und andere Fragen von vitaler Bedeutung werden in unserer Bibelstunde beantwortet.* Dann folgten noch die üblichen Hinweise auf Zeit und Ort.

Adolph legte einen Stapel Flugblätter neben das Telefon. „Wollen Sie eines mitnehmen?"

Jane lächelte. „Nein danke. Wirklich nicht." Sie suchte in ihrer Handtasche nach ihrer Brille. „Hatten Sie einen schönen Feiertag?"

„Sehr schön." Adolph lächelte leicht blasiert. Seine gewöhnliche Zurückhaltung war heute verschwunden. „Ich habe hier keine Verwandten, meine Zimmerwirtin hat mich zum Essen eingeladen. Es gab Lamm statt Truthahn, aber das macht nichts. Ich bin nicht sehr anspruchsvoll."

Er blickte in den Wohnraum, wo Gladys gerade mit dem Staubsaugen fertig war, und sein Lächeln erstarb. Daß die beiden sich gegenseitig nicht leiden konnten, war Jane vom ersten Augenblick an klar gewesen, als sie sie zusammen gesehen hatte. Eine Art Persönlichkeitskollision.

Adolph verschwand. Wieder ertönte die Klingel. Jane ging zur Tür und stieß fast mit Mrs. Holms zusammen, die die Glocke auch gehört hatte. Draußen stand ein großer stämmiger Mann in einem teuren Wollmantel, gefolgt von einem mächtigen Beamten in Uniform. Janes Herz begann heftig zu klopfen.

Trevelyan nickte ihr zu. „Miss Lawless. Wie nett, Sie wiederzusehen. Ich wünschte mir nur, es wäre unter besseren Umständen." Er preßte die Lippen zusammen und winkte dem Polizisten, bei der Tür stehenzubleiben.

Trevelyan setzte gerade zu einer Erklärung an, als die Tür noch einmal aufgerissen wurde. Sigrid, Maggie und Janes Bruder Peter kamen lärmend ins Haus und schleppten einen riesigen Baum mit sich. „Platz da für den offiziellen Kappa Alpha Sigma-Weihnachtsbaum“, rief Sigrid. Maggie lachte die Anwesenden an. „Wie findet ihr ihn? Eine Schönheit, was?“ Sie lehnten den Baum gegen die Wand und traten zurück, um ihre Erwerbung zu bewundern.

„Wir haben ihn von einem Weihnachtsbaumverkäufer, den Sigrid gestern an der Washington Avenue aufgetrieben hat“, sagte Maggie über die Schulter. „Ist er nicht wundervoll?“ Sie löste ihren Blick von dem Baum und sah sich um. Daß alle so ernst blickten, erschreckte sie. „Gefällt er euch nicht?“ Sie blickte von einer zur anderen. Da erst bemerkte sie den Polizisten. „Was ist passiert?“

„Du erinnerst dich an Inspektor Trevelyan von der Polizei von Minnesota?“ Jane stellte alle einander vor. Maggie erkannte ihn wieder. Was um alles in der Welt hatte er hier zu suchen?

„Ist Mitchel Page bei Ihnen noch als Kellner angestellt?“ Trevelyan kam zum Thema.

„Das ist korrekt“, antwortete Edith sehr förmlich. „Er ist unser Oberkellner.“ Sie hielt sich am Treppengeländer fest. Jane bemerkte, daß Gladys verschwunden war.

Inspektor Trevelyan zog ein Notizbuch hervor und schrieb etwas auf. „Ja“, sagte er und sah auf. „Es tut mir leid, Ihnen diese Nachricht überbringen zu müssen. Seine Leiche wurde heute morgen unten am Fluß gefunden. Wie es scheint, ist sein Tod im Laufe der Nacht eingetreten. Nach den ersten Ermittlungen ist er an Unterkühlung gestorben. Er war betrunken. In seiner Jackentasche fanden wir eine Flasche. Sie wird gerade auf Fingerabdrücke untersucht. Es könnte sich um einen Unfall handeln, muß aber nicht.“

Mit leerem Blick sah Jane auf die Tür und versuchte das Gehörte zu verarbeiten. Sie spürte, wie ihr Körper bebte, als wäre er eine leise geschlagene Trommel.

Trevelyan sah alle der Reihe nach an. Die junge Frau, die Maggie genannt wurde, schien in sich zusammenzufallen. Sie sah ins Leere und biß sich auf die Unterlippe. Nur Sigrid, die Präsidentin, erwiderte seinen Blick, ohne mit der Wimper zu zucken. „Erst nach der Autopsie werden wir wissen, was die

Todesursache war. Es wird mehrere Stunden dauern, bis die Leiche soweit aufgetaut ist, daß wir damit beginnen können. Aber, um offen zu sein: Dies ist der zweite Todesfall, der mit Ihrer Verbindung zusammenhängt. Mir gefällt das gar nicht."

„Was haben Sie vorzuschlagen, Mr. Trevelyan?" fragte Edith tonlos. Abgesehen vom Rouge auf ihren Wangen war sie totenblaß. Mit den kleinen runden roten Flecken sah sie aus wie ein Clown aus dem Zirkus.

„Ich sage nur, daß wir diesen Fall sorgfältig untersuchen müssen. Sehr sorgfältig. Wann haben Sie ihn zum letztenmal gesehen?"

„Mittwoch abend", sagte Maggie mechanisch. Sie blickte zu Jane.

„Gab es irgend etwas Ungewöhnliches an dem Abend?"

Maggie blickte zu Boden.

„Was geschah Mittwoch abend?" fragte Trevelyan und sah sie fest an.

„Es gab einen Kampf." Sie suchte auf Sigrids Gesicht nach Unterstützung. „Er und unser zweiter Kellner gerieten aneinander. Ich kam in die Küche, als alles schon vorbei war. Mitch hatte ihn geschlagen und war dann verschwunden."

„Wie heißt der zweite junge Mann, und wo finden wir ihn?"

„Sein Name ist Elliot Kratager." Sigrid buchstabierte den Nachnamen und nannte Name und Adresse seiner Verbindung. Jane sah sie an. Irrte sie sich, oder besaß Sigrid die Kühnheit, zurückzublinzeln.

„Hatten die beiden häufiger Streit miteinander?" fragte Trevelyan.

„Nein", sagte Maggie. „Ich habe sie vorher noch nie wütend aufeinander erlebt."

„Worum ging es bei dem Kampf?"

„Ich weiß es nicht. Elliot wollte es nicht sagen."

„Er wollte es nicht sagen?" Trevelyan blickte auf.

Maggie schüttelte den Kopf.

„Aha. Und was ist mit Mitchels Freundin?" Er sah auf seine Notizen. „Jamie McGraw. Haben Sie die beiden kürzlich zusammen gesehen? Sie gehört zu Ihrer Verbindung, glaube ich."

„Das stimmt“, sagte Maggie und sah hilfesuchend Sigrid an.

„Soweit ich informiert bin“, sagte Sigrid kalt, „waren die beiden der Inbegriff des glücklichen Paars. Romeo und Julia.“

Der Inspektor sah sie aufmerksam an.

Trevelyans abschätzender Blick machte Maggie nervös. „Jamie wohnt nicht hier im Haus“, sagte sie rasch. „Sie hat ein eigenes Apartment. Ich kann Ihnen die Adresse geben, wenn Sie wollen.“ Sie hoffte, seinen Gedankengang unterbrochen zu haben. Warum machte Sigrid so etwas? Es war einfach dumm.

Trevelyan wandte seine Aufmerksamkeit wieder Maggie zu. „Danke“, sagte er höflich. „Wir haben die Adresse bereits.“

Maggie hatte das sichere Gefühl, daß sie über Jamies alkoholisierten Auftritt in der Küche lieber nichts sagen sollte. Jane machte auch nicht den Eindruck, als ob sie etwas sagen wollte.

„Hatte irgend jemand von Ihnen den Eindruck, daß Mitchel sich in letzter Zeit über etwas aufgeregt hat oder bedrückt gewesen ist? Ganz gleich was?“

„Glauben Sie, es könnte sich um Selbstmord handeln?“ fragte Jane.

„Wir wissen es nicht. Die Leiche wies keine besonderen Merkmale auf. Ähnlich wie bei Ihrer Freundin Allison Lord.“ Er zog eine Augenbraue hoch. „Ich bin lange genug bei der Polizei, um mich auf meinen Instinkt verlassen zu können. Miss Lords Tod schien erklärlich, aber bei diesem sind bei mir alle Glocken und Sirenen losgegangen. Es riecht nicht gut. Es wird eine Untersuchung geben, das schwöre ich Ihnen. Das Problem ist nur, daß wir nichts in der Hand haben, wenn wir keine Spuren finden. Selbst wenn wir einen Verdächtigen haben, wird es schwer, etwas zu beweisen.“ Er klappte sein Notizbuch zu und steckte es in die Innentasche seines Mantels. „Ich brauche die Namen aller, die hier mit ihm zusammen gearbeitet haben. Und die aller seiner Freunde, soweit Sie sie kennen.“ Er sah Edith an. „Ich hoffe, es macht Ihnen nichts aus, diese Informationen für mich zusammenzustellen. Ich schicke später jemand vorbei, um die Liste abzuholen.“

„Selbstverständlich“, sagte Edith und löste sich vom Treppengeländer.

„Hat er Familie hier?“ fragte Jane.

„Ja. Ich habe gerade mit seinem Onkel gesprochen. Er wohnt in der Nähe des Veteran's Hospital. Mitchels Eltern sind anscheinend beide gestorben, als er noch sehr klein war. Er wuchs bei seinem Onkel auf, und wie ich herausgehört habe, kamen die beiden nicht sehr gut miteinander klar. Mitch zog aus, als er fünfzehn war. Der Onkel wirkte nicht einmal überrascht, als ich ihm mitteilte, sein Neffe sei tot.“

Maggie fröstelte.

„Ich bedanke mich für Ihre Aufmerksamkeit.“ Er zog eine Visitenkarte heraus und gab sie Edith.

Das Telefon begann zu läuten, Maggie stürzte in die Telefonkabine. „Hallo, hier ist Maggie. Kann ich etwas für Sie tun?“ Sie sah, wie Edith und Jane den Inspektor hinausließen.

„Hallo“, sagte eine junge weibliche Stimme. „Hier spricht Beth McGraw. Ich bin Jamies jüngere Schwester. Spreche ich mit Maggie Christopherson? Erinnern Sie sich an mich? Jamie brachte mich letztes Jahr mal zum Essen mit. Wir saßen an Ihrem Tisch und redeten lange miteinander.“

„Natürlich“, sagte Maggie und versuchte sich zu erinnern. Eine jüngere und weniger aggressive Version von Jamie. Dunkel, zierlich, mit einem empfindsamen Mund und tiefliegenden Augen. „Ich erinnere mich sehr gut. Möchten Sie Jamie sprechen? Ich glaube nicht, daß sie da ist.“

„Nein“, sagte Beth rasch, sie klang angespannt. „Genaugenommen wollte ich Sie sprechen. Ich würde mich gern mit Ihnen treffen, außerhalb des Studentinnenheims. Ich weiß, das klingt merkwürdig, aber ich muß Sie allein sprechen. Es ist schrecklich wichtig.“

„Gut“, sagte Maggie und beobachtete Jane, die auf Sigrid und Peter zutrat. „Ich hätte nach dem Mittagessen Zeit. Wie wäre es mit eins?“

„Eins ist gut“, sagte Beth. „Ich habe heute keine Schule und kann Mutters Wagen nehmen. Vielleicht könnten wir uns im Madison Grill treffen. Da ist es ruhig. Sie wissen, wo das ist?“

„Klar“, sagte Maggie und wünschte, sie könnte hören, was Sigrid gerade zu Jane sagte. „Um eins also.“

„Danke, Maggie. Vielen Dank. Womöglich geht es um Leben und Tod." Beth legte auf.

„Was?" sagte Maggie. „Was hast du gesagt?"

* * *

„Ich weiß einfach nicht, was ich tun soll", sagte Beth einige Stunden später. Sie saßen in einer der dunklen Nischen des Madison Grill und tranken Kaffee. „Meine Eltern haben Jamie das Studiengeld gestrichen, weil sie keine Therapie machen will. Jamie glaubt nicht, daß es mit ihrem Trinken so schlimm ist. Jedenfalls nicht schlimm genug für einen Psychiater."

„Wahrscheinlich nicht." Maggie wärmte sich die Hände an der Kaffeetasse.

„Seit sie aus ihrem letzten Job rausgeflogen ist, weiß ich nicht, wovon sie lebt. Kann sein, daß Mitch ihre Miete bezahlt, aber er hat auch nicht viel Geld. Wahrscheinlich hat mein Vater keine Ahnung, wie schlecht ihre Noten wirklich sind. Und ihre Wohnung macht sie auch nie sauber. Es ist grauenvoll. Meine Eltern gehen schon gar nicht mehr hin."

Maggie nickte. Sie war mit Sigrid vor einigen Monaten dort gewesen und erinnerte sich noch an Sigrids Bemerkung, es sähe aus wie eine Mülldeponie.

„Ich versuche ja, mich um sie zu kümmern, aber das wird immer schwieriger. Gestern hat sie unser Thanksgivingessen einfach platzen lassen. Sie hatte wohl irgendwo eine Flasche versteckt. Dad weigert sich zu glauben, daß der Alkohol das Problem ist. Er denkt lieber, sie trinkt soviel, weil sie mit Mitch unglücklich ist. Beide glauben, sie könnte ihr Trinken unter Kontrolle bekommen, wenn sie sich mehr Mühe gäbe, wenn sie den richtigen Ansporn hätte. Deshalb haben sie ihr die Unterstützung entzogen. Ich sehe es anders, aber ich kann sie nicht mehr beschützen. Nicht eine Minute glaube ich, daß sie das Trinken aufgeben kann. Und Sie wissen wahrscheinlich so gut wie ich, wie sehr sie alle Beherrschung verliert, wenn sie getrunken hat. Es macht mir richtig Angst. Ich weiß, es ist viel verlangt, aber könnten Sie nicht mal mit ihr reden?"

Maggie wand sich auf ihrem Stuhl. „Ich weiß nicht, Beth. Ich sehe nicht, warum sie auf mich hören sollte."

„Die Verbindung bedeutet alles für sie! Sie war so glücklich, als sie dieses Jahr als Anwärterin aufgenommen wurde. Sie war doch in Ordnung, oder?"

„Doch." Maggie dachte daran, wie Jamie im Vorgarten den gemeinsamen Gesang dirigiert hatte. „Doch. Sie war in Ordnung."

„Alles fing so gut an." Beth schüttelte betrübt den Kopf. „Jamie versprach mir, einen neuen Anfang zu machen. Keine Sauferei mehr. Und sie hat ihr Versprechen gehalten – bis zu dieser Party bei Sigma Nu."

„Ich kann mich gar nicht erinnern, daß sie an dem Abend soviel getrunken hat", sagte Maggie und winkte der Bedienung, Kaffee nachzuschenken. „Sie und Mitch waren zusammen da, glaube ich. Er verspätete sich etwas, weil er sich mit... Das ist eine andere Geschichte. Haben Sie je Allison Lord kennengelernt?"

„Nein", sagte Beth. „Ich glaube nicht, daß ich sie kenne. Aber an den Abend erinnere ich mich gut." Sie trank einen Schluck Kaffee. „Den ganzen Nachmittag hatte sie sich für die Party feingemacht. Mom und Dad waren zu Freunden zum Essen gefahren. Ich war allein zu Hause. Gegen zehn rief eine Freundin an. Sie wollte mit mir nach der Arbeit noch einen Hamburger essen, zehn Minuten später hupte sie. Ich ging durch die Garage nach draußen und fand zu meiner Überraschung Jamies Auto in der Einfahrt. Ich ging hin, um hineinzusehen. Das Auto stand irgendwie schief. Ich meine, sie hatte es gegen die Hauskante gesetzt. Mit den Vorderrädern war sie über Mutters Ringelblumenbeet gefahren. Und sie saß drinnen, über dem Lenkrad zusammengesackt. Als ich die Tür öffnete, schlug mir Alkoholgestank entgegen, daß mir fast schlecht wurde. Es roch, als hätte sie darin gebadet. Wahrscheinlich hatte sie was auf dem Sitz verschüttet. Ich wußte, Mom und Dad würden einen Anfall bekommen, wenn sie sie sähen, also haben meine Freundin und ich sie nach Hause gebracht. Sie fuhr in ihrem Wagen, und ich fuhr den von Jamie.

Ich betete nur, daß die Polizei uns nicht anhielt, denn das Auto stank fürchterlich. Wir brachten sie in ihr Apartment, und sie übergab sich ein paarmal im Badezimmer. Es war ekelhaft. Und die ganze Zeit murmelte sie vor sich hin."

„Murmelte? Was sagte sie?" Allmählich dämmerte Maggie, welche Bedeutung Beths Geschichte hatte. Wenn sie stimmte, und sie hatte keinen Grund, das nicht zu glauben, dann hatte Mitch für die Nacht, in der Ally gestorben war, kein Alibi. Der Polizei hatte er gesagt, er sei die ganze Nacht mit Jamie zusammengewesen. Das war offensichtlich gelogen. Nur: Was machte es jetzt noch? Er war ebenfalls tot. Es sei denn? Maggie versuchte den Gedanken zu verdrängen. Es konnte und durfte nicht sein.

„Nein, ich erinnere mich nicht an etwas Spezielles. Es ist zu lange her, und damals habe ich nicht geglaubt, daß es wichtig sein könnte."

Maggie gelang es nicht, den Gedanken zu verdrängen. War es möglich, daß Mitch versucht hatte, Jamie zu beschützen, statt umgekehrt? „Wissen Sie, wo Jamie in der vergangenen Nacht war?" Maggies Unbehagen wurde mit jeder Minute größer.

„Nein, keine Ahnung. Sie ging, bevor wir uns zum Abendessen hingesetzt hatten. Sie hatte doch eine Flasche irgendwo versteckt. Nun, ich muß Ihnen die ganze Geschichte erzählen, damit Sie eine Vorstellung von Jamie bekommen."

Maggie lehnte sich zurück und verschränkte die Arme.

„Also. Mom und Dad und Mitch saßen im Wohnzimmer, und ich hatte gerade ein Tablett mit Vorspeisen hereingebracht."

„Mitch war bei Ihnen an Thanksgiving?"

„Ja", sagte Beth und hob herausfordernd den Kopf. „Das habe ich Ihnen doch schon erzählt. Es ist außerdem kein Geheimnis, daß Jamie und er verlobt sind."

„Und weiter?"

„Also, wie ich schon sagte, kam ich mit den Vorspeisen ins Zimmer. Gerade als ich sie herumreichte, stakste Jamie herein. Sie war oben gewesen. Es kam mir vor, als hätte sie einen geladen, aber ich wußte nicht, wie das möglich sein sollte.

Dad hatte ihr bloß einen Drink gemixt. Also wir saßen alle da und redeten, und von Zeit zu Zeit ging Jamie nach oben. Ich glaube, als erster hat Mitch gemerkt, was passierte, und beim nächstenmal ist er ihr nachgegangen. Kurz danach hörten wir Geschrei. Dad wurde ganz rot im Gesicht und rannte nach oben. Mom hinterher. Als nächstes kam Mitch die Treppe herunter und rannte aus der Haustür. Ich hörte Jamie weinen. Dad schrie. Er wollte sie abhalten, auch zu gehen, aber sie kam irgendwie an ihm vorbei und torkelte die Treppe hinunter, schnappte sich ihren Mantel und ging."

„Wie spät war es da?" Maggie wollte nicht gefühllos erscheinen, aber sie mußte das wissen.

„Ich muß überlegen. Ich denke, so gegen drei. Jamie ging ungefähr fünf Minuten nach Mitch. Ist das wichtig?"

Maggie sah nicht, warum sie Beth nicht erzählen sollte, was mit Mitch geschehen war. „Ich habe eine schlechte Nachricht für Sie, Beth." Sie machte eine Pause, denn sie wußte nicht, wie sie fortfahren sollte. „Mitch starb vergangene Nacht."

„Maggie!"

„Die Polizei war heute morgen da. Jemand hat seine Leiche am Fluß gefunden. Es scheint, daß er betrunken war. Die Polizei weiß nicht, wie es passiert ist, aber ich bin sicher, sie werden mit Jamie reden wollen."

Beth wiegte langsam den Kopf. „Ich muß zu ihrem Apartment, bevor die Polizei kommt. Vielleicht ist sie da und geht bloß nicht ans Telefon. Es wäre schrecklich, wenn sie es von einem Fremden erführe. Ich muß gehen. Es tut mir sehr leid. Bitte überlegen Sie, Maggie, ob Sie mit ihr reden wollen. Ich glaube fest, auf Sie würde sie hören." Sie warf einen Dollar auf den Tisch und suchte nach ihren Autoschlüsseln. „Danke fürs Zuhören. Ich melde mich bald." Sie rannte hinaus.

Die Kellnerin kam und fragte, ob Maggie noch Kaffee wünschte. „Bitte." Maggie schob ihr die leere Tasche hin. „Ich muß über vieles nachdenken."

„Herzchen, das müssen wir alle."

17

„Raus aus den Federn, Cordelia. Du brauchst dich gar nicht zu verstecken. Ich weiß, daß du unter der Bettdecke liegst." Jane öffnete die Fensterläden und ließ die helle Morgensonne ins Zimmer.

Cordelia zog das Kopfkissen übers Gesicht und grunzte verärgert. Mit dumpfer Stimme sagte sie: „Wenn es nicht auf Mittag geht, verschwindest du besser, solange du noch laufen kannst."

Jane ließ sich nicht einschüchtern, nahm das Tablett, das sie mitgebracht hatte, und stellte es auf den Nachttisch. Cordelia lüpfte einen Zipfel des Kissens, um zu sehen, was Jane machte. Ein wunderbarer Duft kitzelte ihre Nase.

„Was ist das?" fragte sie und riskierte ein Auge.

„Eine Stachelbeertorte und eine Himbeer-Brombeertorte. Extra für dich aus dem Lyme House mitgebracht."

Das Kissen bewegte sich. „Und du glaubst, ich bin so leicht zu bestechen?"

Jane wartete.

„Was hast du gesagt?" Das Kissen flog beiseite.

„Ich habe nichts gesagt."

„Doch. Du hast. Ich hab's doch gehört." Cordelia beäugte mißtrauisch das Tablett. „Was ist das für ein Tee?"

„Earl Grey. Frisch aufgegossen."

„Ich ziehe irischen Frühstückstee vor." Cordelia hievte sich hoch, und Jane stopfte ihr ein Kissen in den Rücken.

„Ich werde es mir merken."

Cordelia griff nach der Stachelbeertorte, biß hinein und schloß entzückt die Augen. „Warum habe ich das Gefühl, daß mir der Grund, weshalb du mich so früh am Morgen aufweckst, nicht gefallen wird?"

Jane schenkte den Tee ein. „Ich habe nur eine kleine Bitte. Nichts besonders Anstrengendes. Ich hätte gern, daß du mich zu Mitchel Pages Onkel begleitest. Es dauert nicht lange, höchstens eine Stunde."

Cordelia seufzte. „Nicht genug, daß ich dich über Nacht beherbergt habe, einschließlich dieser beiden Viecher, die mich am Morgen mit ihren bezaubernden Rülpsern wecken. Und meine Katze! Blanche wird Jahre der Therapie brauchen, nach dem, was sie ihr angetan haben."

„Es ist nur für kurze Zeit, das weißt du. Bis ich weiß, wer bei mir eingebrochen hat. Denk dran, wie oft du bei mir übernachtet hast." Sie zählte an den Fingern ab. „Kürzlich die Sache mit der Fledermaus, die du offenbar schon vergessen hast. Davor der Abend, an dem du mit Carol Lindenberg Schluß gemacht hattest und nicht allein sein konntest. Dann die Woche, in der du dich bei mir versteckt hast, nachdem die Kritiken dieses Stücks von Pinter herausgekommen waren. Das war im letzten Frühjahr. Dann das Mal, als..."

„Ok.Ok. Du hast's geschafft." Sie aß den Stachelbeerkuchen auf, leckte sich die Finger ab und langte nach der Brombeer-Himbeertorte. „Mitchs Onkel, sagtest du. Ich nehme an, er lebt irgendwo gleich um die Ecke. Chicago vielleicht?"

„Nein, beim Veteran's Hospital. Inspektor Trevelyan hat mir seine Adresse gegeben."

„Ach ja, Orville. Wie heißt der Onkel? Möge Gott mich bewahren, daß ich ihn kenne."

„Samuel W. Page. Ich habe im Telefonbuch nachgeschaut. Er hat einen Privat- und einen Geschäftsanschluß unter dieser Adresse."

„Onkel Sam. Wie apart." Sie nippte an ihrem Tee.

„Wir haben verabredet, daß wir gegen zehn bei ihm sind. Ich rief ihn an, um sicherzugehen, daß er auch da ist. Jetzt ist es kurz nach neun. Also beweg' dich ein bißchen."

„Neun! An einem Montagmorgen? Da sind ja noch nicht mal die Vögel auf."

Jane wiegte den Kopf. „Ich glaube, ich muß dir zum nächsten Geburtstag ein vernünftiges Fachbuch schenken."

„Wenn ich dann noch lebe." Cordelia lehnte den Kopf schwer gegen das Kissen.

„Cordelia, die meisten Leute sind um diese Zeit auf."

„Klar. Milchmänner und Bauern. Kinder, die Zeitungen austragen. Straßenkehrer. Mütter mit Kleinkindern. Vielleicht sogar der eine oder andere Taxifahrer. Aber sehe ich aus wie eine von diesen?"

Jane zuckte die Achseln. „Weiß nicht. Vielleicht wie ein Milchmann."

„Spar dir die Beleidigungen. Ich stehe auf. Aber erwarte weder Fröhlichkeit noch perfektes Outfit." Cordelia reichte Jane das Tablett und schwang die Füße aus dem Bett.

Jane lächelte. „Ich erwarte nur, daß du in einer Viertelstunde unten bist, fertig zum Gehen."

Cordelia fiel aufs Bett zurück und zog sich das Kissen übers Gesicht.

* * *

„Weißt du, wie wir hinkommen?" fragte Cordelia, als sie in die helle Sonne traten.

„Ich denke. In dem Viertel kenne ich mich ganz gut aus."

„Was ist das, da an deiner Windschutzscheibe?" Cordelia deutete auf einen weißen Briefumschlag unter dem Scheibenwischer. „Sieht aus wie ein Brief. Vermutlich ein vergrätzter Gläubiger." Sie griff nach dem Umschlag, öffnete ihn und zog ein Blatt gewöhnliches Schreibmaschinenpapier heraus. „Zwei Zeilen, getippt, mehr nicht", sagte sie und überflog sie, bevor sie Jane das Blatt gab. „Das allerdings wird dir nicht gefallen."

Jane las schweigend: *Ich weiß, was du bist. Du wirst deine Strafe bekommen.* Sie zerknüllte das Papier in der Hand.

„Bist du in Ordnung?" Cordelia war selbst leicht beunruhigt.

Jane nickte. „Doch. Ich bin sogar froh. Jetzt bin ich ganz sicher, daß wer immer hinter all dem steckt, sich auch an mich wenden wird. Und das ist's, was ich will."

„Spinnst du?"

„Nein. Wir müssen ihn aufscheuchen, und ich sehe keine andere Möglichkeit."

„Ihn?"

„Ich weiß, was du denkst. Egal, wer es ist, Mann oder Frau, sie sollen ihre Chance haben. Aber wo und wann, das bestimme ich."

„Zum Teufel, das werden sie nicht", widersprach Cordelia energisch. „Und wenn ich dich für das nächste Jahr bei mir im Keller einsperren muß."

„Warte doch, bis du weißt, was ich vorhabe." Jane sah auf die Uhr. „Ich erkläre es dir unterwegs."

„Schließt dein kleiner Plan mich etwa irgendwie ein?"

* * *

Sam Page saß in seinem Wohnzimmer und zog nervös an einer übelriechenden Zigarre. Er schien sich nicht besonders wohlzufühlen. Cordelia wedelte mit einer Pornozeitschrift, die auf dem Couchtisch gelegen hatte, den Rauch beiseite. Sie hatte das Heft von einem ganzen Stapel genommen und zu spät gemerkt, daß die Zeichnung auf dem Cover mit *Mösenparade* betitelt war.

„Sie halten mich wahrscheinlich für so eine Art Monster", sagte Sam und rollte die Zigarre von einem Mundwinkel zum anderen. An seinem Hals zuckte ein Muskel.

Ja, dachte Cordelia.

„Ich bin nicht gekommen, Sie für etwas verantwortlich zu machen", versicherte Jane ihm. „Ich dachte nur, Sie wüßten vielleicht etwas über Mitchels Zukunftspläne. Hat er zum Beispiel mit Ihnen je über Allison Lord gesprochen?"

„Nie von ihr gehört." Er blies den Rauch aus dem rechten Mundwinkel. „Mitch hat mir nie was erzählt. In den letzten drei Jahren hab' ich ihn bestimmt nicht mehr als zweimal gesehen. Ich bin viel unterwegs. Vertreter der Firma Turner, Besen und solche Sachen." Er nickte in Richtung einiger neuer Plastikbesen, die gegen eine Flurtür gelehnt waren. „Seit zehn Jahren. Seit ich denken kann, verkaufe ich den Leuten was."

„Aber Sie *haben* Mitch ein paarmal gesehen, wie Sie sagen. Darf ich Sie also fragen, ob er dabei über seine Pläne gesprochen hat?"

Sam machte es sich auf der Couch bequemer und blies den Zigarrenrauch über sich in die Luft. „Klar dürfen Sie fragen. Es war wie immer. Er kam her, saß hier im Wohnzimmer und versuchte ein bißchen zu plaudern. Kann sein, daß er auch eine Zeitschrift genommen hat, wie Ihre Freundin da drüben."

Cordelia erstarrte.

„Vielleicht hat er gefragt, wie's mir ging. Vielleicht auch nicht. Früher oder später kam er sowieso immer zum Punkt. Er brauchte Geld. Manchmal fragte er ganz direkt, manchmal sagte er, er wollte es leihen. Es lief immer aufs gleiche raus."

Jane nickte, sagte aber nichts.

„Er hielt immer die Hand auf. Ganz wie seine Mutter. Mein Bruder, Gott hab' ihn selig, hat eine Blutsaugerin geheiratet. Wenn sie nicht beide bei diesem Autounfall umgekommen wären, hätte sie ihn bestimmt ins Armenhaus gebracht. Ich nahm Mitch zu mir, als er neun war, aber er glich schon ganz seiner Mutter. Er sah nicht bloß aus wie sie, er benahm sich auch so. Immer die Hand in meiner Tasche. Wenn es nicht ein Baseballhandschuh war, dann waren es neue Turnschuhe. Er muß geglaubt haben, ich bestünde bloß aus Geld. Wir sind 'n paarmal bei Ringkämpfen gewesen, die hab' ich immer gern gesehen. Ihm war es wurscht, Hauptsache, er konnte mein Geld ausgeben."

Jane empfand plötzlich mehr Mitleid für Mitch, als sie je für möglich gehalten hätte.

Das kleine Zimmer war von stinkendem Qualm erfüllt, der bei Cordelia einen heftigen Hustenanfall erzeugte. Keuchend bat sie um ein Glas Wasser.

Sam zeigte auf die Küchentür.

„Danke", sagte sie würdevoll und erhob sich

„Und Sie sind also 'ne Freundin von ihm?" Sam nahm die Zigarre aus dem Mund und besah sich das Mundstück.

„Ja, das bin ich."

„Komisch, Sie sind gar nicht sein Typ." Er zuckte die Schultern. „Egal, ich denke, ich habe ihn nicht besonders gut gekannt." Er stand auf, ging zum Fernseher und holte eine braune Papiertüte, die er Jane in den Schoß legte. „Das können Sie gern haben", sagte er und nahm wieder auf der Couch Platz.

Cordelia kam mit einem Glas Wasser aus der Küche zurück.

„Die Polizei war heute morgen hier und brachte es." Er tippte die Asche in einen großen Metallaschbecher neben den Pornozeitschriften. „Seine Uhr und sein Ring, beides billiges Zeugs, und seine Brieftasche mit dreißig Dollar, die hab' ich schon genommen. Er schuldete mir sowieso mehr. Außerdem hatte er ein Motorrad, das will ich verkaufen. Es bringt vielleicht vier- oder fünfhundert Dollar. Sie kennen nicht zufällig jemand, der eins kaufen will?"

Jane schüttelte den Kopf.

Er sah Cordelia an.

„Sie machen wohl Witze", würgte sie hervor und wedelte den Rauch von sich.

„Schade. Ich hätte Ihnen ein günstiges Angebot gemacht."

Daran zweifelte Jane keinen Augenblick.

Sam stand auf und kratzte sich am Nacken. „Also, das wär's wohl. Ich will Sie ja nicht rauswerfen..." Cordelia verdrehte die Augen. Sie fragte sich, wie er jemals jemandem etwas verkaufte. „... aber ich muß ein paar Anrufe machen. Mein Leben geht ja weiter, im Gegensatz zu meinem Neffen." Er kam um den Couchtisch herum und ging zur Tür, ohne auf seine Gäste noch weiter zu achten. Sie waren entlassen. Jane brachte noch ein Dankeschön zustande, Cordelia rauschte grußlos hinaus. Als Jane beim Auto ankam, saß sie schon auf dem Beifahrersitz.

„Lieber Himmel, da hättest du einen Truthahn räuchern können." Cordelia kurbelte das Fenster herunter und fächelte sich frische Luft zu.

„Er war genauso, wie ich es erwartet hatte", sagte Jane und wies auf den Sicherheitsgurt. „Nur schlimmer." Sie öffnete die Papiertüte und kippte den Inhalt auf ihren Schoß. Dann nahm sie alle Papiere aus der Brieftasche und untersuchte sie.

„Was ist das?“ fragte Cordelia.

„Das hier scheint eine Literaturliste für einen Ingenieurkurs zu sein. Dies ist eine Quittung von American Express, er hat anscheinend bei Lundström Herrenbekleidung gekauft.“

„Ist das nicht etwas üppig für seine Verhältnisse?“

Jane reichte Cordelia die Quittung. „Über achthundert Dollar. Die Kreditkarte geht auf den Namen von Adam Lord. Vermutlich hat er Mitch einen Anzug gekauft. Vielleicht den, den er beim Gottesdienst trug. Der sah ziemlich teuer aus.“

„Kann schon sein. Das Datum ist der zwölfte November.“

Jane entfaltete den nächsten Zettel. „Das ist wohl eine Quittung für seinen Lohn im Studentinnenheim.“ Sie entfaltete ein größeres Blatt. „Mein Gott, das ist Emily Andersons Adresse und Telefonnummer. Wie ist er daran gekommen? Sie hatte schreckliche Angst, er könnte herausfinden, wo sie wohnt.“ Sie drehte das Blatt um und las das Gedruckte auf der Rückseite. „Eine von Adolphs Bibelstundenanzeigen. Mitch hat sie durchgerissen und auf die Rückseite geschrieben. Die Anzeige ist noch nicht alt. Ich habe gesehen, wie Adolph sie ans Schwarze Brett hängte.“ Sie las laut: *Die Offenbarung ist der Schlüssel. Haben Sie je gefragt, was die Bibel uns heute zu sagen hat?*

„Danke, das reicht. Solche Sprüche ließ mir meine Großmutter auch immer zukommen.“

„Diese Flugblätter werden halt für Notizen verbraucht. Adolph legt immer einen Stapel neben das Telefon.“

„Also“, sagte Cordelia ungeduldig, „was hältst du davon?“

„Ich weiß nicht.“ Sie drehte das Blatt in der Hand. „Wahrscheinlich ist es das Beste, Emilys Eltern anzurufen. Trevelyan sagte, die Polizei habe sich letzten Freitag mit ihr in Verbindung setzen wollen – der Tag, an dem sie Mitchs Leiche gefunden haben. Sie wohnt in Hudson, über einem runtergewirtschafteten Drugstore. Da hat sie in letzter Zeit offenbar auch niemand gesehen.“

„Ich mag ja ein schlechtes Gedächtnis haben, aber an die Eltern und den reizenden Vormittag, den wir bei ihnen verbracht haben, erinnere ich mich. Wenn Emilys Arschloch von

Vater ein Gewehr gehabt hätte, lägen wir beide jetzt im Krankenhaus. Ich denke nur an den Ausdruck seiner freundlichen kleinen Augen, als er uns rausschmiß. Ich denke, ich habe heute etwas Wichtiges gelernt. Wenn ich in Zukunft auf einen deiner Ausflüge mitkomme, sollte ich nicht nur eine kugelsichere Weste, sondern außerdem noch eine Gasmaske mitnehmen. Nicht daß es mir etwas ausmacht, Janey, ich beklage mich nicht. Immerhin lerne ich durch dich wirklich bezaubernde Menschen kennen..."

Jane ließ den Wagen an, und Cordelia hörte den ganzen Weg nicht wieder auf.

* * *

„Damit das ganz klar ist", sagte Sigrid an diesem Abend vor den versammelten Bewohnerinnen des Studentinnenheims, „Gladys ist nicht unser persönliches Dienstmädchen, sondern unsere Haushälterin. Sie bemüht sich, dieses Haus sauberzuhalten, aber es gehört nicht zu ihren Aufgaben, hinter jeder von uns herzuräumen. Von nun an wird jede, die ihr schmutziges Geschirr vor die Tür stellt, damit Gladys es in die Küche trägt, zehn Dollar zahlen. Pro Vorfall. Habe ich mich deutlich genug ausgedrückt?"

Die Gruppe murrte vernehmlich. Aber keine hob die Hand zum Protest. Sigrid fuhr fort: „Nun zur Frage der Badetücher, die wir erst letzten Monat erstanden haben." Sie sah in ihre Unterlagen. „Maggie hat vor vierzehn Tagen darüber in der Versammlung gesprochen, und wir haben immer noch Schwierigkeiten. Wenn ihr aus irgendeinem Grund glaubt, euch vollaufen lassen zu müssen, und nach Hause kommt und euch auskotzt, glaubt nicht, ich wiederhole: glaubt nicht, daß ihr einfach eins von den neuen Handtüchern nehmen und über die Kotze schmeißen und es Gladys überlassen könnt, am nächsten Morgen sauberzumachen. Geht in die Küche, holt euch Putzmittel und Papiertücher und macht das selbst weg! Ich denke nicht, daß es Expertinnenwissen braucht, um sich vorzustellen, wie wenig Gladys sich danach drängt, eure

Kotze wegzumachen." Sigrid sah Edith an. „Entschuldigung, Mrs. Holms."

Edith nickte schwach.

„Ich muß noch hinzufügen, daß Gladys darüber ziemlich wütend ist. Sie hat es nicht gern, von euch als Dienstmädchen behandelt zu werden. Sie hat mir auch berichtet, daß sie ein paar von den neuen Handtüchern im Müll gefunden hat. Offenbar schneiden einige in der Mitte einen Kreis aus und schmeißen den Rest weg. Ich weiß zwar nicht, warum einige von euch glauben, solche Stoffetzen haben zu müssen, aber ich muß euch daran erinnern, daß diese Handtücher sehr teuer waren und keiner von uns persönlich gehören. Wir müssen uns ans Budget halten, und das heißt: Es gibt keine neuen Handtücher. Wenn es so weitergeht, werden wir uns mit Waschlappen abtrocknen müssen, bevor das Semester vorbei ist. Wenn ich herausfinde, wer dafür verantwortlich ist, werden die bei unserer nächsten Sitzung öffentlich vorgeführt."

Schweigend saßen die Studentinnen da. Sigrid wußte genau, wann sie zu weit gegangen war. Das Murmeln verstummte, und sie erhielt diese vernichtenden Blicke.

Gladys stand vor der Tür zum Speisesaal und trank Kaffee. Während sie zuhörte, betrachtete sie die immer noch nicht gebohnerte Eingangshalle.

„Bevor wir nun zum Nachtisch kommen, hat Jane Lawless noch eine kurze Ankündigung zu machen." Sigrid nickte Jane zu und setzte sich.

Jane stand auf und lächelte in die Versammlung. Jetzt oder nie. „Wie die meisten von euch wissen, beginnt in einer Woche unser jährlicher Winterausflug. Dieses Jahr soll er ins Ferienhaus meiner Familie am Blackberry Lake führen. Ich will kommenden Freitag vorausfahren, um das Haupthaus für eure Ankunft Sonntag abend herzurichten. Ich möchte sicher gehen, daß alle wissen, wie sie hinkommen."

Jane sah, daß Susan Julian ein kleines Notizbuch und einen Stift aus ihrer Tasche holte. Sie lächelte Jane strahlend an.

„Wenn alle einen Zettel und etwas zum Schreiben haben..." Jane wartete einen Moment. „Also: Ihr fahrt den Highway 49 bis Repentance River, eine Kleinstadt etwa vierzig Meilen nordwestlich von hier. Dann nehmt ihr die 139 bis zu einem Wegweiser auf der rechten Seite, auf dem steht: Kettle Creek Road. Dort biegt ihr nach rechts und folgt der Straße ungefähr drei Meilen bis hinunter zum See. Sobald ihr den See zu Gesicht bekommt, müßt ihr an der ersten Gabelung nach links in den Wald abbiegen. Dann kommt ihr an eine Lichtung. Von dort seht ihr das Haus schon. Es ist die größte der Blockhütten und die, die dem See am nächsten liegt. Hoffen wir, daß bis dahin die Kälte ein wenig nachläßt. Ich freue mich jedenfalls, euch für eine Woche bei mir zu haben. Kommenden Freitag und Sonnabend will ich mich dort etwas erholen – ich bin immer sehr gern allein dort gewesen. Es ist wunderschön da, das werdet ihr selbst sehen. Wenn ihr noch Fragen habt, ich bin nach dem Essen noch eine Weile hier. Danke! Und daß es eine herrlicher Ausflug für uns alle wird!"

Jane setzte sich wieder, und Maggie gongte nach dem Nachtisch. Adolph und Elliot brachten den Schokoladenpudding.

„Es muß wunderschön dort sein", sagte Susan und riß begeistert die Augen auf. Sie lehnte sich zurück, damit Adolph den Nachtisch vor sie hinstellen konnte. „Und du fährst ganz allein hin? Wie abenteuerlich! Hast du keine Angst, daß dein Auto liegenbleibt oder Bären dich überfallen?"

Jane probierte den Pudding. Er schmeckte scheußlich. „Eigentlich nicht. Ich bin gern mal allein. Und in Repentance River gibt es eine gute Werkstatt. Das ist wirklich kein Problem."

„Ich wünschte, ich könnte diesem Irrenhaus auch für ein Wochenende entkommen", murmelte Sigrid und schob den Pudding angeekelt von sich.

„Ißt du das nicht?" fragte Maggie.

Großzügig schob Sigrid ihr den Teller zu. „Bitte, bedien dich. Bon appétit."

* * *

„Ich gehe schlafen", verkündete Lilly Sandvik. „Ihr zwei könnt euch diesen Scheiß gern die ganze Nacht angucken, ich bin zu müde." Sie streckte ihren langen Körper. „Ich dachte schon, die Versammlung würde heute abend nie zu Ende gehen."

Maggie, Lilly und Jimmy O'Brian lagen seit einer Stunde auf der Couch und sahen sich einen Horrorfilm an. Sonst war um diese Zeit niemand mehr im Fernsehraum. Auf Kanal 6 liefen jeden Montag um Mitternacht diese alten Gruselfilme, und da Maggie und Jimmy am nächsten Tag erst um eins in der Uni sein mußten, sahen sie regelmäßig, wie die Ameisen Detroit auffraßen. Oder so. Maggie stellte immer eine große Schüssel Popcorn auf den Tisch, und Jimmy brachte ein Sechserpack Limo mit.

„In Ordnung, Lilly, kann ich gut verstehen." Maggie stellte mit der Fernbedienung den Ton leiser. „Wir erzählen dir morgen, wie's ausgegangen ist."

„Bemüht euch nicht", sagte Lilly und fischte nach ihrem zweiten Schuh. „Ich habe sowieso die letzte Stunde verpennt. Keinen Schimmer, was los ist, und auch kein Interesse." Sie kroch unter den Couchtisch und fand ihren Schuh neben der leeren Popcornschüssel.

Jimmy grunzte und bedeutete Maggie, den Ton lauter zu stellen.

„Nacht", murmelte Lilly und stolperte hinaus.

„Nacht", rief Maggie hinterher. Es dauerte nicht lange, und auch ihr fielen die Augen zu. Zu gern hätte sie noch mitbekommen, was bei der Mutation der Leuchtschnecken herauskäme, aber sie hatte über ihre Lider keine Gewalt mehr. Etwas später sah Jimmy, daß sie eingeschlafen war. Er nahm ihr vorsichtig die Fernbedienung aus der Hand und legte sie auf den Tisch. Bei der nächsten Werbung schlief er ebenfalls ein.

Eine halbe Stunde später lief der Abspann über den Bildschirm, gefolgt von der Nationalhymne. Maggies Kopf war auf Jimmys Schulter gefallen. Beide schliefen hörbar, als eine Hand nach der Fernbedienung langte und das Testbild ausschaltete. Der Raum fiel in tiefes Dunkel. Die Gestalt schlüpfte hinter die Couch und stieß dabei gegen die Lampe, was Maggie aus dem Schlaf schreckte. Sie hob ihren Kopf von

Jimmys Schulter, öffnete die Augen und versuchte, sich in der Dunkelheit zurechtzufinden. Die Gestalt stand reglos hinter ihr. Maggie tastete nach dem Licht. Statt Metall spürte sie menschliche Haut. „Jimmy", sagte sie und fühlte, ob er noch da war. Er war es.

„Sind Sie das, Mrs. Holms?" Jemand atmete heftig.

Maggies Nackenhaare sträubten sich. „Wer ist da? Sagen Sie etwas. Ich weiß, daß Sie da sind."

„Nutte", flüsterte eine kalte Stimme, die sie nicht erkannte. Sie spürte, wie ihr Adrenalin hochstieg, und wußte im gleichen Augenblick, daß sie sich nicht bewegen durfte.

„Hure", sagte die Stimme.

Maggie brachte keinen Ton heraus. Sie stupste Jimmy, so heftig sie konnte.

„Was ist denn los?" murmelte Jimmy und richtete sich auf. „Wer hat den Fernseher ausgestellt? Scheiße." Er langte hinter die Couch nach dem Lichtschalter und fiel auf Maggie. „Warum hocken wir hier im Dunkeln?" Er versuchte sich hochzurappeln, und bei der Gelegenheit warf er die Lampe um.

Maggie griff nach seinem Arm und flüsterte: „Jemand ist im Zimmer."

„Quatsch", sagte er schläfrig. Er tastete sich um den Tisch, bis er die Lampe gefunden hatte. Einen Augenblick später war Licht. Maggie sah sich um, aber es war niemand sonst da. „Ich sage dir, jemand hat genau da gestanden, wo du jetzt bist. Ich habe Flüstern gehört."

„Jemand war hier drin? Haha!" Jimmy gähnte. „Was hat er geflüstert?" Er tat so, als inspizierte er das Zimmer.

„Ich glaube, jemand flüsterte *Nutte*."

Jimmy lachte. „O ja. Die Leute sagen, daß ich manchmal im Schlaf rede. Aber ich versichere dir, sollte ich etwas derartiges gesagt haben, habe ich nicht dich gemeint." Er sah auf den Couchtisch. „Wo ist die Fernbedienung geblieben? Ich habe sie hier hingelegt, als du eingeschlafen warst."

„Keine Ahnung", sagte Maggie. Wenn er sie nicht ernst nahm, sah sie keine Veranlassung, sich für seine Probleme zu interessieren. „Vielleicht bildest du dir das nur ein."

„Ich habe sie hier hingelegt", sagte Jimmy und kroch auf Händen und Füßen über den Fußboden. „Was zum Teufel ist hier los? Du bist sicher, daß du sie nicht genommen hast?"

„Ich nicht", antwortete Maggie. „Das weiß ich bestimmt. *Du* hast den Fernseher ausgemacht."

„Hab' ich nicht", knurrte Jimmy. „Das letzte, woran ich mich erinnere, war, als die Schnecken gerade in eine Telefonzelle krochen. Ich bin auch eingeschlafen."

„Und wie wurde der Fernseher ausgestellt?"

Jimmy verlor allmählich die Geduld. Er ging hinaus auf den Flur. „Du grüne Neune", sagte er laut. „Da ist sie ja." Er kam mit der Fernbedienung zurück und gab sie Maggie. „Wie ist sie nach draußen gekommen?" Er ließ sich auf die Couch fallen. „Da macht sich wohl jemand einen Scherz. Oder was?"

„Ich wünschte, es wäre so." Maggie fröstelte innerlich.

18

„Und du glaubst wirklich, das funktioniert?" Cordelia sah Jane zu, die die Schaltknöpfe eines alten Heizgeräts regulierte. „Ich werde in dieser Wildnis verrecken, wenn die Temperatur in der Hütte unter zwanzig Grad fällt. Und vielleicht wirst du sagen, ich bilde mir das nur ein, aber die Matraze da hinten sieht aus, als hätte sie eine Kuhle."

„Das bildest du dir ein."

Cordelia öffnete eine Tüte Bonbons und grinste falsch.

„So", sagte Jane und stand auf. „Das wird genügen."

„Was ist mit der Kuhle?"

„Was soll damit sein?"

„Erwartest du, daß ich darauf schlafe?"

„Die Prinzessin auf der Erbse", sagte Jane und nahm ihr die Bonbons aus der Hand.

„Nein, die Bürgerliche und die Kuhle."

„Reiß dich zusammen. Denk dran, alles für die gute Sache."

Cordelia schnappte sich die Bonbontüte. „Vergiß nicht mir zu zeigen, wie das Ding funktioniert." Sie deutete auf die Sprechanlage, die auf einem Regal stand.

„Es ist ganz einfach, Cordelia. Gott sei Dank ist mein Bruder nicht nur ein bedeutender Kameramann und Fotograf, sondern auch noch ein Technikfreak. Er hat das ganze Haus verkabelt, im Alter von fünfzehn Jahren. Du brauchst nur auf diesen Knopf zu drücken. Dann hörst du alles, was im Haupthaus passiert. Hiermit", sie wies auf einen runden Knopf unterhalb des Lautsprechers, „regelst du die Lautstärke. Wenn du aufs Klo mußt, drehst du ihn lauter. Und vergiß nicht, die Kopfhörer aufzusetzen, wenn du ins Bett gehst. Dann hörst du zumindest Schreie oder Schüsse."

„Sehr komisch."

„Hab' nur einen Scherz gemacht. Und vergiß nicht, wenn jemand auftauchen sollte, den Aufnahmeknopf zu drücken." Auf dem Tisch stand ein altes Tonbandgerät. „Dann haben wir jedes Wort auf Band."

„Klar. Und alles übrige habe ich auch kapiert."

„Wiederhole es trotzdem noch einmal. Wir dürfen uns keine Fehler leisten."

„Ok, dies sind meine Instruktionen. Wenn der Wahnsinnige endlich auftaucht, schalte ich erst das Tonbandgerät ein, dann rufe ich die Polizei in Repentance River an. Die Nummer steht neben dem Telefon. Ich erkläre kurz die Situation und bitte sie, sofort zu kommen. Dann nehme ich den Revolver – an dieser Stelle darf ich nicht vergessen, mich für das gründliche Training zu bedanken, das ich meiner zweijährigen Liason mit einer Revolverheldin verdanke – und schleiche durch die Hintertür ins Haupthaus. Den Schlüssel habe ich um den Hals hängen. Du wirst mir sagen, in welchem Zimmer du bist, während du die Person in eine Diskussion verwickelst und versuchst, sie zu einem Geständnis zu bewegen. Nun betrete ich ungesehen das Zimmer, wo ich diese Person im Handstreich überrumpele. Wenn du recht hast und die Person keine Waffe mit sich führt, dann sieht sie dumm aus der Wäsche."

„Wunderbar. Ich habe das Gefühl, daß weder Allys Tod noch der von Mitch geplant waren. Diese Person kommt nicht mit rauchenden Colts herein. Sie wartet auf eine günstige Gelegenheit. Das ist zwar eine sonderbare Art, jemand aus dem Weg zu räumen. Aber so wird der Eindruck erzeugt, daß es auch ein Unfall oder Selbstmord gewesen sein könnte. Diesen Zweifel zu säen, ist schon die halbe Schlacht. Die Person ist entweder schrecklich klug oder schrecklich verrückt – oder beides."

„Du glaubst also, es war Mord?"

„Ohne jeden Zweifel. Die Person verläßt sich auf die Umstände, die eine Mordwaffe zur Verfügung stellen. Bei Ally war es der See, und bei Mitch waren es Alkohol und Temperaturen unter null Grad."

„Wenn wir Glück haben, kommt überhaupt niemand. Das wäre mir am liebsten."

„Ich wette darauf, jemand wird uns einen kleinen Besuch abstatten."

„Ich habe in ein paar Wochen Geburtstag, den ich gern noch mitfeiern würde. Also mach' keine Dummheiten. Ach, was sag' ich da! Wir machen ja längst welche!"

„Dann sag' mir, wie wir sonst an die Person rankommen?"

„Ich weiß überhaupt nicht, warum *wir* irgend etwas tun müssen. Das ist Sache der Polizei."

„Fein. Du denkst also, ich sollte mich von der beschützen lassen, wie sie Ally und Mitch beschützt haben? Danke, nein. Wenn jemand mich fertigmachen will, dann will ich wenigstens die Umstände bestimmen." Jane setzte sich in einen alten Ohrensessel am Fenster. „Ich kann mir nicht helfen, aber ich mache mir Sorgen um Emily. Ich habe ihre Eltern gestern angerufen und ihrer Mutter gesagt, ich sei das Wochenende auf der Hütte, falls Emily sich melden sollte. Ich habe ihr Adresse und Telefonnummer gesagt. Ihre Mutter war sehr erregt. Die Polizei war am Tag zuvor bei ihr und wollte wissen, wo Emily ist. Wenn ich ihr glauben kann, hat sie von Emily seit zwei Wochen nichts mehr gehört. Anscheinend hatte Emily gesagt, sie wolle ihre Eltern zu Thanksgiving besuchen. Es war nicht fest verabredet, aber als sie nicht kam, waren beide, Vater und Mutter, sehr in Sorge."

„Wollte nicht Allys Bruder sie an dem Wochenende, als er in der Stadt war, besuchen? Du weißt doch noch – an dem Abend, als er bei dir war und du ihm Emilys Adresse gegeben hast?"

„Er könnte die Person sein, die sie zuletzt gesehen hat, vorausgesetzt, er hat sie wirklich getroffen. Ich hätte ihn danach fragen sollen, als er gestern anrief."

„Er hat dich angerufen? Der bekennende Asket mit der Vorliebe für edles Kristall und schnelle Autos hat so eine alte Schachtel wie dich angerufen?"

„Sei nett, Cordelia. Ich erinnere mich nicht, je von ihm gehört zu haben, er sei ein Asket. Ich würde eher sagen, daß er ein bißchen geheimnisvoll ist. Er wollte dies Wochenende nach Minneapolis kommen und fragte, ob wir zusammen essen könnten. Ich erzählte ihm, daß ich übers Wochenende hier sein würde. Er meinte, auf dem Weg in die Stadt könnte er ja vorbeikommen. Also habe ich ihm gesagt, wie er die Hütte findet. Er würde nicht lange bleiben. Wir werden sehen."

„Toll", sagte Cordelia und schloß die Augen. „Wir werden also möglicherweise eine ganze Armada potentieller Irrer hier haben."

„Du willst doch nicht sagen, ich sollte Edwin zu den Verdächtigen zählen?"

„Wenn der Schuh paßt. Gott, ich hasse Leute, die ständig in Klischees reden."

„Warum sollte ich ihn verdächtigen? Er hat absolut kein Motiv. Er liebte seine Schwester und mochte Emily. Es machte ihm nichts aus, daß sie lesbisch war, und er ist zu selten in Minneapolis, um hinter den Erpressungsversuchen zu stehen."

„Für all das hast du nur sein Wort. Außerdem, aus Allys Tagebuch sind ganze Teile herausgerissen. Dazu hatte er genügend Gelegenheit. Du hast nicht viel darin lesen können, bevor es gestohlen wurde. Ich weiß nicht. An deiner Stelle würde ich meine Einstellung zu Bruder Edwin noch mal überprüfen."

„Und ich glaubte, *ich* verdächtigte alle. Wahrscheinlich hat in deinen Augen sogar Edith Holms ein Motiv."

„Ist das die, der du mich neulich vorgestellt hast, als ich dich von der Studentinnenverbindung abgeholt habe? Die mit den blauen Haaren?"

Jane mußte über die Beschreibung lachen. „Ja."

„Nein. Menschen mit blauen Haaren vertraue ich blind. Ich denke, wir können sie von der Liste streichen."

* * *

Cordelia setzte den Kopfhörer auf und wartete, bis Jane im Haupthaus war. Es ging fast auf Mitternacht.

„Ich bin jetzt im Wohnzimmer", kam Janes Stimme aus dem Lautsprecher. „Hörst du mich?"

„Alles klar", sagte Cordelia ins Mikrofon. „Ich sehe, daß das Licht in deinem Schlafzimmer angeht."

„Gut", sagte Jane. „Ich gehe jetzt hinein." Wenn Cordelia sprach, hörte Jane ein leichtes elektrisches Knistern. Für gewöhnlich kein Grund zur Besorgnis. Die Anlage war alt, aber zuverlässig. „Ich lasse im Wohnzimmer das Licht brennen. Zeit zum Schlafengehen. Ich bin müde."

„Diese Hütte verursacht mir Gänsehaut", zischte Cordelias Stimme aus dem Lautsprecher neben Janes Bett. „Etwas tropft auf das Dach. Du kennst meinen leichten Schlaf. Statt wie sechsunddreißig werde ich beim nächsten Geburtstag vermutlich wie fünfzig aussehen. Und alles deinetwegen."

„Ich rechne auf deinen leichten Schlaf", sagte Jane und streckte sich aus. „Setz die Kopfhörer auf, bevor du zu Bett gehst."

„Die habe ich schon auf. Ich weiß noch nicht, ob ich mich in diese Kuhle lege. Vielleicht bleibe ich auch auf und bemitleide mich die Nacht über."

„Mach, was du willst", antwortete Jane und zog sich die Decke über. „Das ist bestimmt nicht die erste Kuhle, in der du geschlafen hast. Und wird auch nicht die letzte bleiben."

* * *

Steif und kalt wachte Jane am Sonnabendmorgen auf. Sie war so sehr mit Cordelias Heizgerät beschäftigt gewesen, daß sie ganz vergessen hatte, die Heizung in ihrem Schlafzimmer anzustellen. Sie legte sich die Bettdecke über die Schultern und blickte um sich. Blackberry Lodge gehörte der Familie ihres Vaters seit den frühen zwanziger Jahren. Sie hatte sich dieses Zimmer ausgesucht, als sie acht war. Das große Fenster mit Blick nach Süden auf die Kiefern hinter dem Haus hatte es ihr angetan.

Dumpfer Schmerz kroch in ihr hoch, als sie sich die letzten Tage ins Gedächtnis rief, bevor Christine ins Krankenhaus gekommen war. Sie waren hierher gefahren, um allein zu sein. Um zusammen zu sein. Sie wußten, daß Christine nicht mehr viel Zeit blieb. Der Krebs war zu weit fortgeschritten, als er entdeckt worden war. Die meiste Zeit in diesen letzten Tagen hatten sie nur in der Hütte gesessen und sich umschlungen gehalten. Immer noch spürte Jane Christines weiches Haar an ihrer Schulter. Es tat noch immer weh. Sie schloß die Augen bei der schmerzlichen Erinnerung und begrub den Kopf unter der Decke.

„Hier spricht Cordelia", kam eine Stimme aus dem Lautsprecher. „Bist du schon auf, Janey? Ich glaubte gehört zu haben, wie du dich bewegst." Das elektrische Knistern schien über Nacht von allein verschwunden.

„Ich bin hier", sagte Jane unter der Decke. „Bist du wach?"

„Selbstverständlich. Schon seit Stunden. Ich hatte schon soviel Spaß, ich muß es dir direkt erzählen. Irgendeine nette kleine pelzige Kreatur sprang gegen sechs Uhr morgens aufs Dach und verursachte mir fast einen Herzanfall. Sie kletterte am Fenstergitter herunter, und wenn ich sie noch einmal sehe, nehme ich diesen Revolver und bringe ihr Manieren bei. Bei allem Respekt vor naturliebenden Menschen wie dir zum Beispiel möchte ich doch sagen, daß dieser Naturkrampf ziemlich überbewertet wird."

Jane mußte lachen.

„Du findest das wohl komisch?“

„Nein“, sagte Jane. „Du hast mich nur davor bewahrt, in Erinnerungen zu versinken.“

„Bekomme ich hier draußen irgendein Frühstück? Ich sterbe. Das Eichhörnchen ist eher in Gefahr, gegessen zu werden, als erschossen.“

„Gib mir eine Viertelstunde, und ich komme mit einem Korb voll mit netten Dingen. Sie werden den Tag über reichen müssen, also teil sie dir ein. Ich will keine Ausflüge zu deiner Hütte machen. Wenn uns jemand beobachtet, könnte das Verdacht erregen.“

„Das verstehe sogar ich Spatzenhirn. Vergiß die Paté nicht, Weißbrot, Brie und Schokoladenkekse. Wenn ich mich schon in dieser ländlichen Idylle aufhalten muß, will ich wenigstens anständig versorgt werden.“

* * *

Gegen halb zwei hörte Jane Motorengeräusch. Sie legte ihr Buch beiseite und ging zum Fenster, das auf den geräumten Weg zwischen dem Haus und dem Geräteschuppen hinausblickte.

„Cordelia. Aufgewacht. Wir bekommen Besuch.“

„Wer ist es?“ kam Cordelias Stimme besorgt aus dem Lautsprecher.

„Sieht aus wie das Auto von Susan Julian. Ja, jetzt erkenne ich sie.“

„Alarmiere das Marinekorps. Wir werden angegriffen. Das meine ich wörtlich, Janey. Wir müssen vorsichtig sein.“

„Wir sind vorsichtig“, sagte Jane. „Sei still und hör gut zu.“

Sie ging zur Tür und öffnete sie, als Susan bereits auf der obersten Stufe war.

„Guten Tag“, sagte sie, trat ein und zog sich die Handschuhe aus. „Meine Güte, wie hübsch es hier ist. Und so geräumig. Ein guter Platz für den Ausflug der Mädchen.“ Sie ging umher und bewunderte die Dachbalken.

„Ich habe übers Wochenende nicht mit Besuch gerechnet“,

sagte Jane und hängte Susans Pelzmantel über einen der alten Ohrensessel. „Aber wenn du einen Augenblick bleiben möchtest, kann ich schnell einen Tee kochen."

„Das hört sich verlockend an." In der rustikalen Umgebung wirkten Susans aufgerissene Augen und ihre Kleinmädchenstimme noch affektierter als sonst. „Meine Hütte liegt dreißig Meilen von hier, am New Prairie Lake, in der Nähe von Hammerville. Genau gesagt", sie setzte sich an den alten, mit einer Wachstuchdecke überzogenen Eßtisch, „gehört mir der ganze See." Sie kicherte. „Und eigentlich ist es auch keine Hütte, ich nenne es nur so."

„Wie schön für dich." Jane setzte den Wasserkessel aufs Feuer. „Machst du einen Nachmittagsausflug."

„Ach nein. Ich bin gezielt hier. Ich hielt es für eine gute Gelegenheit, mal aus meinem Haus rauszukommen. Heute morgen kam mein Bruder mit einem Freund. Ich dachte..." Ihre Stimme verlor sich, als sie aus dem Panoramafenster auf den See blickte.

„Du dachtest was?" Jane stellte Tassen, Sahne und Zucker auf ein Tablett. Sie erinnerte sich an Susans süßen Geschmack.

Susan wirkte irgendwie durcheinander. „Ich glaube, ich wollte gerade sagen, daß ich dies für eine gute Gelegenheit hielt, mir mal dein Haus anzusehen." Sie lächelte dünn. „Wie viele kannst du hier unterbringen?" Sie nahm sich den größten Schokoladenkeks von dem Teller, den Jane gerade vor sie hingestellt hatte.

„Es gibt fünf Schlafzimmer, in denen bequem je sechs Personen schlafen können. Mehr, wenn wir die Schlafsäcke mit benutzen. Und im Wohnzimmer locker noch einmal zehn. Es ist also wirklich kein Problem." Jane entdeckte unter Susans einstudierter Ruhe eine heftige Anspannung.

„Herrliche Kekse", sagte Susan gerade. „Was für eine schlimme Geschichte mit Mitchel Page."

Jane setzte sich an den Tisch, das Teewasser kochte noch nicht. „Ja. Am Montag habe ich mit seinem Onkel gesprochen."

Susan blickte überrascht auf und nahm den halbzerkauten Keks aus dem Mund. „Hast du? Warum wolltest du das?"

„Ich weiß nicht. Vielleicht wollte ich wissen, was für ein Mensch er ist."

„Und?" Susan hatte immer noch den angebissenen Keks in der Hand.

„Ich mochte ihn nicht."

„Hatte er irgendeinen Hinweis, wie Mitch umgekommen sein könnte?"

Jane nahm den Wasserkessel vom Feuer. „Mehrere", sagte sie und goß Wasser über zwei Teebeutel, die sie in den Teetopf gehängt hatte. „Und auf ein paar bin ich selber gekommen."

Susan stopfte sich den restlichen Keks in den Mund. „Hast du der Polizei etwas davon erzählt?"

„Nein. Nicht bevor ich es beweisen kann."

Das Geräusch eines weiteren Autos ließ Jane wieder zum Fenster eilen. Sie zog die Gardine beiseite und sah auf die Lichtung. „Sieht aus wie Elliot Kratagers Jeep."

„Elliot?" fragte Susan und nahm sich noch einen Keks. „Was will der denn hier?"

„Das werden wir gleich erfahren." Jane ging zur Tür und öffnete. Überrascht sah sie, daß Maggie den Weg entlangkam. „Was machst du hier?" Sie versuchte, nicht zu nervös zu klingen.

„Hallo, Jane. Ich dachte, du solltest hier nicht allein sein, während diese verrückte Person frei herumläuft." Sie drückte Janes Arm und betrat mit ihr zusammen das Haus. „Es ist gefährlich. Brook hat schreckliche Angst, dir könnte etwas zustoßen. Ich habe mich erboten, herzufahren. Ich werde dir nicht auf den Wecker fallen, habe mir was zu arbeiten mitgebracht."

Jane räusperte sich und wies auf Susan. Maggie lächelte ein bißchen. „Susan! Welche Überraschung!"

„Hast du jemandem gesagt, daß du herkommst?" fragte Susan beiläufig.

„Nur Elliot. Rieche ich Tee? Hast du noch einen Becher für mich?" Sie ging in die Küche und nahm den Deckel vom Teetopf. „Ich habe Elliots Jeep ausgeliehen. Vierradantrieb. Ich dachte, das sei ganz praktisch, wegen der Wettervorhersage. Es soll Schnee geben. Wenn der Metereologe richtig liegt, was er meist nicht tut, mehrere Zentimeter. Ich weiß sowieso nicht, weshalb es die Vorhersage gibt. In der Regel irren sie sich."

War Maggie nervös, oder was? Hatte sie diesen Redezwang erst kürzlich entwickelt, oder war er Jane bisher nur nicht aufgefallen? Sie beschloß, es müßten die Nerven sein, und folgte Maggie in die Küche, um ihr eine Tasse zu holen. Maggies unerwartetes Auftauchen komplizierte die Dinge.

„Wenn du nicht bald aufbrichst, Susan, wirst du hier noch vor dem Abend festsitzen. Eingeschneit. Auf dem Weg hierher gab es schon ein paar Schneeschauer."

Jane trug das Tablett ins Wohnzimmer und stellte es auf den Tisch. Maggie setzte sich in einen Schaukelstuhl, Jane und Susan auf das Sofa.

„Ich mache mir keine Sorgen", sagte Susan und schenkte Tee ein. „Das Wetter hält sich. Und außerdem", fügte sie fröhlich hinzu, „gibt es schlechtere Orte zum Festsitzen." Sie griff nach dem nächsten Keks.

* * *

Samstagnachmittage waren für Sigrid das Letzte. Schon zu Beginn ihres Studiums hatte sie mit sich ein Übereinkommen getroffen, daß das die richtige Zeit war, aufzuräumen und Wäsche zu waschen. Langweiliges Zeugs, aber es mußte gemacht werden. Nach einem späten Lunch mit Peter im Campusgrill stapfte sie nach oben, um den Korb mit der schmutzigen Wäsche zu holen. Für einen Moment legte sie sich aufs Bett und schloß die Augen. Hatte nicht schon ihre Großmutter immer gesagt, ein Schläfchen sei nach dem Essen genau das Richtige? Zwei Stunden später wachte sie auf und wußte nicht, wo sie war. Die Uhr sagte: kurz vor vier. Draußen fing es an, dunkel zu werden. Wenig begeistert sprang sie vom Bett und griff nach dem Wäschekorb. Als sie den Flur entlangschoß, sah sie zufällig in den Aufenthaltsraum. In der Dunkelheit leuchtete der Weihnachtsbaum in bunten Farben. Der strahlende Zauber eines geschmückten Baums konnte alles andere vergessen machen. Sie setzte den Korb ab und ging hinein. Seit ihrer Kindheit beeindruckten sie die brennenden Kerzen an einem Christbaum. Sie roch den Tannenduft und bemerkte plötzlich Brook, die hinter dem Baum auf dem Boden hockte.

„Zauberhaft, stimmt's?“ sagte Sigrid und sah an dem Baum hoch. „Schade, daß du nicht hier warst, als wir ihn geschmückt haben. Darauf freue ich mich immer das ganze Jahr.“ Sie setzte sich neben den Kamin.

„Mir geht es auch so.“ Brooks Antwort klang traurig.

„Kann ich irgendwie helfen? Du wirkst so durcheinander.“

Brook war durcheinander. Elliot hatte gerade angerufen und ihr mitgeteilt, Maggie habe seinen Jeep ausgeliehen und sei zum Blackberry Lake gefahren. Brook hörte eine Gefängnistür zufallen. Sie wußte, daß etwas Schreckliches bevorstand. „Sigrid, wenn ich dir etwas sage, versprichst du, es für dich zu behalten?“

„Klar“, sagte Sigrid, „darin bin ich ganz groß.“

Brook sah ins Kerzenlicht. „Jemand hat mich erpreßt. Seit Monaten.“

„Was?“ sagte Sigrid. „Was meinst du damit?“

„Es ist eine lange Geschichte, jedenfalls bekam ich diese Briefe. Ich habe es Ally erzählt, und sie wollte sich darum kümmern. In derselben Nacht starb sie. Und Mitch. Er hörte, wie Maggie es Jane erzählte. Kurz darauf war er tot.“ Sie begann zu schluchzen. „Ich habe Angst, daß den beiden etwas passiert. Maggie hat Elliots Jeep genommen, um nach Blackberry Lake zu fahren. Ich weiß nicht, was ich tun soll.“

„Schon gut, Brook. Das kommt schon in Ordnung.“ Sigrid überlegte kurz. „Seit wann weiß Jane von der Erpressungsgeschichte?“

„Weiß nicht, vielleicht seit zehn Tagen.“

„Wenn du mir früher vertraut hättest, wäre die Sache jetzt sehr viel einfacher. Laß sehen. Es dauert ungefähr eine Stunde, zum See zu kommen.“

„Was hast du vor?“ fragte Brook ängstlich.

Sigrid stand auf und versuchte ihre Gedanken zu ordnen. „Mach dir keine Sorgen. Ich kümmere mich drum."

* * *

Der Schnee fiel in großen Flocken. „Sieht es nicht hübsch aus?" Maggie sah aus dem Fenster und dann auf die Uhr. Es ging auf fünf zu. Draußen war es dunkel. Jane hatte das Flutlicht zwischen dem Haus und dem Schuppen angemacht. Maggie sah, wie der Schnee sich auf Wege und Autos legte.

„Ich müßte schon seit Stunden weg sein", sagte Susan und nahm sich den letzten Schokoladenkeks. Nur gut, daß Cordelia nicht sehen konnte, daß Susan nichts übriggelassen hatte. Wenn sie es wüßte, würde sie hereinrasen und Susan durch das Panoramafenster schleudern. Glücklicherweise konnte Cordelia nur hören, was geschah. Und Susan kaute relativ leise. „Ich glaube nicht, daß ich mir bei diesem Wetter die dreißig Meilen zutraue."

„Der Schnee ist ganz locker und pulvrig", sagte Maggie und ließ die Gardine zufallen. „Für Elliots Jeep wäre es ein Klacks, nur denke ich, es wäre ihm nicht recht, wenn du ihn ausleihst. Ich war erstaunt, daß er ihn überhaupt verliehen hat. Es sieht ihm eigentlich gar nicht ähnlich."

Jane starrte auf den leeren Kuchenteller. Die Dinge entwickelten sich anders, als sie es gedacht hatte. Bei so vielen Zeugen würde sich niemand trauen, etwas zu tun.

„Funktioniert der Kamin?" fragte Maggie und nahm das Kamingitter ab.

„Ja", sagte Jane in Gedanken. „Holz ist im Schuppen."

„Du meinst das Gebäude da, wo die Autos geparkt sind?"

Jane nickte und beobachtete Susan, die mit einem Briefbeschwerer spielte. Das hatte sie den ganzen Nachmittag getan.

„Komm, wir gehen Holz holen." Maggie zog Susan am Arm.

Susan zuckte die Achseln. „Ich weiß nicht."

„Komm. Die frische Luft wird uns guttun. Jane, du kannst in der Zeit ein paar Sandwiches machen, und die essen wir, wenn wir das Feuer in Gang gebracht haben."

„Klingt gut“, sagte Jane und ging in die Küche, eine Taschenlampe holen. „Wenn ihr in den Schuppen kommt, gleich rechts steht eine Werkbank mit Werkzeug. Und daneben ist der Holzstoß. Bringt auch etwas zum Anzünden mit. Da müssen noch alte Zeitungen liegen. Ihr müßt euch nur umsehen.“ Jane gab Maggie die Taschenlampe. „Ich hoffe, ihr habt nichts gegen Erdnußbutter. Meine Auswahl ist nicht sehr groß.“

„Überhaupt nicht.“ Maggie reichte Susan ihren Pelzmantel.

„Hier, zieh das an.“ Jane holte aus dem Schrank eine von Peters wollenen Jagdjacken. „Holzspäne tun der nichts.“

Susan zog die Jacke an und folgte Maggie hinaus in die verschneite Dunkelheit. „Kann eine Weile dauern“, rief Maggie über die Schulter. „Also mach' dir keine Sorgen, wenn wir nicht gleich wieder da sind.“

Jane schloß die Tür und setzte sich vor die Sprechanlage. „Cordelia, bist du da?“

„Wo soll ich denn sonst sein? Ich verstehe nicht, wie du dieser Frau und ihrem Dauergeschwätz zuhören kannst. Ein paarmal war ich drauf und dran hinüberzukommen und sie zu erwürgen.“

„Ja“, sagte Jane. „Sie und Maggie waren heute sehr redselig.“

„Aber Susan sagt letztlich gar nichts. Kaum zu glauben, das Dummerchen könnte irgend etwas tun, das auch nur einen Funken Verstand erfordert. Ich hoffe trotzdem, du bist vorsichtig. Für mich ist sie immer noch die Verdächtige Nummer eins.“

„Danke“, sagte Jane. „Ich passe schon auf.“ Sie stand auf, ging in die Küche und holte den Teekessel. Eine Tasse Tee würde helfen, einen klaren Kopf zu bekommen. Sie füllte Wasser in den Kessel und zündete die Gasflamme an. In England hieß es, Tee löse alle Probleme. Während sie darauf wartete, daß das Wasser zu kochen begann, blickte sie gedankenverloren ins Wohnzimmer. Irgend etwas fehlte. Aber was? Das Pfeifen des Teekessels unterbrach sie und brachte sie in die Gegenwart zurück. Sie spülte die Kanne und goß heißes Wasser auf die Teebeutel. Mit dem Tee ging sie ins Wohnzimmer und setzte sich wieder auf ihren Platz am Tisch mit der Sprechanlage.

Sie zog die Schublade auf. Darin hatte sie ein paar Ordner verstaut, die sie mitgebracht hatte, falls sie ein Anfall von Arbeitswut überkäme. Obenauf lag Mitchel Pages Brieftasche. Sie nahm sie heraus.

Warum hatte Mitch Emily sprechen wollen? Woher hatte er ihre Adresse? Hatte Emily recht damit, daß Mitch an Allys Tod schuld war? Und jetzt war Mitch selber tot. Jane las den gedruckten Hinweis auf die Offenbarung des Johannes. Sie erinnerte sich wieder, das schon einmal gelesen zu haben. *Offenbarung ist der Schlüssel!* stand da. Großer Gott, dachte sie. Das ist es! Warum habe ich das nicht früher gesehen! Die Johannesoffenbarung ist der Schlüssel. Sie sprang auf, packte ihren Mantel und rannte zur Tür. „Ich hab's, Cordelia. Keine Zeit, es dir zu erklären. Ich gehe zur Scheune. Nimm den Revolver und komm mir nach. Laß dich nicht blicken. Ich erklär' es dir später." In der Eile merkte Jane nicht, daß sie keine Antwort erhielt. Nicht einmal ein Knistern.

* * *

„Susan, Maggie, wo seid ihr?" In der Scheune war seit Oktober der Strom abgestellt. Ihre Augen brauchten eine Weile, bis sie sich an die Dunkelheit gewöhnt hatten. Hätte sie bloß die zweite Taschenlampe mitgenommen. „Kommt her. Ich muß mit euch reden." Nur ungenau sah sie den Holzstoß. Niemand schien da zu sein. Hier stimmt etwas nicht, dachte Jane. Ein kalter Schauer lief ihr über den Rücken. Sie zog den Mantel enger um sich und ging wieder hinaus. Bevor sie die Tür erreicht hatte, stellte sich ihr eine dunkle Gestalt in den Weg und versperrte den Ausgang. Die Gestalt trug eine Jägerjacke und eine schwarze Skibrille. Ein Revolver zeigte direkt auf Jane. Ihr wurde kalt.

„Ich weiß, wer Sie sind", sagte sie und wich zurück.

„Daran zweifle ich nicht", sagte eine Stimme, die sie kannte. „Ich hoffe, ich kann hierauf verzichten. Es war nur eine Frage der Zeit, bis Sie alles herausfanden. Das ist mir klar, seit ich Ihr Tagebuch gelesen habe." Die Skibrille fiel zu Boden.

Trotz ihres Schreckens empfand Jane doch eine gewisse Genugtuung, am Ende die einzelnen Steinchen richtig zusammengefügt zu haben. Sie blickte sich um, suchte nach einem Fluchtweg.

„Lassen Sie das, Miss Lawless. Ich benutze diesen Revolver ungern, aber ich werde es tun, wenn es sein muß." Adolph bedeutete ihr, tiefer in die Scheune zu gehen. „Maggie und Mrs. Julian sind mit Ihrer Freundin zusammen in der Hütte eingesperrt. Das war ein kluger Einfall von Ihnen." Er sah ihren ängstlichen Blick und fügte hinzu: „Ich habe ihnen nichts getan."

Hinter Jane stand der alte Traktor. Sie hielt sich daran fest. „Warum, Adolph? Warum die Erpressung?" Instinktiv wußte sie, daß sie auf Zeit spielen mußte. Wenn sie Glück hatte, tauchte jemand auf. Oder sie fand eine Möglichkeit, ihm zu entkommen. Solange sie ihn am Reden hielt, hatte sie eine Chance.

„Erpressung? Ist es das, was Sie glauben?" Er lächelte sein scheues Lächeln. „Nein, nein. Nichts davon. Ich habe es Brook in den Briefen gesagt. Hat sie es Ihnen nicht erzählt?"

„Mir was erzählt?" Jane versuchte ihm in die Augen zu sehen, aber sie blieb am Revolver hängen.

„Es war die Gelegenheit für sie, zu beweisen, daß sie ihrer Gottlosigkeit abgeschworen hatte. Ich habe ein geistliches Amt, ein sehr wichtiges. Von Gott eingesetzt. Das muß ich Ihnen vermutlich erklären. Es wird nicht mehr lange dauern, und die Welt weiß Bescheid über meine Aufgabe."

„Ich nehme an, aus dem gleichen Grund hat Ally Ihnen Geld gegeben. Deshalb wußte sie, wer hinter den Briefen an Brook steckte."

„Ja, das stimmt", sagte er schnell. „Nur daß ich vergangenes Jahr keine Briefe schrieb. Ich sprach offen mit den Menschen und bat sie um Spenden."

„Wenn sie Ihnen Geld geben würden, würden Sie über bestimmte Dinge schweigen."

„Genau so ist es. Dadurch hätten sie Zeit, zu bereuen und Gott um Vergebung zu bitten. Das sagte ich ihnen. Alle sahen es ein. Ally spendete zweimal, nachdem ich sie mit dieser Emily erwischt hatte. Sie wußte, daß es Sünde war, was sie tat. Deshalb hat sie mich so sehr unterstützt. Als ich dieses Jahr wieder zu ihr kam, konnte ich nicht glauben, daß sie mich zurückweisen würde. Mich! Der Teufel persönlich muß in ihr gewütet haben. Sie drohte, es öffentlich zu machen, wenn ich noch einmal jemand um Geld anginge. Gott erlaubte nicht, daß meine Aufgabe an ihr scheitert. Er zeigte mir den anderen Weg. Einen leiseren Weg. Und ich begriff, daß mein Amt geheim bleiben mußte, bis alles offenbart ist."

„Nur daß Ally die Sache mit den Briefen an Brook herausfand, nicht wahr? Und Sie aufforderte, damit aufzuhören."

„Ja." Adolph lehnte sich gegen die Werkbank und senkte ein bißchen den Revolver. „Sie rief mich an dem Abend an, an dem diese große Party stattfand. Verlangte ein Treffen. Verlangte! Ich dachte, wir sollten uns außerhalb des Studentinnenheims treffen. Ich lebe in der Nähe des Lake of the Isles, also schlug ich die Brücke vor. Gott gab mir diesen Vorschlag ein, nur wußte ich das da noch nicht. Wir redeten lange miteinander, aber sie weigerte sich, die Wichtigkeit meiner Aufgabe einzusehen. Sie sagte gotteslästerliche Dinge! Ich hatte einen Brief an Edith Holms geschrieben, in dem stand, was ich getan hatte und wessen Allison und Brook sich schuldig gemacht hatten. Ich zitierte darin aus Allisons Tagebuch, denn ich hatte in der ersten Woche nach den Ferien einige Seiten herausgerissen. Mir war ganz klar, daß weder sie noch Brook abgeschworen hatten. Das schrieb ich sehr deutlich in diesem Brief. Ally war wütend. Sie griff nach dem Brief, verlor das Gleichgewicht und fiel ins Wasser. Ich lief weg, so schnell ich konnte. Ich hatte Angst vor ihr. Aber in der Nacht zeigte mir Gott seine Macht. Die Wahrheit ist, ich wußte nicht, daß Allison nicht schwimmen konnte. Gott wußte es, ich nicht. Er hatte beschlossen, sie in dieser Nacht für ihre Sünden zu strafen. Ich erfuhr erst am nächsten Tag, daß sie tot war. Die Macht Gottes hatte mich gerettet."

„Und Mitch?" fragte Jane.

„Ja. Mitchel. Ich mochte ihn noch nie. Auch das war ein

Zeichen des Herrn, daß er über mir wachte und mich beschützte. Ally hatte ihm von den Spenden erzählt, obwohl ich nicht glaube, daß sie auch die Gründe dafür genannt hat. Er kam dahinter, daß ich diese Briefe an Brook geschrieben hatte. Mein Verdacht ist, daß Gladys Bailey es ihm gesagt hat. Sie ist eine aufdringliche alte Närrin. Lauscht an allen Türen. Jedenfalls rief Mitch mich an und war sehr erregt. Es war am Abend vor Thanksgiving. Er wollte mich sprechen. Ich sagte ihm, er solle mich am Thanksgivingabend besuchen. Ich erinnere mich gut. Er kam und beschuldigte mich, ich hätte Allison umgebracht. Stellen Sie sich vor! Wir redeten eine Weile, und als er sich beruhigt hatte, bot ich ihm sogar an, Allys Tagebuch zu lesen, das ich aus Ihrem Haus geholt hatte. Dann würde er selbst wissen, was sie für ein Mensch war. Über eine Stunde las er, ganz still, und ab und an trank er Whisky aus einer Flasche, die ihm angeblich seine Freundin geschenkt hatte. Er wurde immer deprimierter. Allison hatte auch über ihn ein paar schmutzige Sachen geschrieben. Als er fertig war, sagte er, er hasse Emily. Er wollte mit ihr reden, also gab ich ihm ihre Anschrift und Telefonnummer. Sie hatten sie unter ihren Namen auf die Innenseite Ihres Tagebuchs geschrieben, Miss Lawless. Oh, Sie baten mich ja darum, Sie Jane zu nennen. Verzeihung...

Mitchel schrieb die Adresse auf einen abgerissenen Zettel. Ich bot ihm an, ihn nach Hause zu fahren. Da war er schon ziemlich betrunken, aber er bedrohte mich immer noch. Sagte, ich würde meinen Job verlieren, wenn herauskäme, was ich getan hätte. Ich beschloß, Gott noch einmal entscheiden zu lassen. Mitch schlief auf dem Beifahrersitz ein. Wir fuhren an eine einsame Stelle am Fluß. Wenn Gott mit ihm war, würde er überleben. Aber Gott war mit mir. Das Ergebnis haben Sie am nächsten Tag gesehen.“ Er flüsterte nur noch.

Jane sah sich nach einer Waffe um. Drei Meter vor ihr hing an der Wand eine Mistgabel. Sie hätte genauso gut in der nächsten Kreisstadt hängen können. Sie wandte sich wieder Adolph zu. „Wie haben Sie die Sache mit Brook herausgefunden?“

Adolph grinste. „Ich hab' schon begriffen, was Sie vorhaben, Jane. Sie wollen Zeit gewinnen. Aber Sie können gar nichts tun. Mein Amt, auch wenn es noch klein ist, wird größer mit jedem Tag. Menschen wie Sie haben keine Ahnung, denn sie dienen dem Teufel. Gott hat mich gesandt, die Menschen zu warnen, damit sie ihre Verderbtheit ablegen, bevor das Ende kommt. Bei Hosea steht, Gott habe sein Volk zerstreut, weil sie nicht glaubten. Ich habe in der Studentinnenverbindung versucht, denen, die hören wollten, den Glauben zu vermitteln."

Er schüttelte traurig den Kopf. „Ich weiß, was Sie denken. Sie denken, ich bin verrückt. Gottes heilige Männer sind der Welt immer verrückt erschienen. Wenn Gott aus einem brennenden Dornbusch sprechen kann, ist es dann seltsam, wenn er zu mir aus dem Fernseher spricht? Wir müssen rein werden. Die sexuellen Abartigkeiten, die wir in Babylon gelernt haben, müssen abgelegt werden! Unsere Körper müssen gewaschen werden! Gereinigt vor der Wiederkunft. Gott hat mir offenbart, daß ich der Engel bin, von dem die Offenbarung spricht. Letzte Nacht sprach er zu mir aus den Zehn-Uhr-Nachrichten. Gott sprach zu mir, daß er aus denen, die ich zur Reue bewogen habe, einen neuen Adam und eine neue Eva erwählen will. Er wird ein neues Paradies schaffen! Lobet Gott den Herrn!" Er hob seine Hände zur Decke und schloß die Augen.

Jane sprang auf ihn zu, aber bevor sie noch zwei Schritte getan hatte, richtete er seinen Revolver auf ihren Kopf.

„Sie könnten zu den Geläuterten gehören", sagte er, immer noch von seinen eigenen Worten hingerissen. „Und Brook ebenfalls. Sie alle könnten zu denen gehören, aus denen der Herr die neue Eva erwählt. Wie können Sie das zurückweisen! Sie müssen Ihre Gottlosigkeit bereuen! Und Gott hat mir den Weg dahin gezeigt."

Jane klammerte sich an den Traktor und versuchte Adolphs Donnerworten zu folgen. Er glaubte geradezu inbrünstig an das, was er sagte. Und doch schien es, als müsse er es sich selbst wieder und wieder erklären. Ihre Anwesenheit war dabei unerheblich. „Und Gott hat Ihnen auch von Brook erzählt?“

„Gott?“ Er lächelte triumphierend. „Ja. Gewissermaßen. Gott hat mich zu dieser Verbindung geführt. Warte und beobachte! Das war deutlich. Meine Augen waren überall. Nichts ist mir entgangen.“

Das stimmt, dachte Jane. Er hatte in Karis Fenster gesehen, er hatte allen das Gefühl gegeben, Tag und Nacht beobachtet zu werden. Er hatte einen Schlüssel, der ihm Zutritt zu allen Räumen verschaffte.

„Eines Abends“, sagte Adolph, „saßen Mitch und Elliot in der Küche und unterhielten sich. Ich war in der Speisekammer im Keller gewesen und stand nun hinter der Tür und hörte zu. Elliot redete über eine neue Anwärterin der Verbindung namens Brook, erzählte eine schmutzige Geschichte über sexuelle Zügellosigkeit und Drogen. Gott hatte mir einen Fingerzeig gegeben, eine Person bereuen zu lassen. Und, natürlich, Geld für die Erfüllung meiner Aufgabe einzutreiben.“ Er lauschte.

„Und als Sie herausfanden, daß ich der Sache auf den Grund gehen wollte, sind Sie in mein Haus eingebrochen. Und Sie haben die Drohung an meine Windschutzscheibe gesteckt.“

„Ja.“ Adolph sah zu der Hütte, in der Cordelia und die anderen eingesperrt waren. „Aber Sie haben eine merkwürdige Sicht der Dinge. Gott wollte, daß ich alles über Ihre geheimen Sünden herausfinde. Homosexualität gehört zu Babylon. Ich weiß, sie hat einen gewissen Reiz. Ich kann das fast verstehen. Ich glaube, es kommt teilweise von der kastrierten Nahrung, die wir essen. Die Tiere werden kastriert! Auch das ist gottlos! Deshalb gibt es Männer, die unmännlich, und Frauen, die unweiblich sind. Ich meine nicht das Äußere. Sie zum Beispiel sehen ganz normal aus. Aber Männer müssen Verantwortung tragen und Frauen sich unterwerfen.

Susan Julian hat wohl geglaubt, mit ihren Bibelstunden etwas Gutes zu tun. Ich habe sie nicht unterstützt, weil der Apostel Paulus uns gesagt hat, daß Frauen schweigen sollen. Predigen sollen sie nicht! Sie sollen nicht einmal ihre Stimme erheben in der Gemeinde, sondern ihre Männer zu Hause fragen, wenn sie Fragen haben." Wieder hob er die Hände, richtete aber gleich wieder den Revolver auf sie. „Vielleicht verstehen Sie nicht, warum ich einen Revolver habe, aber das ist sehr logisch. Ich bin Teil der Armee Gottes. *Von Sieg zu Sieg/führt er seine Armee/bis die letzten überzeugt sind/und Christ ist der Herr.*" Das letzte schmetterte er mit tiefem Bariton und marschierte dazu auf der Stelle.

Kein Wunder, daß sie keinen Sinn hinter allem gefunden hatte. Es gab keinen.

„Und nun", sagte Adolph und senkte den Revolver ein wenig,„hat Gott mir eine neue Prüfung gezeigt, ähnlich wie bei Allison. Ich werde es Ihnen erklären. Sie werden in Elliots Jeep steigen und über den See zu den Blockhütten auf der anderen Seite fahren. Sie stehen im Augenblick alle leer. Ich bin in eine eingebrochen und habe für Sie ein Licht ins Fenster gestellt. Daran können Sie sich orientieren." Er sah nach draußen. „Sie haben Glück, Jane. Es hat aufgehört zu schneien."

„Aber das Eis trägt nicht", sagte Jane. „Mit einem Wagen drüberzufahren, ist glatter Selbstmord."

„Das ist die Prüfung", sagte Adolph. „Wenn Sie es schaffen, ist das der Beweis, daß Sie wirklich bereuen und Gott Ihnen vergeben hat. In dem Fall wäre es mir ein Vergnügen, Ihre Freundinnen freizulassen. Bei wirklicher Reue hätte ich von Ihnen nichts zu befürchten."

„Und wenn ich es nicht schaffe?" fragte Jane und hielt den Atem an.

„Das würde bedeuten, daß Gott beschlossen hat, Sie zu strafen. Womöglich sieht er es sogar als eine Art Opfer. Kürzlich ist mir aufgegangen, daß Gott vielleicht das Opfer wieder einführen will. Wenn Sie darüber nachdenken, werden Sie finden, daß es durchaus einen Sinn hat."

„Was werden Sie mit meinen Freundinnen machen?" Zum erstenmal zitterte Janes Stimme.

„Legen Sie das nur in Gottes Hand. Kommen Sie. Ich habe Maggie die Autoschlüssel weggenommen, nachdem ich sie gefesselt hatte."

Das darf nicht wahr sein, dachte Jane. Sie warf einen letzten Blick auf die Mistgabel an der Wand, bevor sie vor ihm her ins Freie ging. Aber was konnte eine Mistgabel gegen einen Revolver ausrichten? Ihre Gedanken überschlugen sich. Das Eis war nicht sicher, das wußte sie. Aber vielleicht hatte die Kälteperiode der letzten Wochen genügt, die seichteren Stellen des Sees zuzufrieren. Das Problem war nur, daß der See sich aus Quellen speiste, die alle in Ufernähe lagen. Weiter draußen wurde der See schnell sehr tief, aber wenn sie den Kopf nicht verlor, könnte sie sich vielleicht aus dem kalten Wasser retten. Wenn ihre Kleidung allzu naß wurde, bestand die Gefahr der Unterkühlung. Und zu allem Überfluß war das Eis zentimeterhoch von Schnee bedeckt, was es unmöglich machte, offenes Wasser rechtzeitig zu sehen und umfahren zu können. Sie mußte also sehr langsam fahren und darauf hoffen, daß das Eis hielt. Vielleicht konnte sie auch den Jeep so drehen, daß sie ungesehen aus ihm herauskam. Sie würde durch den Schnee ans andere Ufer kriechen. Vielleicht konnte sie sogar zurückkommen und ihn überwältigen.

Sie gingen über die Lichtung zu den Wagen. Das Flutlicht tauchte alles in unwirkliches Rosa. Adolph öffnete die Tür und bedeutete Jane, einzusteigen und den Motor zu starten. Dann mußte sie wieder aussteigen und Windschutzscheibe und Seitenfenster vom Schnee befreien. „Damit Sie besser sehen können. Ich wünsche, daß Sie die Scheinwerfer die ganze Zeit brennen lassen. Ich werde es mit diesem Fernglas kontrollieren.“ Er zog einen Feldstecher aus der Tasche. Verdammt, dachte Jane. Das machte alles noch schwieriger.

„Steigen Sie ein!“ Es fiel kein Schnee mehr, und der Wind hatte sich gelegt. „Legen Sie die Hände auf das Lenkrad!“

„Warum?“ fragte Jane. Bevor sie noch wußte, wie ihr geschah, hatte er sie mit Handschellen ans Lenkrad gefesselt. „Was tun Sie? So habe ich überhaupt keine Chance.“

„Ihre Chance ist Gott. Ich rate Ihnen, beten Sie. Reden Sie mit ihm. Er vergibt, wenn er sieht, daß Sie es ernst meinen.“ Die Schlüssel der Handschellen hängte er über den Rückspiegel. „Sollten Sie drüben ankommen, lasse ich Ihre Freundinnen laufen. Eine von ihnen kann die Fesseln dann aufschließen.“ Er langte in den Wagen, legte den Gang ein und schlug die Tür zu. „Nun fahren Sie schon!“ Er hieb mit der Faust auf die Motorhaube.

Die Worte klangen wie Donner in Janes Ohren. Vorsichtig fuhr sie über den Schnee, bis sie glaubte, am Ufer angekommen zu sein. Der Jeep schob sich aufs Eis. Jane hörte nur den frischen Schnee unter den Reifen knirschen. Das war ein gutes Zeichen. Zwar fuhren Autos auf dem Eis, aber nie vor Anfang Januar. Einmal hatte sie gesehen, wie das Eis sich direkt vor den Vorderreifen gespalten und aufgebäumt hatte. Das sei gefährlich, hatte ihr Vater gesagt. Es hatte geknackt, als zerbräche etwas unter hohem Druck. Im Rückspiegel sah sie Adolph am Ufer stehen, das Fernglas in der Hand. Offenbar hatte er an alles gedacht: die Handschellen, der Feldstecher, sogar die Schlüssel, die außerhalb ihrer Reichweite am Rückspiegel hingen.

Am Ufer summte Adolph ein altes Gospellied und sah zu, wie der Wagen langsam vorankam. Bei dem Tempo brauchte er den Feldstecher noch lange nicht. Er setzte sich in den Schnee und zog ein Sandwich heraus, daß er sich vor der Abfahrt aus Minnesota gemacht hatte. Nachdenklich kauend bedachte er ihre Überlebenschancen. Er wußte, daß er noch nicht die völlige Einheit mit Gott erreicht hatte, aber er war ziemlich sicher, daß sie wenig oder keine Aussicht hatte, das gegenüberliegende Ufer zu erreichen. Früher oder später mußte sie auf dünnes Eis stoßen. Ihre Leiche würde nie gefunden werden. An den Jeep gefesselt läge sie auf dem Grund des Sees.

Der Jeep kroch dahin. Die Reifen knirschten über den unebenen Schnee. Die Schlüssel klingelten. Vielleicht kam sie dran, wenn sie sich ganz weit im Sitz vorbeugte und ihren Hals so lang wie möglich machte. Den Versuch war es wert. Sie mußte aufpassen, damit sie nicht zu Boden fielen. Dann wäre es aus. Ein lautes Krachen hallte im Wageninnern wider, und Jane trat auf die Bremse. Das Geräusch von splitterndem Eis. Sie ließ den Fuß auf der Bremse, streckte sich, so weit sie konnte, und versuchte die Schlüssel mit den Zähnen zu greifen. Noch drei Zentimeter, und sie hatte sie. Ein weiteres Krachen, und der Wagen sackte nach hinten, als das linke Hinterrad ins Eiswasser sank. Sie rutschte auf den Fahrersitz zurück und versuchte aus dem Loch herauszukommen. Ohne Erfolg. Sie saß fest. Und warum hatte sie vergessen, den Entfroster anzustellen? Die Fenster waren durch den Nebel völlig vereist. Selbst wenn sie das Auto wieder in Fahrt brachte, sie würde das Licht im Fenster auf der anderen Seite nicht sehen können. Ich werde sterben, dachte sie kalt, und ich kann nichts dagegen tun. Wieder ein Knacken, und das rechte Hinterrad sank ein. Ihre einzige Hoffnung hing am Rückspiegel.

Adolph war mit seinem Sandwich fertig. Das Heck des Jeeps schien tiefer zu liegen als die Vorderfront. Er blickte durchs Fernglas. Richtig! Die Hinterräder waren im Eis verschwunden. Es konnte nicht mehr lange dauern. Er fing an zu singen, was ihm in den Sinn kam – ein Schlaflied, das seine Großmutter ihn gelehrt hatte, als er noch ein Kind gewesen war. Sie war die einzige wirklich tugendhafte Frau gewesen, die er gekannt hatte.

Er schüttelte den Kopf, um das Summen in seinen Ohren loszuwerden. Vor einigen Minuten hatte es angefangen und schien immer lauter zu werden. Er schloß die Augen und lauschte auf das Geräusch. Gott spricht zu mir! Das ist es! Kein Widerstand nötig! Ich war ein guter Soldat, und da ist nichts zum Fürchten. Er begann laut aus der Bibel zu zitieren. *Sonne und Mond werden sich verfinstern, aber der Herr wird dich erleuchten.* Er rief die Worte in den Nachthimmel. Das Summen wurde immer lauter. Er warf seine Brille in den Schnee, hob die Arme und warf den Kopf zurück. *Und ich hörte eine laute Stimme, mächtigen Donner, der sprach Halleluja. Halleluja. Herr, hier bin ich. Dein schwacher Diener. Adolph.* Er sank auf die Knie, bedeckte die Ohren mit den bloßen Händen, denn das Geräusch wurde immer lauter.

Direkt über ihm schwebte ein Hubschrauber und richtete seine Scheinwerfer auf ihn. *Und ich sah den Engel stehen im Licht! Ich sah Throne! Und wer nicht im Buch des Lebens stand, wurde in den See geworfen, in dem das ewige Feuer brannte! Ich habe geglaubt bis zum Schluß, o Herr!* Der Hubschrauber senkte sich tiefer, sein ohrenbetäubender Lärm überflutete Adolph mit einem Rausch aus Licht und Ton. Zwei Leute sprangen heraus, sahen ihn an und rannten davon. Adolph faltete die Hände. Er griff nach seinem Mantelkragen, denn er spürte einen alten Schmerz in der Brust. Der Schmerz nahm ihm den Atem, er fiel nach vorn in den Schnee.

Der Hubschrauber hob sich und landete in einer Lichtung unweit des Sees. Sigrid und Peter hatten den Jeep erreicht. Peter riß die Tür auf und versuchte Jane herauszuziehen.

„Nicht", sagte sie. „Ich bin an das Lenkrad gefesselt. Der Schlüssel hängt am Spiegel." Der Jeep war bereits ziemlich weit eingesunken.

„Laß mich das machen", sagte Sigrid. „Ich bin leichter als du." Sie beugte sich vor und packte die Schlüssel, mit zitternder Hand schloß sie Jane los. Jane sprang vom Sitz, gerade als das rechte Vorderrad im Wasser einsank.

„Beeil dich", schrie Peter. „Wir müssen hier weg. Gleich bricht die ganze Umgebung ein."

„Zu dem Baum da", rief Sigrid. „Der steht auf festem Grund."

Sie wateten durch den tiefen Schnee. Als sie am Fuß des Baums ankamen, versank mit lautem Krachen der Jeep im Wasser.

„Das war knapp." Peter legte die Arme um Jane und zog sie fest an sich.

„Wie kommst du hierher?" keuchte Jane. „Woher wußtest du?"

„Das hast du Sigrid zu danken", sagte Peter, zog seine Handschuhe aus und gab sie ihr. „Bist du naß geworden?"

„Ich glaube nicht. So weit ist das Wasser nicht gestiegen." Sie sah Sigrid an und versuchte zu Atem zu kommen. „Und woher wußtest du, was los ist?"

„Brook hat mich endlich in diese Erpressungsgeschichte eingeweiht. Ich kenne nicht alle Einzelheiten, aber ich weiß, daß Adolph im letzten Jahr Ally zu erpressen versuchte. Ich rief bei ihm zu Hause an, und seine Vermieterin sagte, er sei vor ein paar Stunden in Skistiefeln fortgegangen. Ich wußte, daß du hier oben allein warst, also habe ich Peter angerufen. Ich war sicher, daß du ernstlich in Gefahr warst."

„Richtig", fuhr Peter fort. „Ich rief die Polizei in Repentance River an. Sie sagten mir, die Straße hierher sei praktisch unpassierbar. Sie wollten so schnell wie möglich einen Schneepflug schicken. Mir war klar, daß es schneller gehen mußte. Also rief ich Red Summerville an. Er fliegt den Wetterhubschrauber von WTWN. Seinen Hubschrauber auszuleihen, ist zwar etwas ungewöhnlich, aber Red ist auch ein ungewöhnlicher Typ." Peter strahlte Jane an und umarmte sie. „Mein Gott, bin ich froh, daß du lebst. Komm. Red wartet beim Hubschrauber auf uns."

„Was ist mit Adolph?" Jane hielt ihn zurück. „Er hat einen Revolver."

„Als wir aus dem Hubschrauber sprangen, haben wir ihn gesehen", antwortete Sigrid. „Ich denke, wir haben von ihm nichts zu befürchten. Er sah aus, als sei er übergeschnappt. Red hat auch einen Revolver. Er wird sich schon um ihn gekümmert haben."

Langsam gingen sie durch den tiefen Schnee zum Haus zurück. Jane sah Cordelia auf den Treppenstufen sitzen und sich den Knöchel reiben. Susan Julian stand vor ihr und wiegte sich still hin und her. Maggie war drüben bei Red Summerville. Adolph war nirgends zu sehen.

„Jane", schrie Maggie. „Du lebst. Ich wußte es!" Sie rannte herbei und warf die Arme um sie. „Adolph!" sagte sie. „Es ist alles so schrecklich. Er ist tot. Wir fanden ihn da drüben im Schnee liegen." Sie zeigte auf eine zusammengesunkene Gestalt. „Red glaubt, es sei ein Herzanfall gewesen."

Sigrid ging zu der leblosen Gestalt und runzelte die Stirn. „Wahrscheinlich hat er sich an seiner eigenen Kochkunst vergiftet." Alle lachten, ein bißchen hysterisch. Sigrid kannte kein Mitleid.

„Was geht hier vor?" Cordelia humpelte auf sie zu. „Ich weiß, er war ein abscheulicher Mensch. Aber Lachen, daß das Zwerchfell wackelt, ist doch etwas unbarmherzig." Sie stützte sich auf Janes Schulter und wies auf Susan Julian, die verloren bei den Autos stand. „Frag nicht. Du wirst es nicht glauben. Wenn du Adolphs Herzattacke für lustig hältst, wirst du dich totlachen über das, was ich herausgefunden habe."

Jane schlang den Arm um Cordelia und sah Sigrid dankbar an. „Du hast unser Leben gerettet, weißt du das?"

„Ich betrachte es lieber als eine Gruppenleistung." Sigrid zwinkerte Peter zu. „Es wäre nur eine Frage der Zeit gewesen, und Adolph hätte deinen Bruder und mich bei etwas Unanständigem erwischt. So haben wir uns alle gegenseitig gerettet."

Alle blickten auf den leblosen Körper.

„Junge Junge", sagte Maggie und versuchte im Dunkeln das Loch im Eis zu erspähen. „Elliot wird sich in den Arsch beißen."

19

Am Montag abend kam Cordelia nach der Vorstellung erschöpft nach Hause, sie wollte nur noch in die Badewanne. Während des dritten Akts hatte ihr Knöchel wieder zu pochen begonnen. Offensichtlich hatte das mit der Entwicklung der weiblichen Hauptrolle zu tun. Immer wenn die schluchzte und die Hände rang, antwortete der Knöchel mit intensivem Pochen. Welch eine Erholung, als sie endlich aus ihrem Elend erlöst war, so daß Cordelia nach Hause konnte. Der Kartenverkauf für die ersten drei Inszenierungen dieser Spielzeit war beeindruckend gewesen. Sogar Duncan Smith, der Vorsitzende des Aufsichtsrats, war heute abend erschienen und hatte sie zu ihrer hervorragenden Regie beglückwünscht. Daß ihre Begabung endlich angemessen gewürdigt wurde, war gewissermaßen erhebend.

Cordelia löschte gerade das Licht in der Küche, um sich ins Bad zu begeben, als die Türglocke ertönte. Nanu, dachte sie, humpelte zur Tür und öffnete. „Jane! Ich dachte, du wolltest bis morgen auf der Hütte bleiben. Komm rein!“

„Das hatte ich vor“, sagte Jane, die eine große Schachtel im Arm hatte. „Aber im Lyme House gab es ein Problem, also bin ich schon heute nachmittag zurückgefahren.“ Sie warf Mantel und Schal über einen Stuhl.

„Was hast du da?“ Cordelia beäugte die dekorative hellblaue Schleife auf der Schachtel. „Mein Geburtstag kommt doch erst noch.“ Sie zog an der Schleife und schüttelte die Schachtel.

Jane entzog sie ihr, bevor sie weiteres Unheil anrichten konnte. „Das kann noch einen Moment warten.“ Sie stellte sie vorsichtig auf den Boden. „Gehen wir ins Wohnzimmer. Wir haben uns ja seit dieser Katastrophe am Sonnabend nicht mehr gesehen. Wie hat dir der Rückflug nach Minneapolis im Hubschrauber gefallen?“

Cordelia drapierte sich auf das Sofa. „Ich weiß nicht. Ich hatte die ganze Zeit die Augen geschlossen. Du weißt doch, daß ich nicht gern fliege.“

„Du mußtest nicht den Hubschrauber nehmen. Susan hätte dich gern gefahren.“

„Ich weiß. Ich hatte die Wahl, entweder mit dir und der Leiche auf die Polizei zu warten, um den Preis meiner Gesundheit zu Susan ins Auto zu steigen oder den Hubschrauber zu nehmen und zu beten. Ich denke, unter den Umständen habe ich das kleinste Übel gewählt.“

Jane lachte und räumte einen Stapel Textbücher von ihrem Lieblingssessel. „Also. Hast du mir nichts zu erzählen?“

„Was zu erzählen?“

„Nun zier dich nicht. Ich bin fast gestorben vor Neugier, was du an dem Abend über Susan herausgefunden hast. Von einem Wahnsinnigen in einer kleinen Hütte über eine Stunde an sie gefesselt zu sein, muß doch zu einigen hübschen Wahrheiten führen.“

„Das hat es“, sagte Cordelia, zog ihre Schuhe aus und legte den schmerzenden Fuß hoch. „Glaub mir, das hat es. Susan begann mit der Frage, ob ich mich noch an ihren Bruder Brian erinnerte. Selbstverständlich erinnere ich mich an ihn. Er war

Präsident der Studentenvertretung und einige Jahre älter als wir. Dann wechselte sie das Thema, sozusagen aus heiterem Himmel. Ich hatte schreckliche Angst, dieser Adolph könnte zurückkommen und einen dreifachen Mord veranstalten, und sie fing an, über Homosexuelle herzuziehen, Schwulis, wie sie sagte. Daß sie den Staat ruinierten. Daß AIDS Gottes Strafe für ihren sündigen Lebenswandel sei. Daß sie die Familie zerstörten. Unsere Jugend verderben. Für Erdbeben verantwortlich seien. Diesen Humanismus über das Land breiteten wie Mayonnaise auf ein Sandwich. Das FBI unterwanderten. Geheimnisse an die Russen verkauften. Ich dachte, ich schnappe über, wenn ich ihr noch eine Minute zuhören muß. Es war nicht möglich, ein vernünftiges Wort mit ihr zu reden. Ich glaube, deine Freundin Maggie empfand es auch so. Und dann kam das Gespräch seltsamerweise wieder auf ihren Bruder. Ich hätte es mir gleich denken können. Brüderchen Brian, ihr Augapfel, erschien also vor einiger Zeit auf ihrer Türschwelle und sagte, er wolle sich scheiden lassen. Den Rest kannst du dir denken. Er wollte mit seinem Freund zusammenziehen, einem Mann namens Donald. Und das von ihrem Lieblingsbruder."

Jane legte den Kopf zurück. „Armer Brian. Ich kann mir gut vorstellen, wie sie reagiert hat."

„Genau. Armer Brian. Erinnerst du dich, daß ich dir erzählt habe, wie sie in der Nacht, in der Ally starb, einen Freund von mir fast überfahren hat? Ich dachte, das sei der Beweis, daß sie etwas mit Allys Tod zu tun hat, weil sie dir gegenüber doch behauptet hatte, sie sei den ganzen Abend nicht aus dem Haus gegangen. Nun, sie war auf dem Weg zur Polizeiwache. Bruder Brian und ein Freund von ihm waren in der Innenstadt in einer Schwulenbar gewesen, in der es Krawall gegeben hatte. Die beiden hatten nichts damit zu tun, aber die Polizei hatte sie trotzdem mitgenommen. Sie war völlig aus dem Häuschen, weil ihr Bruder sie angerufen hatte: Sie solle kommen und eine Kaution für die beiden stellen. Das war bevor er ihr sagte, daß er seine Frau verlassen wollte. Ich glaube, sie sagte, sie habe sich schon gefragt, was er in einer Schwulenbar verloren hätte, aber er habe ihr aufgebunden, er ginge gern dorthin, weil die Getränke so billig seien. Ein paar Tage später hat er ihr dann die Wahrheit gesagt. Sie haben die ganze Nacht miteinander geredet. Sie wollte nichts mehr mit ihm zu tun haben. Darum war sie so durcheinander an dem Tag, als sie dich besuchte. Es hörte sich an, als hätten sie eine furchtbare Auseinandersetzung gehabt. Brian versuchte ihr klarzumachen, wie er sein ganzes Leben lang eine so wichtige Sache verleugnet habe, und Susan zitierte aus der Bibel und wiederholte die Meinung ihrer Kirche. Ich glaube, sie hat sogar das Kreuz geschlagen und ihm die Tür gewiesen. Sie gibt dem Wort Homophobie eine ganz neue und ziemlich scheußliche Bedeutung."

„Hat sie sich inzwischen denn etwas beruhigt?" fragte Jane.

„Es hört sich nicht so an. Das Problem ist nur, sie liebt ihn wirklich. Er ist nicht der schleimige, vom Satan besessene, kommunistische Kinderschänder, sondern ein Mensch, den sie kennt und bewundert. Das ist ihr Problem. Sie hatte Angst, ihn für immer verloren zu haben. Und trotzdem wollte sie sich nicht entschuldigen, weil doch alles, was sie gesagt hatte, die Wahrheit des Evangeliums ist. Sie tat mir fast leid. Wenn sie diese Wahrheit nur nicht ständig runtergebetet hätte. Hin und her. Rauf und runter zwischen ihrer rigiden Überzeugung und dem geliebten Bruder. Es war zum Verrücktwerden. Warum muß sich eine erwachsene Frau anhören wie eine Zwölfjährige? Ich glaute schon fast, das Ganze sei von Adolph geplant. Sperr normale Leute in einen Raum mit einer piepsenden Betschwester – was kommt dabei raus? Hirntod!"

Jane seufzte. „Das also war es. Was für ein Drama. Ich erinnere mich noch an den Abend, an dem ich meinem Vater alles gesagt habe."

Cordelia war sicher, aus dem Nebenraum ein Geräusch gehört zu haben. Sie stand auf und sah nach. Es schien alles in Ordnung. „Muß die Katze gewesen sein", sagte sie und legte sich wieder aufs Sofa.

„Da könntest du recht haben." Jane schien sich köstlich zu amüsieren.

„Was ist eigentlich so komisch?“ Cordelia sah an sich herunter. Hatte sie sich bekleckert? „Ich gedenke dein geschmackloses Benehmen zu ignorieren. Ich habe noch ein paar Fragen, den Sonnabend betreffend. Zum Beispiel sagtest du, du hättest gewußt, daß Adolph hinter allem steckt, bevor du in der Scheune Susan und Maggie gesucht hast. Wie hast du das herausgefunden?“

„Durch Nachdenken.“ Jane zupfte ein Katzenhaar von ihrer Hose. „Ich hatte nur einen konkreten Hinweis, aber der reichte. Nur daß ich ihn übersehen habe, bis es zu spät war.“ Sie legte die Füße auf den Couchtisch. „Erinnerst du dich an das Stück Papier in Mitchels Brieftasche?“

„Das mit Emilys Adresse und Telefonnummer?“

„Genau. Du erinnerst dich auch, daß er sie auf die Rückseite einer von Adolphs Anzeigen für Bibelstunden geschrieben hatte. Das war der Schlüssel, nach dem ich die ganze Zeit gesucht hatte. Ich weiß noch, daß ich Adolph über die Schulter sah, als er es am Freitag nach Thanksgiving am Schwarzen Brett aufhängte. Es ging um die Johannesoffenbarung. Die Sache war, daß er es einen Tag später aufhängte wegen des Feiertags. Normalerweise tat er das Donnerstags morgens, nachdem er die Flugblätter am Mittwochabend bei seiner Bibelstunde mitgenommen hatte. Also hatte er sie auch an diesem Donnerstag schon, konnte sie bloß noch nicht aufhängen, weil das Haus ja geschlossen war. Mitch starb Donnerstagnacht. Adolph legte den Stapel am Freitag neben das Telefon. Da war Mitch schon tot. Die einzige Möglichkeit, wie er daran gekommen sein konnte, war...“

„Er muß am Donnerstagabend bei Adolph gewesen sein. Phantastisch! Adolph sagte ihm Emilys Adresse, und er schrieb sie auf den nächstbesten Zettel, den er fand. Die Sorte, die er auch sonst als Schmierpapier benutzte.“

„Genau! Ich hatte Adolph schon längst im Verdacht, aber keinen Beweis. Ich wußte, wer die Erpressungen versuchte, mußte schon im Jahr zuvor im Haus gewesen sein.“

„Wieso?“

„Weil Allison den Täter gekannt hatte. Das bedeutete, entweder war sie selbst erpreßt worden, oder sie kannte eine, die das wurde. Mein Tip war: Sie war das Opfer gewesen. Und ich hatte recht. Das Studienjahr hatte ja gerade erst begonnen, als sie starb. Also mußten ihre Begegnungen mit dem Erpresser ziemlich sicher im Jahr davor stattgefunden haben. Und so leid es mir tut, damit war Susan Julian aus dem Schneider. Genau wie ich war sie neu. Dasselbe gilt für Elliot."

„Wen hattest du noch im Verdacht?"

„Gladys kam mir ungewöhnlich neugierig vor. Sogar Maggie sagte, sie wisse über alles im Haus Bescheid. Unter den gegebenen Umständen war das ziemlich verdächtig. Wir hatten nur ihre Aussage über das, was an dem Abend geschah, nachdem Brook in ihr Zimmer gegangen war. Gladys hatte genügend Zeit, es zu tun. Aber welches Motiv hätte sie für Erpressung gehabt? Geld? Wohl kaum."

„Rache?"

„Was meinst du damit?"

„Rache an all den hochnäsigen, verwöhnten, reichen kleinen Gören." Cordelia grinste schadenfroh.

„Daran habe ich auch gedacht. Es sind schon Leute aus geringerem Anlaß ermordet worden."

„Wer noch? Es fasziniert mich?"

„Adolph natürlich. Er war ebenfalls ungewöhnlich interessiert an allen Vorgängen im Haus. Und er hatte einen Schlüssel zu allen Räumen. Aber auch bei ihm konnte ich kein Motiv entdecken. Daß Geld wirklich das Hauptmotiv war, habe ich nie geglaubt. Dafür passierten zu viele verrückte Sachen. Dann waren da Mitchel und Jamie. Sie kamen durchaus in Frage, aus verschiedenen Gründen, vor allem für Allys Tod. Aber für die Erpressungen? Ich nahm immer an, alles gehörte zusammen."

„Und Emily?"

„Nein. Sie habe ich nie wirklich mit einbezogen. Ich konnte mir nicht vorstellen, daß sie Ally etwas hätte antun können."

„Vielleicht war sie eifersüchtig?"

„Wenn sie das war und dazu geneigt hätte, jemanden umzubringen, wäre es Mitch gewesen und nicht Ally. Zugegeben: Mitch wurde ermordet, und Emily hätte damit etwas zu tun haben können, aber ich war mir sicher, daß alles zusammenhing. Und außerdem glaube ich nicht, daß sie eifersüchtig war. Frustriert vielleicht, meinetwegen sogar wütend, aber ich denke, es war ganz deutlich, daß sie und Ally sich liebten und eine gemeinsame Zukunft planten."

„Noch jemand?"

„Nun, ob du's glaubst oder nicht, eine Person, die ich stark im Verdacht hatte, war Sigrid. Sie ist gewitzt, klug, hat Zugang zum Haus und bestimmt eine Menge Geheimnisse. Und was das Wichtigste ist: Ich habe nie begriffen, was wirklich ihre Beziehung zu Allison war. Sie ist eine schwer zu durchschauende Person."

„Glücklicher Peter!"

Jane unterdrückte einen Kommentar.

„Was ist mit Brook?"

„An sie hatte ich auch gedacht. Über die Briefe wußten wir nur von ihr. Es konnten auch Lügen sein, um uns von der Spur abzubringen. Aber ihre Geschichte klang glaubwürdig. Ich habe mit Elliot darüber gesprochen, und er nannte mir ein paar Leute, die sie bestätigen können."

„Einen hast du vergessen. Bruder Edwin."

Jane lächelte und schüttelte den Kopf. „Möglich gewesen wäre es. Ich dachte daran, als ich ihm sagte, wie er zur Hütte kommt. Aber ernsthaft habe ich es nie angenommen. Ich sah kein wirkliches Motiv, und ich hatte immer das Gefühl, daß er ehrlich ist. Übrigens hat er mich gestern angerufen. Das erste, was er mir sagte, war, daß sein Vater ihn enterbt hat."

„Eins zu null für Daddy", sagte Cordelia spitz.

„Eigentlich klang er ganz erleichtert. Offenbar war sein Dezemberscheck nicht angekommen, also rief er den Buchhalter seines Vaters an. Der Mann muß wohl gesagt haben, Edwin solle sich nach einem Job umsehen."

Cordelia lachte.

„Was hast du? Edwin kann gut für sich selbst sorgen. Ach, und er hat Emily an dem Wochenende besucht. Er brachte sie dazu, mit ihm zusammen nach St. Victor zu fahren und im

Haus einer Bekannten zu wohnen. Er sagte, sie sei so verängstigt und angespannt gewesen, daß er sie nicht habe allein lassen wollen. Nun ist sie schon einige Wochen dort oben, und allmählich beginnt sie über ihre Gefühle zu reden. Er wird sie zu Weihnachten zurückbringen. Sie will das Fest bei ihren Eltern verbringen, wenn die sich zu einem Waffenstillstand durchringen können. Wenn nicht, fährt sie mit ihm zurück. Ich denke, er hat ihr sehr geholfen, und wenn es nur durch Zuhören war. Ally und er waren sich ähnlicher, als sie selbst es gewußt haben. Sie hat einen kleinen Teil von Ally auf diese Weise immer noch für sich."

Schweigend hörten die beiden zu, wie die alte Standuhr zwölf schlug.

„Hexenstunde", sagte Jane. Sie holte die Schachtel aus dem Nebenzimmer und setzte sie vorsichtig vor Cordelia auf den Couchtisch.

„Was ist da drin?" fragte Cordelia und versuchte, nicht zu neugierig zu klingen.

„Ich war heute nachmittag in Adolphs Wohnung."

„Meine Güte. Soll das ein Scherz sein? Was ist es? Die gesammelten Werke von Charles Manson? Nein, dafür ist es zu leicht. Vielleicht seine Privatsammlung von Folterinstrumenten aus dem fünfzehnten Jahrhundert, während der Inquisition zur höheren Ehre Gottes benutzt."

„Nun hör doch mal zu. Ich wollte nachsehen, ob mein Tagebuch noch da ist. Vielleicht auch das Tagebuch von Ally, das hätte ich gern Emily gegeben."

Etwas kratzte an den Wänden der Schachtel. Cordelia war verblüfft. „Es lebt!" Sie rückte ein wenig davon ab.

„Ja, das tut es." Jane öffnete den Deckel. „Mach die Augen zu."

„Denkst du, ich hab' den Verstand verloren? Nein, die bleiben offen, danke."

Jane griff in die Schachtel und holte die größte Tigerkatze hervor, die Cordelia je gesehen hatte. Sie setzte sie auf den Boden und streichelte sie. Beide sahen zu, wie die Katze die neue Umgebung taxierte und ihren langen, ziemlich rundlichen Körper streckte. Sie drehte langsam den Kopf, entdeckte Cordelia, tapste zur Couch, sprang hinauf und begann eine gründliche Untersuchung.

„Er hat Adolph gehört. Ist er nicht wundervoll? Die Vermieterin wollte ihn einschläfern lassen. Aber ein so schönes Tier einzuschläfern, können wir doch nicht zulassen. Ich dachte, er sei für Blanche eine gute Gesellschaft."

Cordelia wich immer weiter zurück.

„Ich glaube, er mag dich."

Cordelia fragte steif: „Wie groß ist die Wahrscheinlichkeit, daß ein gestörter Mensch eine gestörte Katze hat?"

„Ich denke, sehr klein."

„Wie heißt er?" Der Kater stupste Cordelias Nase mit seiner Schnauze an.

„Sein Name wird dir gefallen. Adolph muß trotz allem Sinn für Humor gehabt haben."

Cordelia kniff ein Auge zusammen, der Kater blickte sie an.

„Ich glaube nicht, daß er Ärger machen wird. Er heißt Luzifer."